## Über den Autor

Vladimir Nabokov wurde am 23. April 1899 in St. Petersburg geboren. Nach der Oktober-Revolution emigrierte er mit seinen Angehörigen und studierte bis 1923 in Cambridge Slawistik, Romanistik und Entomologie. Von 1923 bis 1937 lebte er in Berlin, später in Paris, und schrieb in russischer Sprache Gedichte, Essays und erzählerische Prosatexte. 1940 ging Nabokov in die USA. Hier schrieb er Romane, Erzählungen und zahlreiche lepidopterologische Arbeiten (er war ein in Fachkreisen hochangesehener Schmetterlingsforscher). Vladimir Nabokov starb am 2. Juni 1977 in Montreux (Schweiz), wo er seine letzten achtzehn Lebensjahre verbracht hatte.

Von Vladimir Nabokov erschienen außerdem: «Lolita» (rororo Nr. 635), «Verzweiflung» (rororo Nr. 1562), «Einladung zur Enthauptung» (rororo Nr. 1641), «Ada oder Das Verlangen» (rororo Nr. 4032), «Maschenka» (rororo Nr. 4817), «Frühling in Fialta» (rororo Nr. 4975), «Die Mutprobe» (rororo Nr. 5107), «Durchsichtige Dinge» (rororo Nr. 5756), «Das Bastardzeichen» (rororo Nr. 5858), «Das wahre Leben des Sebastian Knight» (Rowohlt 1960), «Lushins Verteidigung» (Rowohlt 1961), «Fahles Feuer» (Rowohlt 1968), «Sieh doch die Harlekins!» (Rowohlt 1979), «Der schwere Rauch. Gesammelte Erzählungen» (Rowohlt 1983), «Sprich, Erinnerung, sprich» (Rowohlt 1984) und «Der Späher» (Rowohlt 1985).

In der Reihe «rowohlts monographien» erschien als Band 328 eine Darstellung Vladimir Nabokovs mit Selbstzeugnissen und Bilddokumenten von Donald E. Morton, die eine ausführliche Bibliographie enthält.

Vladimir Nabokov

# *Professor Pnin*

Roman

Aus dem Amerikanischen
von Curt Meyer-Clason

Rowohlt

Die Originalausgabe erschien unter dem Titel «Pnin» bei
Doubleday & Company, Inc., Garden City/New York

Die Charaktere dieses Buches sind erfunden.
Ähnlichkeiten mit lebenden oder verstorbenen Personen
sind rein zufällig.

40.–49. Tausend Juli 1987

Veröffentlicht im Rowohlt Taschenbuch Verlag GmbH,
Reinbek bei Hamburg, September 1965

Umschlaggestaltung Werner Rebhuhn
Gesetzt aus der Baskerville (Berthold TPS 8000)
bei Dörlemann, Lemförde
Gesamtherstellung Clausen & Bosse, Leck
Printed in Germany
780-ISBN 3 499 12141 7

# *Erstes Kapitel*

## 1

Der ältere Reisende auf dem nach Norden gehenden Fensterplatz des stetig dahinrollenden Eisenbahnwagens, neben sich einen leeren Sitzplatz, gegenüber zwei leere Plätze, war kein anderer als Professor Timofej Pnin. Er war das Idealbild eines Kahlkopfes und beeindruckte zunächst mit seinem sonnengebräunten, glattrasierten, schweren Schädel, mit schildpattumrandeten Brillengläsern (die kindlich brauenlose Augen verdeckten), mit äffischer Oberlippe, starkem Hals und dem Oberkörper eines Schwergewichtlers, der in eine knappe Tweedjacke gezwängt war. Dann endete er enttäuschend in ein Paar spindeldürren (jetzt flanellbehosten und übereinandergeschlagenen) Beinen mit schwächlichen, fast femininen Füßen.

Seine heruntergerutschten Socken aus scharlachroter Wolle waren mit violetten Rauten durchwirkt; seine vornehm schlichten schwarzen Halbschuhe hatten ihn ebensoviel gekostet wie seine gesamte übrige Garderobe – das farbenfreudige Krawattenmonstrum einbegriffen. Vor den vierziger Jahren unseres Jahrhunderts, während der ruhigen Epoche seines Lebens in Europa, hatte er stets lange Unterhosen getragen, deren Bündchen er in seine stilvollen Seidensocken stopfte; von dezenter Farbe, Zierstreifen an den Seiten, waren sie an Sockenhaltern befestigt, die seine Trikotwaden umspannten. Hätte Pnin in jenen Tagen auch nur einen Streifen seiner weißen Unterwäsche hervorschauen lassen, indem er das Hosenbein zu hoch zog, wäre ihm dies ebenso anstößig vorgekommen, als wenn er sich ohne Kragen und

Krawatte Damenaugen preisgegeben hätte. Denn selbst wenn die verblühte Madame Roux, die Portiersfrau des unsauberen Etagenhauses im XVI. Arrondissement von Paris – wo Pnin nach seiner Flucht aus dem Rußland Lenins und nach beendeter Hochschulausbildung in Prag fünfzehn Jahre gelebt hatte –, zum Kassieren der Miete heraufkam, während er ohne Kragen dastand, pflegte der pimpelige Pnin den obersten Hemdenknopf mit keuscher Hand zu bedecken. Dies alles unterzog sich in der überhitzten Luft der Neuen Welt einem raschen Wandel. Mit seinen zweiundfünfzig Jahren war er nun versessen auf Sonnenbäder; er trug Sporthemden und -hosen; und wenn er die Beine übereinanderschlug, stellte er bedächtig, vorsätzlich, ja schamlos ein beträchtliches Stück seiner nackten Schienbeine zur Schau. So wäre er den Augen seiner Mitreisenden erschienen; aber bis auf einen Soldaten, der in einer Ecke schlief, und zwei in einer anderen Ecke mit einem Säugling beschäftigte Frauen hatte er den Wagen für sich.

Hier muß ein Geheimnis offenbart werden: Professor Pnin saß im falschen Zug. Er wußte es nicht, und auch der Schaffner, der sich seinen Weg durch den Zug zu Pnin bahnte, ahnte noch nichts davon. In der Tat war Pnin in diesem Augenblick sehr zufrieden mit sich. Als er die Aufforderung erhielt, in Cremona – einer Stadt zweihundert Werst westlich von Waindell, Pnins akademischer Bleibe seit 1945 – eine Freitagabend-Vorlesung zu halten, hatte die Vizepräsidentin des Cremoneser Frauenclubs, Miss Judith Clyde, unseren Freund darauf aufmerksam gemacht, daß der günstigste Zug um 13.52 Uhr von Waindell abfahre und um 16.17 in Cremona ankomme. Pnin jedoch, der wie viele Russen maßloses Gefallen an allem fand, was Fahrpläne, Landkarten, Kataloge und dergleichen betrifft, sie sammelte mit dem ungestümen Vergnügen eines, der etwas umsonst erhält, ausgiebigen Gebrauch von ihnen machte und besonders stolz darauf war, seine Reiserouten eigenhändig auszutüfteln – Pnin hatte nach einigem Studium einen unauffälligen Hinweis auf einen noch günstigeren Zug gefunden (ab Waindell 14.19 Uhr, an Cremona 16.32). Dieser Hinweis bedeutete, daß freitags, aber nur freitags, der 14.19-Uhr-Zug auf der Fahrt nach einer weiter entfernten größeren, gleichfalls mit einem heiteren italienischen Namen bedachten Stadt in Cremona halte. Unglücklicherweise war Pnins Fahrplan fünf Jahre alt und teilweise überholt.

Pnin las Russisch im Waindell College, einer etwas provinziellen Lehranstalt mit einem künstlichen See inmitten des parkartig angelegten Hochschulgeländes, mit efeu-umrankten Gängen zwischen den einzelnen Gebäuden, mit Wandmalereien, die Mitglieder der Fakultät erkennen ließen, wie sie die Fackel des Wissens von Aristoteles, Shakespeare und Pasteur an eine Horde kraftstrotzender Landmädchen und -jungen weitergeben, und mit einem umfangreichen, lebhaften und fröhlich gedeihenden Lehrgang der deutschen Sprache unter der Leitung von Dr. Hagen, der hochtrabend – jede Silbe deutlich ausgesprochen – «eine Universität innerhalb der Universität» genannt wurde.

Im Herbstsemester des Jahres 1950 gab es an Eintragungen zum russischen Sprachlehrgang: im Übergangskurs eine Hörerin, die eifrige, dralle Betty Bliss; im Fortgeschrittenenkurs einen Hörer, besser gesagt: einen Namen – Iwan Dub, der nie in Erscheinung trat; und in dem blühenden Anfängerkurs drei Studenten: Josephine Malkin, deren Großeltern in Minsk geboren waren; Charles McBeth, dessen fabelhaftes Gedächtnis bereits zehn Sprachen bewältigt hatte und sich anheischig machte, weitere zehn aufzunehmen; und die zaghafte Eileen Lane, der jemand prophezeit hatte, sowie man das russische Alphabet meistere, würde man imstande sein, «Anna Karamasow» im Original zu lesen. Als Lehrer war Pnin weit davon entfernt, sich mit jenen erstaunlichen russischen Damen messen zu können, die, über das ganze akademische Amerika verstreut, ohne jede Fachausbildung, es auf unerklärliche Weise verstanden, kraft Intuition, Beredsamkeit und einer Art maternaler Prahlerei einer Gruppe unschuldig dreinschauender Studenten in einer Atmosphäre von Mütterchen-Wolga-Liedern, rotem Kaviar und Tee eine magische Kenntnis ihrer schwierigen und herrlichen Muttersprache zu vermitteln. Auch hätte Pnin in seiner Eigenschaft als Sprachpädagoge nie gewagt, es mit den erhabenen Hörsälen moderner Sprachwissenschaftler aufnehmen zu wollen, mit jener asketischen Bruderschaft der Phonologen, dem Tempel, in dessen heiligen Mauern junge Leute nicht etwa in der Sprache selbst, sondern in der Praxis, andere in eine Lehrmethode einzuweihen, unterrichtet wurden; eine Methode, die als Wasserfall von Felsen zu Felsen hüpfend aufhört, ein Medium verstandesmäßiger Navigation zu sein, dafür aber in sagenhafter Zukunft zur Entwicklung esoterischer Dialekte – wie elementares Baskisch und dergleichen – dienen mag, die nur von gewissen komplizierten Maschinen gesprochen werden können. Zweifellos ging Pnin dilettantisch und unbekümmert an seine Aufgabe heran, da er sie mit Übungen aus einer Grammatik zu bewältigen suchte, die von dem Leiter der Slawischen Abteilung eines weit bedeutenderen Colleges als Waindell herausgegeben worden war – einem ehrenhaften Schwindler, dessen Russisch ein besserer Witz war und der seinen gewichtigen Namen für die Ergebnisse anonymer Plackerei großmütig hergab. Ungeachtet seiner vielen Unzulänglichkeiten lag über Pnins Persönlichkeit ein entwaffnender altmodischer Charme, den Dr. Hagen, sein treuer Beschützer, einem mürrischen Kuratorium als zerbrechlich zarte Importware anpries, die die Bezahlung in heimischer Münze verdiene. Nachdem sich die Doktorwürde in Soziologie und Volkswirtschaft, die Pnin mit gewissem Pomp im Jahre 1925 auf der Universität Prag errungen hatte, um die Jahrhundertmitte als unverwertbar erwiesen, war er als Lehrer der russischen Sprache gar nicht übel. Man schätzte ihn nicht wegen irgendeiner ausgesprochenen Begabung, sondern wegen jener unvergeßlichen Abschweifungen, bei denen er sich, die Brille in der Hand, begeistert in die Vergangenheit versenkte, während er die Linsen der Gegenwart blankrieb. Versonnen sehnsüchtige Exkurse in gebrochenem Englisch; autobiographische Lekkerbissen; der Bericht, wie Pnin in die *Sojedinjonnye Schtaty*, die Vereinigten Staaten, kam. «Zollkontrolle vor der Landung. Sehr gut! ‹Nichts zu verzollen?› – ‹Nein, nichts.› Sehr gut! Dann das politische Verhör. Er fragt: ‹Sind Sie Anarchist?› Ich antworte: –» kleine Pause des Erzählers, um eine Welle stummer Fröhlichkeit genüßlich auszukosten – «‹erstens: was verstehen wir unter Anarchismus? Den praktischen, den metaphysischen, theoretischen, mystischen, abstraktischen, individualistischen oder sozialistischen Anarchismus? Als ich jung war, meine Herren, war dies alles von größter Bedeutung für mich›, sagte ich. Nun, auf diese Weise hatten wir eine höchst fesselnde Unterhaltung –» Pnins Zwerchfell beginnt zu zucken; es zuckt; Erzähler schüttelt sich – «die mit einem Aufenthalt von zwei vollen Wochen auf Ellis Island endete.»

Doch es gab noch humorvollere Kollegs bei Pnin. Mit der Miene scheuer Heimlichkeit pflegte der freundliche Pnin in der Absicht, seine Hörer auf die sprachlichen Delikatessen vorzubereiten, die er selbst einst genossen, und unfähig, sich eines Lächelns zu erwehren, das eine unvollständige, aber furchterregende Reihe gelblicher Zähne enthüllte, ein zerlesenes russisches Buch an der Stelle aufzuschlagen, die er mit einem eleganten kunstledernen Lesezeichen sorgsam festgelegt hatte; er pflegte das Buch aufzuschlagen, wobei nicht selten ein Ausdruck höchster Bestürzung seine plastischen Züge veränderte; fieberhaft blätterte er mit offenem Mund vor und zurück, und es konnten Minuten verstreichen, bevor er die richtige Seite fand – oder sich überzeugte, daß er sie doch genau bezeichnet hatte. Gewöhnlich entstammte die ausgewählte Stelle einem einfältigen alten Lustspiel aus dem Kaufmannsmilieu, von Ostrowskij vor nahezu einem Jahrhundert zusammengestoppelt, oder aus einem nicht weniger bejahrten, dafür noch gründlicher veralteten Stück trivialer Kurzweil aus der Feder Ljeskows, das seinen Lacherfolg Sprachverdrehungen verdankte. Diese abgestandene Ware rezitierte er mit dem klangvollen Schwung der klassischen Alexandrinka – eines Petersburger Theaters –, den er dem klaren, schlichten Moskauer Stil vorzog; um jedoch etwaige humoristische Restbestände der fraglichen Stellen würdigen zu können, hätte es nicht nur einer soliden Kenntnis der russischen Sprache, sondern auch eines beachtlichen literarischen Einblickes bedurft, und da die armselige kleine Klasse beides entbehrte, blieb der Genuß der Feinheiten seines Textes dem Vortragenden allein überlassen. Das Arbeiten in der Magengegend, von dem wir bereits gesprochen haben, hier wiederholte es sich in der Form eines regelrechten Erdbebens. Während er sein Erinnern mit vollen Scheinwerfern und unter tätiger Beihilfe aller Maskenbildner des Gemüts auf die Bühne seiner glühend empfänglichen Jugend in die Vergangenheit richtete – einer Jugend in einem glänzenden Kosmos, der um so heller aufzuleuchten schien, als er mit einem einzigen Donnerschlag der Weltgeschichte erloschen war –, pflegte Pnin sich an seinen selbstgebrannten Schnäpsen zu berauschen, während er eine Kostprobe nach der anderen darreichte, die seine Zuhörer höflich als russischen Humor verstehen zu müssen glaubten. Schließlich aber wurde des Vergnügens für ihn zu viel, und birnendicke Tränen rannen über seine Wangen. Nicht nur seine furchterregenden Zähne, auch ein erstaunliches Stück rosa Oberkiefer blitzte aus seinem Munde, als sei ein Kastenteufelchen seinem Behälter entsprungen, und seine Hände fuhren an die Lippen, während die mächtigen Schultern sich vor Lachen schüttelten und bogen. Und während die Rede, die er hinter seiner zitternden Hand zu dämpfen suchte, vollends unverständlich wurde, erfolgte die bedingungslose Kapitulation vor dem eigenen Ergötzen. Wenn er dem unwiderstehlichen Gaudium hoffnungslos erlag, hielten sich seine Studenten bereits die Seiten. Dabei brach Charles in jähe Stöße mechanischen Gelächters aus, verwirrende Kaskaden unvermutet lieblichen Lachens verschönten Josephine, die nicht schön war, während Eileen, die es war, sich in ein Gebibber unschicklichen Kicherns auflöste.

Was alles nichts daran ändert, daß Pnin im falschen Zug saß.

Wie sollen wir seinen traurigen Fall diagnostizieren? Pnin – darauf muß hingewiesen werden – hatte nichts von der gutmütig deutschen Plattheit des letzten Jahrhunderts, er war kein *zerstreuter Professor*. Er besaß im Gegenteil ein viel zu wachsames, viel zu unbestechliches Auge für teuflische Fallen und war ängstlich auf der Hut, daß seine launenhafte Umwelt – das unberechenbare Amerika! – ihn nicht zu irgendeinem fürchterlichen Lapsus verleite. Denn diese Welt lebte geistesabwesend, und Pnin hatte die Aufgabe, sie zu sich zu bringen. Sein Leben war ein unablässiger Kampf mit unvernünftigen Dingen, die auseinanderfielen, ihn überfielen, ihre Bestimmung verleugneten oder sich tückisch verflüchtigten, sobald sie in seinen Lebensbereich gerieten. Handwerklich war er bemerkenswert ungeschickt; da er aber aus einer Erbsenschote im Handumdrehen eine eintonige Mundharmonika herstellen, einen flachen Kieselstein zehnmal über die Wasserfläche des Teiches springen lassen, mit den Händen ein Kaninchen – vollständig, mit zwinkerndem Auge – als Schattenspiel auf die Wand werfen konnte und noch eine Reihe harmloser Tricks, in denen Russen gewöhnlich Meister sind, zum besten gab, glaubte er sich allen Ernstes mit manuellem und mechanischem Geschick begabt. Von technischen Errungenschaften der Neuzeit schwärmte er mit benommen abergläubischem Entzücken. Elektrische Vorrichtungen bezauberten ihn. Kunststoffe stürzten ihn in einen Taumel der Begeisterung. Er hegte tiefe Bewunderung für den Reißverschluß. Dafür konnte die ergeben in ihrer Steckdose angeschlossene Uhr nach einem Gewitter, das in der Nacht die Stromzufuhr unterbrochen hatte, seinen Vormittag durcheinanderbringen. Seine Brille pflegte an der Brücke durchzubrechen und hinterließ ihm zwei gleiche Teile, an denen er in der Hoffnung zu basteln begann, irgendein organisches Wunder könnte sie rettend zusammenfügen. Der Reißverschluß, von dem das Wohlbefinden eines Herrn vor allem abhängt, versagte in seiner verblüfften Hand in einem nachtmarischen Augenblick von Hast und Verzweiflung.

Und er wußte noch immer nicht, daß er im falschen Zug saß.

Eine besondere Gefahrenzone im Falle Pnins war die englische Sprache. Mit Ausnahme von nicht sonderlich nützlichen Wendungen wie *«the rest is silence», «nevermore», «weekend», «who's who»* und einer Handvoll Worte wie *«eats», «street», «fountain pen», «gangster»,* «Charleston», *«marginalutility»*, war er im Englischen ein unbeschriebenes Blatt, als er von Frankreich in die Vereinigten Staaten kam. Hartnäckig machte er sich daran, die schwierige Sprache von Fenimore Cooper, Edgar Allan Poe, Edison und von einunddreißig Präsidenten zu erlernen. Im Jahre 1941, nach einem Jahr Studium, fühlte er sich befähigt, mit großer Zungenfertigkeit Redensarten wie *«wishful thinking»* und *«okey-dokey»* aufzusagen. Schon im Jahre 1942 war er imstande, seine Erzählung mit *«to make a long story short»* zu unterbrechen. Als Mr. Harry Truman seine zweite Regierungszeit antrat, meisterte er sozusagen jedes Thema. Doch schien sein Fortschritt trotz aller Bemühungen stillstehen zu wollen, und noch im Jahre 1950 wimmelte sein Englisch von Schnitzern. In jenem Sommer ergänzte er seinen russischen Sprachkurs durch eine wöchentliche Vorlesung in einem von Dr. Hagen geleiteten sogenannten *Symposion* mit dem Titel: *«Europa ohne Flügel: Betrachtungen zur zeitgenössischen Kultur des europäischen Kontinents».* Alle Vorlesungen unseres Freundes, einschließlich derer, die er gelegentlich auswärts hielt, wurden von einem der jüngeren Mitglieder des Deutschen Seminars überarbeitet. Der Vorgang war etwas verwickelt. Professor Pnin übersetzte mühselig seinen russischen Vortrag, der mit Idiomatismen gespickt war, in zusammengestoppeltes Englisch. Dies wurde von dem jungen Miller durchgesehen. Dann schrieb Dr. Hagens Sekretärin, Miss Eisenbohr, das Ganze ins reine. Hierauf strich Pnin die ihm unverständlichen Stellen aus. Erst dann las er es seiner allwöchentlichen Zuhörerschaft vor. Ohne diesen schriftlichen Text war er verloren; selbst das bewährte System, seine Unsicherheit dadurch zu vertuschen, daß er seine Augen auf und nieder gleiten ließ – indem er rasch ein paar Worte ablas und sie vor seinen Zuhörern abhaspelte, dabei das Ende des Satzes in die Länge zog und schon den nächsten im Manuskript zu erhaschen suchte –, half ihm wenig. Pnins besorgtes Auge hätte unfehlbar den Faden verloren. Daher trug er seine Vorlesungen im strengen Wortlaut vor mit langsamem, monotonem Bariton, der eines jener endlosen Treppenhäuser zu erklimmen schien, wie sie Leute bevorzugen, die den Aufzug fürchten.

Der Schaffner, ein altväterlicher Graukopf mit Stahlbrille, die etwas zu tief auf seiner schlichten Amtsnase saß, und einem schmutzigen Gummihütchen am Daumen, hatte nur noch drei Wagen zu betreuen, bevor er zu dem letzten kam, in dem Pnin reiste.

Mittlerweile pflog Pnin einer typisch pninischen Marotte. Er befand sich in einer pninischen Zwickmühle. Neben den Gegenständen, die nach pninischer Auffassung für eine Übernachtung in einer fremden Stadt notwendig waren, wie Schuhspanner, Äpfel, Wörterbücher usw., enthielt sein Handkoffer auch einen verhältnismäßig neuen schwarzen Anzug, den er am Abend bei seinem Vortrag «Ist das russische Volk kommunistisch?» vor den Damen Cremonas zu tragen gedachte. Er enthielt gleichfalls seine Vorlesung *«Don Quijote und Faust»* für das *Symposion* vom kommenden Montag, mit dem er sich am folgenden Tag auf der Rückreise nach Waindell beschäftigen wollte, dazu einen Aufsatz der Abiturientin Betty Bliss (*«Dostojewskij und die Gestaltpsychologie»*), den er für Dr. Hagen, den eigentlichen Mentor ihres geistigen Werdens, zu lesen hatte. Die Zwickmühle bestand darin: behielt er das Cremona-Manuskript – ein Bündel maschinengeschriebener, in der Mitte säuberlich gefalteter Blätter – in der Rocktasche, in der Geborgenheit seiner Körperwärme, so bestand theoretisch die Gefahr, daß er vergaß, es von dieser Jacke in die Jacke für den Vortrag zu stecken. Tat er andererseits das Vorlesungsmanuskript *sofort* in die Tasche des im Koffer ruhenden Anzuges, würde ihn – das wußte er – der Gedanke an die Möglichkeit, daß sein Gepäck gestohlen werden könnte, nicht loslassen. Drittens – Gemütszustände dieser Art zeugen unablässig neue Ableger – barg die Innentasche seines augenblicklichen Anzuges eine kostbare Brieftasche mit zwei Zehndollarnoten, dem Zeitungsausschnitt eines im Jahre 1945 mit meiner Hilfe an die *New York Times* gerichteten Briefes, die Konferenz von Jalta betreffend, und seiner Einbürgerungsurkunde. Es war durchaus möglich, daß er die Brieftasche herauszöge und dabei das zusammengefaltete Manuskript verlöre. Während der zwanzig Minuten im Zuge hatte unser Freund seine Reisetasche schon zweimal geöffnet und die verschiedenen Schriftstücke in die Hand genommen. Als der Schaffner den Wagen erreichte, führte der gewissenhafte Pnin sich unter Schwierigkeiten Bettys letztes geistiges Erzeugnis zu Gemüte, das mit den Worten begann: «Wenn wir das geistige Klima betrachten, in dem wir leben, können wir nicht umhin, festzustellen . . .»

Der Schaffner trat ein; er unterließ es, den Soldaten zu wecken, versprach den Frauen, Bescheid zu sagen, wenn sie angekommen seien, und schon schüttelte er den Kopf über Pnins Fahrkarte. Der Zug hielt schon seit zwei Jahren nicht mehr in Cremona.

«Wichtiger Vortrag!» rief Pnin. «Was tun? Es ist eine Katastroffe!»

Bedächtig und voller Behagen ließ der grauhaarige Schaffner sich auf den gegenüberliegenden Sitz sinken und zog schweigend ein zerschlissenes Buch voller Eselsohren zu

Rate. In wenigen Minuten, um 15.08 Uhr nämlich, müßte Pnin in Whitchurch aussteigen; dies würde ihm ermöglichen, den Vier-Uhr-Omnibus zu bekommen, der ihn gegen sechs nach Cremona brächte.

«Ich dachte, ich würde zwölf Minuten gewinnen, und nun habe ich nahezu zwei Stunden verloren», gab Pnin erbittert zurück. Worauf er, sich räuspernd und die freundlichen Trostworte des Graukopfs («Sie kommen noch hin») geflissentlich überhörend, die Lesebrille abnahm, seine zentnerschwere Reisetasche aufhob und sich in den Gang verfügte, um dort zu warten, daß das schwirrende Grün vor dem Fenster der Station wiche, der er zustrebte.

2

Whitchurch wurde wie vorgesehen Wirklichkeit. Ein brütend sonnenheißer Zementstreifen lag hinter geometrisch sauber abgegrenzten Schatten. Das Wetter war hier unglaublich sommerlich für Oktober. Munter betrat Pnin eine Art Warteraum mit einem unnützen Ofen in der Mitte und blickte umher. In einem einsamen Winkel gewahrte er den Oberkörper eines schwitzenden jungen Mannes, der hinter einem breiten Schalter Formulare ausfüllte.

«Eine Auskunft, bitte», sagte Pnin. «Wo hält der Vieruhr-Bus nach Cremona?»

«Auf der Straße gegenüber», antwortete der Beamte kurz ohne aufzuschauen.

«Wo ist möglich Handgepäck aufgeben?»

«Das da? Können Sie hierlassen.»

Mit der Zwanglosigkeit der Nation, die Pnin immer wieder entwaffnete, schob der junge Mann die Reisetasche in einen Winkel seines Verschlages.

«Rezept?» wollte Pnin wissen und meinte damit das russische Wort für Quittung.

«Was ist das?»

«Nummer?» versuchte Pnin.

«Sie brauchen keine Nummer», warf der Beamte hin und nahm sein Geschreibsel wieder auf.

Pnin verließ das Stationsgebäude, versicherte sich der Omnibus-Haltestelle und betrat ein Café. Dort aß er ein Schinkenbrot, bestellte ein zweites und aß das auch. Genau fünf Minuten vor vier, nachdem er für beides bezahlt hatte, nicht aber für einen ausgezeichneten Zahnstocher, den er einem hübschen Becherchen in Form eines Tannenzapfens neben der Kasse entnommen, schlenderte Pnin zum Bahnhof zurück, seine Reisetasche zu holen.

Dort saß ein anderer Mann am Schalter. Der erste war nach Hause gerufen worden, um seine Frau in aller Eile zum Entbindungsheim zu fahren. In wenigen Minuten würde er zurück sein.

«Aber ich muß meinen Reisekoffer haben!» rief Pnin.

Der stellvertretende Beamte bedauerte, er könne nichts tun.

«Aber da steht er doch!» rief Pnin, lehnte sich vor und deutete in die Ecke.

O Mißgeschick! Noch während er in die Ecke wies, gewahrte er, daß er den falschen Koffer forderte. Sein Zeigefinger wurde unsicher, sein Zögern war verhängnisvoll.

«Mein Bus nach Cremona!» rief Pnin.

«Um acht geht der nächste», sagte der Mann.

Was sollte unser armer Freund tun? Eine scheußliche Lage! Er warf einen Blick auf die Straße. Der Bus war soeben gekommen. Der Abend bedeutete eine Nebeneinnahme von fünfzig Dollar. Seine Hand fuhr an die rechte Seite. *Slawa bogu* – Gott sei Dank! – es war noch da. Schön! Er würde seinen schwarzen Anzug eben nicht tragen – *wot i wsjo,* damit hatte es sich. Er würde die Tasche auf dem Rückweg mitnehmen. Er hatte wertvollere Dinge in seinem Leben verloren, verschlampt, verschleudert. Zielbewußt, fast wohlgemut bestieg Pnin den Omnibus.

Kaum hatte er einige Straßenzüge dieser neuen Reise-Etappe hinter sich gebracht, als ein furchtbarer Verdacht in ihm aufstieg. Seit er sich von seiner Reisetasche getrennt hatte, waren der linke Zeigefinger und sein benachbarter rechter Ellbogen abwechselnd damit beschäftigt gewesen, die Gegenwart eines kostbaren Gegenstandes in seiner inneren Rocktasche festzustellen. Plötzlich riß er ihn mit einem Ruck heraus. Es war Bettys Aufsatz!

Rufe ausstoßend, die nach seinem Dafürhalten der internationale Ausdruck für ängstliches Bitten waren, raffte Pnin sich von seinem Sitz hoch. Taumelnd erreichte er den Ausgang. Mit einer Hand ließ der Fahrer grimmig eine Handvoll Münzen aus seiner kleinen Maschine rinnen, erstattete ihm sein Fahrgeld zurück und hielt den Bus an. Der arme Pnin stand inmitten der fremden Stadt.

Er war weniger stark, als seine mächtig gewölbte Brust zu bezeugen schien, und die Welle hoffnungsloser Müdigkeit, die seinen oberlastigen Körper zu überschwemmen drohte, ihn gleichsam der Wirklichkeit entfremdend, war ihm keine ganz unbekannte Empfindung. Er fand sich in einem feuchten, grün- und purpurfarbenen Park jener konventionell friedhofsmäßigen Prägung wieder, die traurige Rhododendren, glänzender Lorbeer, verzweigte Schattenbäume und geschorener Rasen bedingen; und kaum war er in die Allee von Kastanien und Eichen eingebogen, die der Fahrer ihm als kürzesten Rückweg zum Bahnhof angegeben hatte, als ihn jenes unheimliche Gefühl, jenes unwirkliche Prickeln vollends überkam. Hatte er etwas Unrechtes gegessen? Etwa jenen Schinken mit Mixed Pickles? Oder war es eine geheimnisvolle Krankheit, die keiner seiner Ärzte bisher erkannt hatte? Das fragte sich mein Freund, und ich frage es mich auch.

Ich weiß nicht, ob je festgestellt wurde, daß eines der Hauptmerkmale des Lebens die Isolierung ist. Wenn uns keine Fleischhülle umgibt, sterben wir. Der Mensch kann nur existieren, solange er innerhalb seiner Umwelt isoliert ist. Der Schädel ist der Helm eines Raumfahrers. Bleib drinnen, sonst kommst du um. Tod ist Entkleidung, Tod ist Gemeinsamkeit. Es mag herrlich sein, mit der Landschaft zu verschmelzen, freilich ist es das Ende unseres verzärtelten Ich: das Gefühl, das den armen Pnin bedrückte, war dieser Entkleidung, dieser Gemeinsamkeit recht ähnlich. Er empfand sich als durchsichtig und verwundbar. Er schwitzte. Er war zu Tode erschrocken. Eine Steinbank zwischen Lorbeerbüschen nahm ihn auf, rettete ihn vor dem Zusammenbrechen auf dem Parkweg. War dies Überfallenwerden Herzschwäche? Ich bezweifle es. Für dies eine Mal bin ich sein Hausarzt, daher wiederhole ich: ich bezweifle es. Mein Patient gehörte zu jenen merkwürdigen und unglückseligen Menschen, die ihr Herz – «ein hohles Muskelorgan» laut grausiger Definition in *Websters Neuem Universitäts-Wörterbuch*, das in Pnins verwaister Reisetasche lag – mit empfindlicher Scheu, mit nervösem Widerwillen, mit krankhaftem Haß betrachten, als sei es ein gewaltiges, schleimiges, unnahbares Ungeheuer, dessen Schmarotzerdasein man ein Leben lang ertragen muß. Bisweilen, wenn sein stolpernder und torkelnder Puls es zu toll trieb, untersuchten seine Ärzte ihn genauer, und das Kardiogramm zeigte ungeheure Gebirgsketten und wies auf ein Dutzend tödlicher Leiden hin, die eines das andere ausschlossen. Er hatte Angst, sein eigenes Handgelenk zu berühren. Er legte sich zum Schlafen nie auf die linke Seite, nicht einmal in jenen trüben Stunden, wo der Schlaflose sich nach einer dritten Seite sehnt, nachdem er die beiden, die er besitzt, ausprobiert hat.

Und hier im Park von Whitchurch erlebte Pnin wieder, was ihm schon am 10. August 1942, am 15. Februar 1937 – seinem Geburtstag –, am 18. Mai 1929 und am 4. Juli 1920 zugestoßen war – er fühlte, daß jener widerwärtige Automat, den er beherbergte, ein eigenes Bewußtsein entwikkelte und nicht nur unverschämt lebendig war, sondern ihn mit Schrecken und Schmerzen heimsuchte. Er drückte seinen bejammernswerten Kahlkopf an die steinerne Rükkenlehne der Bank und rief sich dabei alle vergangenen Fälle ähnlicher Beschwernis und Verzweiflung ins Gedächtnis. Sollte es diesmal eine Lungenentzündung sein? Vor einigen Tagen hatte er sich in einem jener herzhaften amerikanischen Durchzüge, mit denen ein Gastgeber seine Gäste nach der zweiten Runde Cocktails an einem windigen Abend überrascht, bis auf die Knochen erkältet. Plötzlich fühlte Pnin – ging es etwa ans Sterben? –, wie er ins Kinderland zurückglitt. Die Empfindung besaß die Schärfe jener Rückerinnerung, die das dramatische Vorrecht Ertrinkender sein soll, vornehmlich in der früheren russischen Kriegsmarine – ein Phänomen des Erstickens, das ein in Ehren ergrauter Psychoanalytiker, dessen Name mir entfallen ist, folgendermaßen erklärt: der im Unterbewußtsein wachgerufene Schock der Kindtaufe löst eine Explosion der zwischen dem ersten und letzten Untertauchen liegenden Erinnerungen aus. Dies alles geschah blitzartig, läßt sich aber nicht in ebenso raschen Worten wiedergeben.

Pnin entstammte einer angesehenen, ziemlich wohlhabenden Petersburger Familie. Sein Vater, Dr. Pavel Pnin, ein bekannter Augenarzt, hatte einst die Ehre, Leo Tolstoi bei einer Bindehautentzündung zu behandeln. Timofejs Mutter, ein zartes, nervöses, kleines Geschöpf mit Wespentaille und aufgestecktem Haar, war die Tochter des einstmals berühmten Revolutionärs Umow und einer aus Riga gebürtigen Deutschen. In seinem Dahindämmern sah Pnin die Augen seiner Mutter auf sich zukommen. Es war an einem Sonntag im tiefen Winter. Er war elf Jahre alt. Er saß bei seinen Hausaufgaben für den Montagsunterricht im Ersten Gymnasium, als seltsame Kühle seinen Körper durchdrang. Die Mutter maß seine Temperatur, blickte ihr Kind verwundert an und ließ unverzüglich den besten Freund ihres Mannes, den Kinderarzt Belotschkin, rufen. Er war ein kleiner Mann mit finsteren Brauen, kurzem Bart und geschorenem Haar. Die Schöße seine Gehrocks lüftend, ließ er sich auf Timofejs Bettrand nieder. Ein Wettlauf wurde abgehalten zwischen des Doktors dicker goldener Uhr und Timofejs Puls – der spielend gewann. Darauf wurde Timofejs Oberkörper entblößt, und Belotschkin drückte die eisige Nacktheit seines Ohres und das Sandpapier seiner Wange darauf. Wie die flache Sohle eines Einfüßlers spazierte das Ohr über Timofejs Rücken und Brust, klebte hier und dort auf einem Fleckchen Haut fest und wanderte zum nächsten. Kaum war der Arzt fort, wickelten Timofejs Mutter und ein dralles Dienstmädchen, Sicherheitsnadeln zwischen den Zähnen, den bestürzten kleinen Patienten in einen zwangsjackenartigen Umschlag ein. Dieser bestand aus einer Lage feuchter Leintücher, einer dickeren Lage schützender Watte und einer weiteren von straffem Flanell; ein teuflisch klebriges Guttapercha – in der Farbe von Urin und Fieber – kam zwischen den feuchtkalten Schock des Leinens auf seiner Haut und das qualvolle Knirschen der Watte, darum wurde als letzte Lage das Flanelltuch gewunden. Eine armselige eingesponnene Larve, verschwand Timoscha – Tim – unter einem Berg zusätzlicher Decken; diese vermochten jedoch nichts gegen das Frösteln, das von dem zu Eis erstarrten Rückgrat nach beiden Seiten die Rippen emporkroch. Seine Augen konnte er nicht schließen, weil die Augenlider so brannten. Das Sehen wurde zu einem ovalen Schmerz, durchzuckt von schrägen Lichtstrahlen; vertraute Gestalten wurden zur Brutstätte böser Traumbilder. Neben seinem Bett stand ein vierteiliger Wandschirm aus poliertem Holz mit Brandmalerei: ein blätterbesäter Reitweg, ein Teich mit Wasserlilien, ein gebeugter alter Mann auf einer Bank und ein Eichhörnchen mit einem rötlichen Gegenstand in den Vorderpfoten. Timoscha, ein methodisches Kind, hatte sich oft gefragt, was das Ding dort sein könnte – eine Nuß, ein Tannenzapfen? Und da er nun nichts zu tun hatte, machte er sich an die Lösung des langweiligen Rätsels, aber das Fieber, das in seinem Kopf summte, erstickte seine Mühe in Schmerz und

Schrecken. Noch qualvoller war seine Fehde mit der Tapete. Er hatte immer gesehen, daß in der Senkrechten eine Kombination von drei verschiedenen Sträußen purpurroter Blumen und sieben unterschiedlichen Eichenblättern mit beruhigender Regelmäßigkeit wiederkehrte; nun aber plagte ihn die Tatsache, daß er nicht herauszufinden vermochte, welches System von Einschluß und Beschränkung im waagerechten Muster herrschte. Daß auch hier eine Wiederholung stattfand, erwies sich dadurch, daß er die ganze Wand entlang, vom Bett zum Schrank und vom Ofen zur Tür, diese oder jene Einzelheit der Musterreihe wiederfand; wenn er aber versuchte, von einem beliebig gewählten Satz von drei Blüten und sieben Blättern nach links oder rechts zu wandern, verlor er sich sofort in einem Wirrwarr von Rhododendron und Eichenblättern. Es war einleuchtend: wenn der böse Zeichner – der Zerstörer des Gemüts, der Freund des Fiebers – den Schlüssel zu seinem Muster mit solch tückischer Sorgfalt verbarg, mußte dieser Schlüssel kostbar sein wie das Leben, und falls er gefunden wurde, ihm, Timofej Pnin, wieder zu seiner gewohnten Gesundheit, seiner gewohnten Welt verhelfen können. Dieser scharfsinnige, allzu scharfsinnige Schluß zwang ihn, in seinem Ringen fortzufahren.

Das Gefühl zu spät zu kommen, zu einer so widerwärtig festgelegten Sache wie Schule, Abendessen oder Zubettgehen, ergänzte mit Mißbehagen und angstvoller Hast die Schwierigkeiten einer Suche, die an Fieberträume grenzte. Blattwerk und Blüten schienen sich ungeachtet ihres komplizierten Gewebes in einen einzigen wellenartigen Körper von ihrem blaßblauen Hintergrund zu lösen, der seine papierne Flächigkeit verlor und eine Tiefe gewann, die des Betrachters Herz erschauern ließ. Durch die lebendig gewordenen Girlanden vermochte er Teile des Kinderzimmers wahrzunehmen, die zäher am Leben festhielten als die übrigen – der lackierte Wandschirm, ein schimmernder Becher, die Messingknäufe der Bettpfosten; aber sie alle hatten noch weniger mit den Eichenblättern und dem üppigen Blütenflor zu tun als die Spiegelung eines Zimmergegenstandes in der Fensterscheibe mit der durch dieses Fenster erspähten Außenwelt. Und der Zeuge und das Opfer dieser Trugbilder, eingemummt in seinem Bettchen, saß gleichzeitig im Einklang mit der zwiefachen Natur seiner Umgebung auf der Bank eines grün- und -purpurnen Parks. Einen verschwebenden Augenblick lang glaubte er endlich den sehnsüchtig gesuchten Schlüssel in der Hand zu halten, doch ein von ferne rauschender Wind, der mit sanfter Hand über die blütenlos blinden Rhododendren fuhr, brachte den letzten Rest eines vernünftigen Musters, das Timofej Pnins Umgebung je gezeigt hatte, durcheinander. Er lebte, und das war genug. Die Rückenlehne, an der er sich rekelte, schien ebenso zuverlässig wie sein Anzug, seine Brieftasche oder das Datum des großen Brandes von Moskau im Jahre 1812.

Ein graues Eichhörnchen kauerte behaglich vor ihm auf dem Boden und probierte einen Pfirsichkern. Der Wind legte sich, dann sträubte er von neuem das Blattwerk.

Der Anfall hatte Pnin ein wenig ängstlich und zitterig gemacht, er mußte sich aber sagen, daß er nach einer wirklichen Herzschwäche sich weit unbehaglicher und besorgter gefühlt hätte, und diese summarische Überlegung verscheuchte alle Furcht. Es war vier Uhr zwanzig. Er putzte sich die Nase und trabte zum Bahnhof.

Der erste Beamte war zurück. «Hier ist Ihre Tasche», sagte er fröhlich. «Tut mir leid, daß Sie den Cremona-Bus verpaßt haben.»

«Jedenfalls» – welch würdevolle Ironie unser vom Pech verfolgter Freund diesem ‹Jedenfalls› zu verleihen suchte! – «jedenfalls hoffe ich, daß es Ihrer Frau gut geht.»

«Es wird schon werden. Muß halt bis morgen warten, wie es scheint.»

«Nun bitte», fragte Pnin, «wo befindet sich ein öffentlicher Fernsprecher?»

Der Mann deutete mit seinem Bleistift seitlich hinaus, so weit er konnte, ohne seinen Bau zu verlassen. Den Koffer in der Hand, schickte Pnin sich zum Gehen an, wurde aber zurückgerufen. Nun zeigte der Bleistift in Richtung auf die Straße.

«Hören Sie zu. Sehen Sie die beiden, die dort den Lastwagen beladen? Die fahren jeden Augenblick nach Cremona ab. Sagen Sie ihnen, Bob Horn schickt Sie. Die werden Sie mitnehmen.»

## 3

Manche Leute – und ich gehöre zu ihnen – hassen Happy-Ends. Man fühlt sich betrogen. Ein schlimmes Ende ist normal. Das Verhängnis sollte nicht steckenbleiben. Die Lawine, die es sich ein paar Meter über dem Dörfchen am Bergabhang anders überlegt, benimmt sich nicht nur unnatürlich, sondern auch noch unmoralisch. Hätte ich über diesen sanften alten Herrn gelesen, statt über ihn zu schreiben, dann hätte ich lieber gelesen, daß er bei der Ankunft in Cremona feststellte, sein Vortrag finde nicht diesen, sondern erst nächsten Freitag statt. Statt dessen traf er nicht nur heil, sondern auch noch rechtzeitig zum Abendessen ein – einer Mahlzeit, die mit einem Fruchtcocktail begann und über Minzsülze mit dem bekannten undefinierbaren Fleischgang schließlich bei Vanille-Eis und Schokoladensoße endete. Bald darauf saß er neben dem Lesepult, überfüttert mit Süßigkeiten, feierlich im schwarzen Anzug, mit drei Schriftstücken jonglierend, die er alle in seine Rocktasche gezwängt hatte, um ein Versehen mit mathematischer Zuverlässigkeit auszuschalten und auf jeden Fall das richtige zur Hand zu haben, während Judith Clyde, eine alterslose Blondine in himmelblauer Kunstseide, mit großen, flachen, bonbonrosa getönten Wangen und zwei mondsüchtigen, hinter einem randlosen Kneifer verschwimmenden blauen Augensternen den Sprecher des Abends ankündigte:

«Der Sprecher des heutigen Abends», begann sie – «dies ist übrigens unser dritter Freitagabend. Das letzte Mal, wie Sie sich wohl alle erinnern, genossen wir die Ausführungen Professor Moores über den Ackerbau in China. Heute abend habe ich die Genugtuung, Ihnen den in Rußland geborenen und bei uns eingebürgerten Professor – nun kommt leider ein schwieriger Name – Professor Pan-niin vorzustellen. Ich hoffe, ich habe ihn richtig ausgesprochen. Einer Einführung bedarf er wohl kaum, und wir freuen uns, ihn bei uns begrüßen zu dürfen. Wir haben einen langen Abend vor uns, einen langen, vielversprechenden Abend; ich bin sicher, Sie alle möchten ihm hinterher gern in Ruhe Fragen stellen. Nebenbei gesagt, höre ich, daß sein Vater Dostojewskijs Hausarzt war, und er selbst ist auf beiden Seiten des Eisernen Vorhangs ausgiebig gereist. Daher möchte ich Ihre wertvolle Zeit nicht länger in Anspruch nehmen und nur ein paar Worte über den nächsten Freitagabend unserer Vortragsreihe hinzufügen. Sicherlich werden Sie alle entzückt sein zu erfahren, daß uns eine große Überraschung bevorsteht. Unsere nächste Vortragende ist die hervorragende Dichterin und Prosaschriftstellerin Miss Linda Lacefield. Wir alle wissen, daß sie Gedichte, Romane und Kurzgeschichten geschrieben hat. Miss Lacefield wurde in New York geboren. Ihre Ahnen kämpften in den Sezessionskriegen auf beiden Seiten. Sie hat ihre ersten Gedichte vor dem Abitur geschrieben. Viele ihrer Gedichte – zumindest drei davon – sind erschienen in ‹*Eine Antwort. Hundert Liebesgedichte amerikanischer Frauen*›. Im Jahre 1922 erhielt sie den dotierten Preis der . . .»

Pnin hörte nicht zu. Ein leises Gemurmel als Echo des kürzlichen Anfalls nahm sein gebanntes Ohr gefangen. Es dauerte nur wenige Herzschläge lang, mit ein paar Extrasystolen dann und wann, letzten harmlosen Nachklängen – und ging in die ernste Wirklichkeit über, als seine distinguierte Gastgeberin ihn zum Lesepult rief. Aber solange es währte, wie kristallklar war die Vision! In der Mitte der ersten Stuhlreihe sah er eine seiner baltischen Tanten, angetan mit der Perlenkette, den Spitzen und der blonden Perücke, die sie bei allen Vorstellungen des großen Schmierenschauspielers Chodotow getragen hatte, den sie aus der Entfernung anschwärmte, bis sie dem Wahnsinn verfiel. Neben ihr saß mit scheuem Lächeln, das schmale Köpfchen geneigt, den sanften rehbraunen Blick unter samtenen Brauen zu Pnin emporgewandt, ein verstorbener Jugendschwarm und fächelte sich mit dem Programmheft. Ermordet, vergessen, ungerächt, unvergänglich, unsterblich saßen manche alten Freunde im dämmrigen Saal verstreut mitten unter jüngeren Bekanntschaften wie Miss Clyde, die in der ersten Reihe bescheiden Platz genommen hatte. Wanja Bednjaschkin, im Jahre 1919 von den Roten in Odessa erschossen, weil sein Vater zu den Liberalen gehörte, winkte seinem früheren Klassenkameraden fröhlich aus dem Hintergrund des Saales zu. Ein wenig verschwommen, aber im großen und ganzen prächtig wiederhergestellt aus ihrer düsteren Auflösung, sahen Dr. Pavel Pnin und seine besorgte Frau in einem unbewachten Augenblick mit derselben verzehrenden Leidenschaft und demselben Stolz auf ihren Sohn, wie sie an jenem Abend des Jahres 1912 zu ihm aufgeschaut hatten, als er – ein bebrilltes Bürschchen – bei der Schulfeier zur Erinnerung an Napoleons Niederlage mutterseelenallein auf der großen Bühne ein Gedicht von Puschkin vortrug.

Die kurze Vision war vorüber. Die hochbetagte Miss Herring, emeritierte Professorin für Geschichte, Verfasserin von *«Rußland erwacht»* (1922), beugte sich gerade über ein oder zwei Zuhörer, um Miss Clyde zu ihrer Einführungsrede zu beglückwünschen, während hinter ihr eine andere blinzelnde alte Seele zwei geräuschlos klatschende welke Hände ins Blickfeld schob.

## *Zweites Kapitel*

### 1

Die berühmten Glocken des Waindell College ließen ihr ausgiebiges Morgengeläut erklingen.

Laurence C. Clements, Dozent in Waindell, dessen einziger beliebter Lehrgang seine «Philosophie der Gebärde» war, und seine Frau Joan, im Jahre 1930 von der Universität Pendelton abgegangen, hatten sich kürzlich von ihrer Tochter, beste Schülerin des Vaters, trennen müssen: Isabel hatte im dritten Studienjahr einen Studenten vom Waindell geheiratet, der in einem entlegenen Staate des amerikanischen Westens eine Stelle als Ingenieur gefunden hatte. Melodiös schwang der Glockenton in der silbrigen Sonne. Im Fensterrahmen hob sich das Städtchen Waindell mit weißen Farbtönen und schwarzem Zweigmuster, wie von einem Kind in primitiver Perspektive ohne Tiefe hingeworfen, vom schiefergrauen Hügelland ab. Alles war hübsch mit Rauhreif verziert; die glänzenden Teile parkender Wagen schimmerten. Miss Dingwalls alter Scotchterrier, eine Art von röhrenförmigem, kleinem Keiler, machte seinen Rundgang, Warren Street hinauf, Spelman Avenue hinunter und zurück. Aber keine anheimelnde Umgebung, keine liebliche Landschaft, kein Glockenspiel vermochte die Jahreszeit erquicklich zu machen für Clements. In vierzehn Tagen würde das Hochschuljahr nach einer Besinnungspause in seine winterliche Phase treten, in das Frühjahrssemester. Das Ehepaar Clements fühlte sich trostlos, besorgt und einsam in seinem reizenden, zugigen, alten Haus, das nun um sie hing wie die schlaffe Haut und die flatternden Kleider eines abgedankten Narren, der ein Drittel seines Gewichts eingebüßt hat. Schließlich war Isabel blutjung, ein unbeschriebenes Blatt, und von ihren angeheirateten Verwandten wußte sie so gut wie nichts außer einer Auswahl marzipansüßer Hochzeitsgrimassen in einem gemieteten Festsaal, in dem die duftige Braut ohne Brille so hilflos dreingeblickt hatte.

Noch immer klangen die Glocken mit voller Kraft in den Himmel der Engel hinauf – ein Genuß, für den der enthusiastische Dr. Robert Trebler, ein eifriges Mitglied der Musikabteilung, verantwortlich zeichnete. Bei einem kargen Frühstück von Orangen und Zitronen kritisierte der zu kahler Blondheit neigende, ungesund fettleibige Laurence den Leiter des Französischen Seminars, einen der Leute, die Joan für den Abend eingeladen hatte, Professor Entwistle von der Goldwin-Universität kennenzulernen. «Warum in aller Welt», schnaubte er, «mußtest du diesen Blorenge einladen, diesen langweiligen Kerl, diese Mumie, einen dieser Gipspfeiler der Bildung!»

«Ich mag eben Ann Blorenge», gab Joan zurück und unterstrich ihre Zuneigung mit nachdrücklichem Kopfnikken.

«Eine ordinäre alte Katze!» rief Laurence.

«Eine rührende alte Katze», murmelte Joan. In diesem Augenblick war Dr. Trebler zu Ende, und das Telefon im Korridor übernahm das Läuten.

Technisch hinkt die Kunst des Erzählers, Telefongespräche wiederzugeben, noch immer hinter jener zurück, Zwiegespräche von Zimmer zu Zimmer oder von Fenster zu Fenster über die schmale blaue Gasse einer alten Stadt hinweg zu schildern, einer Stadt, in der Wasser kostbar ist, mit armen Mauleseln, mit Teppichverkäufern und Minaretts, mit Fremden und Melonen, mit zitterndem Morgenecho.

Als Joan in ihrem forschen Schlenderschritt zu dem aufsässigen Apparat ging, bevor er verstummte, und mit erhobenen Brauen und wandernden Augen *Hallo* hineinsagte, antwortete nur hohle Stille. Mehr als den behaglichen Ton stetigen Atmens vermochte sie nicht zu hören. Plötzlich sagte die atmende Stimme mit anheimelnd ausländischem Akzent: «Einen Augenblick, bitte schön.» Dies klang sehr beiläufig, und die Stimme fuhr fort zu atmen, vielleicht machte sie auch hm oder hem oder seufzte leise zur Begleitung raschelnder kleiner Seiten, die umgeblättert wurden.

«Hallo!» wiederholte Joan.

«Sind Sie», wagte die Stimme vorsichtig, «Mrs. Fire?»

«Nein», antwortete Joan und hängte auf. «Nebenbei», fuhr sie fort, schlakste in die Küche und sprach zu ihrem Mann, der von dem Speck kostete, den sie für sich gebraten hatte, «nebenbei kannst du nicht bestreiten, daß Jack Cokkerell Blorenge für einen erstklassigen Administrator hält.»

«Wer war am Telefon?»

«Jemand wollte Mrs. Feuer oder Fayer sprechen. Hör mal, wenn du vorsätzlich alles außer acht läßt, was George ...» (Dr. O. G. Helm, ihr Hausarzt.)

«Joan», erwiderte Laurence, der sich nach der glänzenden Speckschnitte erheblich wohler fühlte, «Joan, Liebling, du bist dir doch darüber im klaren, nicht wahr, daß du Margaret Thayer gestern gesagt hast, du suchtest einen Untermieter?»

«Ach, verflixt», rief Joan – und schon läutete das Telefon entgegenkommenderweise von neuem.

«Offensichtlich», nahm die gemessene Stimme das Gespräch wieder auf, «habe ich versehentlich den Namen der Dame genannt, der ich Ihre Adresse verdanke. Bin ich mit Mrs. Clements verbunden?»

«Ja, hier spricht Mrs. Clements», gab Joan zurück.

«Hier spricht Professor –» Es erfolgte eine verrückte kleine Explosion. «Ich leite den russischen Sprachkurs. Mrs. Fire, die gegenwärtig halbtags in der Bibliothek arbeitet ...»

«Ja, Mrs. Thayer, ich weiß. Möchten Sie das Zimmer sehen?»

Das wollte er. Ob er es in annähernd einer halben Stunde besichtigen könne? Ja, sie sei da. Nachlässig hängte sie den Hörer auf.

«Was war es diesmal?» fragte ihr Mann, die plumpe, sommersprossige Hand auf dem Treppengeländer, und drehte sich auf dem Weg in die Geborgenheit seines Studierzimmers nach ihr um.

«Ein angeknackster Pingpongball. Russe.»

«Herr des Himmels, Professor Pnin!» rief Laurence. «‹*Ich kenn ihn wohl, er ist auch in der Tat das Kleinod und Juwel von seinem Volk.*› Ich weigere mich entschieden, diesen Kauz in mein Haus aufzunehmen!»

Heftig stampfte er die Treppe hinauf. Sie rief ihm nach: «Lore, hast du deinen Artikel gestern abend zu Ende geschrieben?»

«Fast.» Er bog um die Treppenwindung, sie hörte seine Hand über das Geländer quietschen, dann daraufschlagen. «Ich mache ihn heute fertig. Zuerst muß ich die verwünschte EOS-Prüfung vorbereiten.»

EOS bedeutete *Evolution of Sense,* sein größter Lehrgang – zu dem sich zwölf Hörer eingeschrieben hatten, von denen keiner auch nur im entferntesten apostolisch war –, der mit dem Satz begonnen hatte, mit dem er auch enden würde: die Entwicklung des Verstandes sei verstanden als die Entwicklung des Unverstandes. Ein Satz, der in Zukunft nur allzu oft zitiert werden würde.

## 2

Eine halbe Stunde später warf Joan einen Blick auf die sterbensmüden Kakteen im Verandafenster und sah einen Mann im Regenmantel ohne Hut mit einem Kopf wie ein polierter Kupferball zuversichtlich an der Tür des benachbarten, schmucken Backsteinhauses läuten. Der alte Scotchterrier stand in ähnlich einfältig heiterer Haltung neben ihm. Miss Dingwall kam mit einem Mop heraus, ließ den bedächtig-würdevollen Schnüffler herein und verwies Pnin zu Clements' Schindelhaus.

Timofej Pnin nahm im Wohnzimmer Platz, schlug die Beine *poamerikanski* – nach amerikanischer Manier – übereinander und eröffnete die Unterhaltung mit etwas völlig Abwegigem. Es war ein gedrängter – besser gesagt, ein geschwollener Lebenslauf. Geboren in Sankt Petersburg im Jahre 1898. Beide Eltern starben an Typhus im Jahre 1917. Siedelte im Jahre 1918 nach Kiew über. Stand fünf Monate bei der Weißen Armee, zuerst als «Feldtelefonist», dann beim Nachrichtendienst. Floh im Jahre 1919 vor den Roten von der Krim nach Konstantinopel. Beendete Hochschulausbildung . . .

«Stellen Sie sich vor, im selben Jahr war ich als Kind dort», warf Joan freudestrahlend ein. «Mein Vater reiste als Regierungsvertreter in die Türkei und nahm uns mit. Wir hätten uns kennenlernen können. Ich weiß noch, wie Wasser auf türkisch heißt. Es gab dort einen Rosengarten . . .»

«Wasser heißt auf türkisch ‹*su*›», sagte Pnin, Sprachgenie aus Not, und fuhr mit der Schilderung seiner fesselnden Vergangenheit fort: beendete Hochschulausbildung in Prag. Stand mit verschiedenen wissenschaftlichen Instituten in Verbindung. Dann . . . «Langer Rede ganz kurzer Sinn: verlegte meinen Wohnsitz 1925 nach Paris, verließ Frankreich zu Beginn des Hitlerkrieges. Ist nun hier. Ist amerikanischer Staatsbürger. Liest Russisch und dergleichen im Vandal College. Von Hagen, Leiter der Deutschen Abteilung, können Sie alles Weitere erfahren. Oder vom College-Heim für unverheiratete Lehrkräfte.»

«Hatten Sie es dort nicht behaglich?»

«Zuviel Leute», erwiderte Pnin. «Neugierige Leute. Aber für mich ist völlige Zurückgezogenheit jetzt unerläßlich.» Mit einem unerwartet hohlen Laut hustete er in seine Faust – ein Geräusch, das Joan an einen berufsmäßigen Donkosaken erinnerte, den sie einst kennengelernt hatte – und wagte dann den Sprung: «Ich muß Sie warnen: ich werde mir alle Zähne ziehen lassen. Eine scheußliche Operation.»

«Nun wenn schon, kommen Sie mit nach oben», meinte Joan fröhlich.

Pnin spähte in Isabels rosagestrichenes, mit weißen Volants drapiertes Zimmer. Es hatte plötzlich zu schneien begonnen, obgleich der Himmel wie Platin schimmerte, und das langsam fallende Geglitzer strahlte aus dem stummen Spiegel zurück. Pnin betrachtete methodisch Höckers *«Mädchen mit Katze»* über dem Bett und über dem Bücherbord Hunts *«Kind von der Nacht überrascht»*. Dann hielt er die Hand dicht ans Fenster.

«Ist die Temperatur gleichmäßig?»

Joan stürzte zum Heizkörper.

«Brutwarm», meldete sie eilfertig.

«Ich frage – gibt es Luftstrom?»

«Gewiß, Sie werden genug Luft bekommen. Und hier ist das Bad – klein, aber es gehört Ihnen allein.»

«Keine Dusche?» wollte Pnin wissen, den Blick zur Decke gewandt. «Vielleicht ist es besser so. Mein Freund, Professor Chateau von Columbia, hat einmal einen doppelten Beinbruch erlitten. Nun muß ich nachdenken. Welchen Preis sind Sie bereit zu fordern? Ich frage ein solches, weil ich nicht mehr als einen Dollar pro Tag ausgeben will – Nährmittel freilich nicht einbegriffen.»

«Ist mir recht», antwortete Joan mit ihrem freundlich bereitwilligen Lachen.

Noch am selben Nachmittag verfrachtete einer von Pnins Studenten, Charles McBeth – «Nach seinen schriftlichen Arbeiten ein Wahnsinniger, wenn man mich fragt», pflegte Pnin zu sagen –, voller Eifer Pnins Gepäck in einem pathologisch purpurnen Wagen ohne linken Kotflügel zu seiner neuen Bleibe. Nach einem frühen Abendessen in *The Egg and We,* einer jüngst eröffneten und nicht sonderlich florierenden Gaststube, die Pnin aus purer Anteilnahme an Mißerfolgen häufig besuchte, machte sich unser Freund an die angenehme Aufgabe, sein neues Quartier zu pninisieren. Isabels Jugend war mit ihr entflogen oder von ihrer Mutter getilgt worden, dafür hatte man den Kindheitsspuren des jungen Mädchens nicht gewehrt. Pnin suchte den günstigsten Platz für seine komfortable Höhensonne, seine riesige Schreibmaschine mit russischen Typen in einem zerbrochenen, mit Isolierband geflickten Sarg, fünf Paar hübsche, merkwürdig kleine Schuhe mit zehn Spannern, einen Kaffeemahl- und Kochapparat, der nicht ganz so gut war wie der, der letztes Jahr explodierte, ein paar Weckeruhren, die jede Nacht denselben Wettlauf unternahmen, und vierundsiebzig Bibliotheksbücher, in der Hauptsache alte russische, von der Waindell College-Bibliothek handfest gebundene Zeitschriften; auf einen Stuhl im Treppenhaus verbannte er zunächst ein halbes Dutzend verlassener Bände wie *«Vögel im Heim»*, *«Glückliche Tage in Holland»* und *«Mein erstes Wörterbuch»* («Mit mehr als sechshundert Illustrationen: im Zoo, der menschliche Körper, Bauernhöfe, Feuerbrände – alles wissenschaftlich ausgewählt»), dazu eine einzelne Holzperle mit einem Loch in der Mitte.

Joan, die das Wort ‹rührend› vielleicht etwas zu oft im Munde führte, erklärte, sie würde den bedauernswerten Gelehrten zu einem Gläschen mit ihren Gästen auffordern, worauf ihr Mann entgegnete, auch er sei ein bedauernswerter Gelehrter und würde ins Kino flüchten, wenn sie ihre Drohung wahrmachte. Als Joan jedoch mit ihrer Einladung zu Pnin hinaufging, lehnte er dankend ab mit der einfachen Begründung, er habe beschlossen, keinen Alkohol mehr zu genießen. Gegen neun trafen die drei Ehepaare und Entwistle ein, gegen zehn war die kleine Gesellschaft in gehobener Stimmung. Joan sah während eines Zwiegesprächs mit der hübschen Gwen Cockerell plötzlich Pnin in einem grünen Sweater an der zur Treppe führenden Tür stehen, wie er ihr ein Wasserglas entgegenhielt. Sie flog auf ihn zu – fast prallte ihr Mann mit ihr zusammen, als er durch den Raum trabte, um Jack Cockerell, den Leiter des Englischen Seminars, zum Einhalten, zum Schweigen oder aus dem Konzept zu bringen. Cockerell unterhielt, mit dem Rücken zu Pnin, Mrs. Hagen und Mrs. Blorenge mit seiner berühmten Szene: er war einer der besten, wenn nicht der beste Nachahmer Pnins im ganzen College. Unterdessen sagte sein Vorbild zu Joan: «Im Badezimmer gibt es kein sauberes Wasserglas, und es gibt auch andere Anstände. Es zieht vom Fußboden, es zieht von den Wänden . . .» Dr. Hagen aber, ein angenehmer, vierschrötiger, alter Mann, begrüßte ihn erfreut, und im nächsten Augenblick wurde Pnin Professor Entwistle vorgestellt, nachdem sein Wasserglas durch ein Glas Whisky mit Soda ersetzt worden war.

*«Sdrastwuitje kak poshiwaetje charascho spaſsibo»,* rasselte Entwistle in einer vortrefflichen Nachahmung russischer Anrede – und sah in der Tat einem leutseligen Zarenoberst in Zivil täuschend ähnlich. «Eines schönen Abends in Paris», fuhr er mit vergnügtem Augenzwinkern fort, «überzeugte diese Darbietung eine Gruppe russischer Nachtschwärmer im Cabaret *Ogolok* derartig, daß ich für einen Landsmann gehalten wurde, der sich als Amerikaner ausgab. Können Sie sich das vorstellen?»

«In zwei, drei Jahren», meinte Pnin, der nicht ganz mitgekommen war, aber nachschaltete, «wird man mich auch für einen Amerikaner halten», worauf alles schallend lachte mit Ausnahme von Professor Blorenge.

«Wir werden Ihnen einen elektrischen Heizofen besorgen», beschwichtigte Joan Pnin vertraulich, als sie ihm Oliven anbot.

«Was für eine Marke?» fragte Pnin argwöhnisch.

«Das müssen wir noch sehen. Sonst noch Beschwerden?»

«Ja – akustische Störungen», sagte Pnin. «Ich höre jedes, jedes Geräusch von unten. Doch hier ist wohl nicht der richtige Ort, dies zu besprechen.»

## 3

Die Gäste begannen sich zu verabschieden. Pnin, ein reines Wasserglas in der Hand, stapfte nach oben, Entwistle und sein Gastgeber traten als letzte auf die Veranda hinaus. Nasser Schnee trieb durch die stockfinstere Nacht.

«Wie schade», sagte Professor Entwistle, «daß wir Sie nicht dazu verführen können, nach Goldwin zu kommen. Schwarz und der alte Crates, die zu Ihren größten Bewunderern gehören, sind bei uns. Wir haben einen regelrechten Teich. Wir haben alles. Sogar einen Professor Pnin haben wir.»

«Ich weiß, ich weiß», bemerkte Clements, «aber diese wiederholten Angebote kommen zu spät. Ich habe die Absicht, mich bald pensionieren zu lassen, und bis dahin ziehe ich vor, in diesem muffigen, aber vertrauten Loch zu bleiben. Wie gefiel Ihnen», er dämpfte seine Stimme, «Monsieur Blorenge?»

«Er hat mich stark beeindruckt. In gewisser Hinsicht jedoch erinnert er mich an jene vermutlich legendäre Gestalt, Dozent für Französisch, der glaubte, Chateaubriand sei ein berühmter Küchenchef.»

«Vorsichtig», warnte Clements. «Diese Geschichte wurde zuerst über Blorenge erzählt, und sie ist wahr.»

## 4

Am nächsten Morgen wanderte der heldenmütige Pnin in die Stadt, bewegte seinen Spazierstock in europäischer Manier auf-ab, auf-ab, und während er den Blick über verschiedene Gegenstände wandern ließ, stellte er sich in philosophischem Bemühen vor, wie sie nach überstandener Feuerprobe aussehen würden, um sich dann zu erinnern, wie sie ihm durch das Prisma der Erwartung erschienen waren. Zwei Stunden später stampfte er zurück, auf seinen Stock gestützt und den Blick an nichts verschwendend. Ein warmes, schmerzvolles Pulsen löste allmählich das eisig hölzerne Gefühl der Betäubung in seinem auftauenden, noch immer halb abgestorbenen, fürchterlich zugerichteten Mund ab. Danach trauerte er ein paar Tage um einen ihm bis ins letzte vertrauten Teil seines Ich. Es überraschte ihn, wie lieb ihm seine Zähne gewesen waren. Seine Zunge, eine dicke behende Robbe, war stets so ausgelassen zwischen den wohlbekannten Felsen umhergetollt und -geglitten, die Umrisse eines beschädigten, aber noch immer sicheren Reiches abtastend, von Höhle zu Wölbung schlüpfend, diese Zacke erklimmend, jene Kerbe betastend oder ein Fetzchen süßen Seetang in derselben Spalte entdeckend. Aber nun war kein Markstein übrig, alles war eine große, dunkle Wunde, ein Niemandsland von Gaumenfleisch, dessen Erkundung Scheu und Ekel verboten. Und als die Prothesen eingesetzt wurden, war es, als werde ein armer, versteinerter Schädel mit dem grinsenden Gebiß eines vollkommen Fremden ausgestattet.

Auf dem Lehrplan standen keine Vorlesungen, auch wohnte er den vertretungsweise von Miller abgehaltenen Prüfungen nicht bei. Zehn Tage vergingen – und plötzlich begann er die neue Errungenschaft zu genießen. Es war eine Offenbarung, ein Sonnenaufgang, es war ein Mundvoll zuverlässigen, alabasterweißen humanen Amerikas. Nachts verwahrte er seinen Schatz in einem speziellen, mit besonderer Flüssigkeit gefüllten Glas, in dem er rosig und perlenweiß sich selbst zulächelte – vollendet schön wie eine liebliche Spezies der Tiefseeflora. Das große Werk über das Alte Rußland, eine wunderbare Traummischung aus Volksliedern, Dichtung, Gesellschaftshistorie und *petite histoire,* ein Plan, den er wohl zehn Jahre in seinem Busen genährt hatte, schien endlich in Reichweite gerückt. Kopfschmerzen kannte er nicht mehr, und das neue Amphitheater durchscheinenden Kunststoffs schien eine Bühne zu bieten und eine Vorstellung zu fordern. Als das Frühjahrssemester begann, konnte seine Klasse nicht umhin, die Tief-See-Veränderung festzustellen, als er mit dem Gummiende seines Bleistifts jene gleichmäßigen, viel zu gleichmäßigen Schneide- und Eckzähne abklopfte, während einer seiner Studenten «Der Knabe spielt mit seiner Kinderfrau und seinem Onkel» aus dem *«Russisch für Anfänger»* des rotwangigen alten Professors Oliver Bradstreet Mann übersetzte, einem Lehrbuch, von Anfang bis Ende von zwei schwachbrüstigen Paukerseelen abgefaßt, John und Olga Krotki, die heute beide tot sind. Eines Abends lauerte Pnin sogar Laurence Clements auf, als er sich anschickte, in sein Studierzimmer hinauf zu flüchten, begann ihm mit unvermittelten Ausrufen des Triumphs die Schönheit des Apparates und die Leichtigkeit vorzuführen, mit der er herausgenommen und wieder eingesetzt werden konnte, und riet dem verwunderten, aber deshalb nicht ablehnenden Laurence, sich gleich morgen in aller Frühe sämtliche Zähne ziehen zu lassen.

«Sie werden ein neuer Mensch sein wie ich», rief Pnin.

Zu Laurences und Joans Gunsten muß bemerkt werden, daß sie Pnin mit seinen einzigartig pninischen Verdiensten bald schätzen lernten trotz der Tatsache, daß er sich eher als Poltergeist denn als Untermieter aufführte. Mit seinem neuen Heizkörper stellte er etwas Furchtbares an und murmelte dann verdrießlich, es mache nichts, es würde ohnehin bald Frühling. Er hatte eine aufreizende Art, auf dem Treppenabsatz zu stehen und dort jeden Morgen, den Gott gab, mindestens zehn Minuten lang inbrünstig seine Anzüge auszubürsten, und die Bürste klapperte dabei gegen die Knöpfe. Mit Joans Waschmaschine stand er auf leidenschaftlichem Kriegsfuß. Obgleich ihm untersagt war, auch nur in ihre Nähe zu kommen, übertrat Pnin immer wieder das Verbot. Jedwede Schicklichkeit und Vorsicht außer acht lassend, fütterte er sie mit allem, was ihm in die Hände geriet: mit seinem Taschentuch, mit Küchenhandtüchern, einem Haufen kurzer Hosen und Hemden, die er aus seinem Zimmer hinunterschmuggelte nur um des Vergnügens willen, durch das Guckfenster jenes Schauspiel zu genießen, das an das endlose Purzeln von Delphinen um Drehflügel erinnert. Eines Sonntags, nachdem er festgestellt hatte, daß die Luft rein sei, konnte er es sich aus purer wissenschaftlicher Neugier nicht versagen, der mächtigen Maschine ein Paar Leinenschuhe mit Gummisohlen, beschmiert mit Lehm und Chlorophyll, vorzuwerfen. Die Schuhe trampelten mit fürchterlich unrhythmischem Geräusch los wie eine Armee, die über eine Brücke marschiert, und beendeten ihre Runden ohne Sohlen; Joan kam aus ihrem Wohnzimmerchen hinter der Anrichte zum Vorschein und sagte wehmütig: «Schon wieder, Timofej?» Aber sie verzieh ihm und genoß es, mit ihm am Küchentisch zu sitzen, Nüsse knackend oder Tee trinkend. Desdemona, die alte schwarze Putzfrau, die freitags kam und mit der Gott zu Zeiten tägliche Zwiesprache hielt – «‹Desdemona›, sagte Gott zu mir, ‹der Schorsch taugt nichts›» –, erhaschte zufällig den Anblick Pnins, wie er in kurzen Hosen, dunkler Brille und einem schimmernden, griechisch-katholischen Kreuz auf der breiten Brust in dem unirdisch violetten Licht seiner Höhensonne badete, und behauptete nachher steif und fest, er sei ein Heiliger.

Laurence, der eines Tages in sein Arbeitszimmer hinaufstieg, eine ebenso geheime wie geheiligte Höhle, sozusagen in den Dachboden gemeißelt, fand zu seiner Empörung die sanfte Beleuchtung eingeschaltet und den fettnackigen Pnin mit seinen spindeldürren Beinen seelenruhig in einer Ecke schmökernd. «Verzeihen Sie, ich grase nur ein wenig das Gelände ab», bemerkte der freundliche Eindringling – dessen Englisch mit erstaunlicher Geschwindigkeit an Farbtönen zu gewinnen schien – und schielte ihn über die aufgestützte Schulter an. Doch unmerklich führten an diesem Nachmittag der beiläufige Hinweis auf einen wenig bekannten Autor, eine flüchtige, schon auf halbem Wege wortlos erkannte Anspielung, ein am Horizont erspähtes abenteuerliches Segel, zu einem zarten geistigen Einverständnis zwischen den beiden Männern, die sich im Grunde nur in der warmen Welt natürlicher Gelehrsamkeit zu Hause fühlten. Es gibt im Menschlichen feste Körper und irrationale Größen; Clements und Pnin gehörten zu der zweiten Gruppe.

Seitdem besprachen sie sich oft, wenn sie einander begegneten – auf Türschwelle oder Treppenabsatz, auf der Treppe, auf zwei verschiedenen Stufen, die sie abwechselnd austauschten, um sich dann einander zuzuwenden, oder wenn sie in einem Zimmer, das in Pnins Ausdrucksweise in jenem Augenblick für sie nur als *espace meublé* existierte, in entgegengesetzter Richtung auf und ab wanderten. Bald wurde offenbar, daß Timofej eine wandelnde Enzyklopädie für russisches Kopfschütteln und Achselzucken war, diese Gebärden alle klassifiziert hatte und einen kleinen Beitrag zu Laurences Archiv über die philosophische Deutung bildhafter und nichtbildhafter, nationaler und regionaler Gebärden beizusteuern vermochte. Es war ein munterer Anblick, wie die beiden Männer sich über eine Legende oder eine Religion in Hitze redeten, wobei Timofej unter schöpfenden Handbewegungen aufblühte, während Laurence mit der Handfläche hackte. Laurence machte sogar einen Film über das, was Timofej die Grundzüge russischer «Handwurzelgebärden» nannte. Darin demonstrierte Pnin im Polohemd, ein Mona-Lisa-Lächeln auf den Lippen, die Handbewegungen, die russischen Verben zugrunde liegen wie *machnutj, wsplesnutj, raswesti:* das Abwinken der herunterhängenden Hand als Zeichen müden Verzichts; das dramatische Hochfahren beider Hände in ungläubiger Bestürzung und endlich die trennende Geste, bei der die Hände zum Zeichen hilfloser Ohnmacht auseinanderfallen. Zum Abschluß demonstrierte Pnin ganz langsam, wie in der internationalen Gebärde des erhobenen Zeigefingers durch eine halbe Drehung, so sanft wie die Wendung des Handgelenks beim Fechten, das russische feierliche Symbol für «Der himmlische Richter sieht dich!» sich verwandelt in die drohende deutsche Geste für «Warte nur, ich komme gleich!» «Freilich», fügte der objektive Pnin hinzu, «vermag die russische metaphysische Polizei auch sehr gut physische Knochen zu zerschlagen.»

Unter Entschuldigungsgemurmel wegen seiner «nachlässigen Toilette» führte Pnin den Film einer Gruppe Studenten vor – und Betty Bliss, die als Studentin im dritten Semester Vergleichende Literaturwissenschaft hörte, bei der Pnin Dr. Hagen unterstützte, verkündete, Timofej Pawlowitsch sähe aus wie Buddha in einem orientalischen Film, den sie in der Asiatischen Abteilung gesehen habe. Diese Betty Bliss, ein dralles, mütterliches Geschöpf von neunundzwanzig Lenzen, war ein sanfter Dorn in Pnins alterndem Fleisch. Vor zehn Jahren hatte sie einen halbseidenen Kavalier als Liebhaber gehabt, der sie um eines Flittchens willen sitzenließ. Später war sie in eine schleppende, hoffnungslos verwickelte, eher tschechowhafte als dostojewskijartige Affäre mit einem Krüppel hineingeschlittert, der nun mit seiner Krankenschwester, einem billigen Püppchen, verheiratet war. Der arme Pnin zögerte. Grundsätzlich lag Heirat nicht außer dem Bereich seiner Erwägungen. In seinem neuen Zahnglanz ging er einmal so weit, ihre Hand in der seinen zu halten und sie zu tätscheln. Es war in einem Seminar, nachdem die anderen gegangen waren. Sie saßen zusammen und sprachen über Turgenjews Prosagedicht *«Wie lieblich, wie frisch waren die Rosen»*. Sie konnte kaum zu Ende lesen, ihr Busen barst vor Seufzern, die gekoste Hand zitterte. «Turgenjew», sagte Pnin und legte die Hand wieder auf den Tisch, «wurde von der häßlichen Sängerin Pauline Viardot, die er anbetete, veranlaßt, bei Scharaden und Lebenden Bildern den Geisteskranken zu spielen. Madame Puschkin sagte zu ihrem Mann: ‹Du langweilst mich mit deinen Gedichten, Puschkin.› Und die Frau dieses Riesen, dieses Riesen Tolstoi zog im hohen Alter – man bedenke, im hohen Alter! – einen stumpfsinnigen Musiker mit roter Nase ihrem Manne vor!»

Pnin hatte nichts gegen Miss Bliss. Bei dem Versuch, sich seinen heiteren Lebensabend vorzustellen, sah er sie mit hinreichender Deutlichkeit vor sich, wie sie ihm seine Decke brachte oder seinen Halter füllte. Er mochte sie gern – aber sein Herz gehörte einer anderen Frau.

Man kann, pflegte Pnin zu sagen, die Katze nicht im Sack behalten. Um die anstößige Erregung zu erklären, die meinen armen Freund eines Abends mitten im Semester befiel, als er ein gewisses Telegramm erhielt und daraufhin vierzig Minuten in seinem Zimmer auf und ab ging, muß bemerkt werden, daß Pnin nicht immer Junggeselle gewesen war. Beim Schein eines behaglichen Kaminfeuers spielte das Ehepaar Clements Dame, als Pnin die Treppe heruntergepoltert kam, ausglitt und ihnen fast zu Füßen fiel wie ein Bittsteller in einer mittelalterlichen Stadt voller Ungerechtigkeiten. Er gewann sein Gleichgewicht wieder, nur um klirrend in Schürhaken und Feuerzange zu landen.

«Ich komme», sagte er, nach Luft ringend, «um Sie davon in Kenntnis zu setzen, richtiger, um Ihre Erlaubnis einzuholen, daß ich am Samstag einen weiblichen Besuch empfange – natürlich nur am Tage. Es handelt sich um meine ehemalige Frau, heute Frau Dr. Lisa Wind – vielleicht haben Sie in Kreisen der Psychiatrie von ihr gehört.»

## 5

Wir kennen geliebte Frauen, deren Augen dank einer zufälligen Verschmelzung von Glanz und Form uns nicht unmittelbar beeindrucken, nicht im Augenblick flüchtiger Wahrnehmung, sondern erst als verspäteter, gesammelter Ausbruch von Licht, wenn das herzlose Wesen fort ist, die zauberische Qual zurückbleibt und aus dem Dunkel ihre Linsen und Lichter auf uns richtet. Wie die Augen Lisa Pnins, jetzt Lisa Wind, auch beschaffen sein mochten, sie schienen ihr Wesen, ihren Edelsteinglanz erst zu enthüllen, wenn man sie in Gedanken zurückrief. Dann schimmerte und schaute einen ein lichtlos blankes, aquamarinfeuchtes Feuer an, als wäre ein Gesprüh aus Sonne und See einem unter die Augenlider gedrungen. In Wirklichkeit waren ihre Augen von durchsichtig hellem Blau, das sich von schwarzen Wimpern und zartrosa Winkeln abhob; zur Schläfe hin wurden sie länglich, und katzenhaft kleine Linien liefen von ihnen aus. Die strahlende Stirn krönte ein dunkelbraun gewellter Haarschopf, ihr Teint war Schnee und Rosen, sie gebrauchte einen sehr hellen Lippenstift, und abgesehen von etwas zu starken Fuß- und Handgelenken war ihre vollblütige, lebhafte, natürliche, dabei nicht sonderlich gepflegte Schönheit ohne Makel.

Pnin, damals ein junger Gelehrter am Anfang seiner Karriere, und sie, eine wasserhelle Meerjungfrau, ätherischer als jetzt und dennoch dieselbe Frau, waren einander um das Jahr 1925 in Paris begegnet. Er trug einen spärlichen nußbraunen Bart (heute würden nur noch weiße Stoppeln sprießen, wenn er sich nicht rasierte – armer Pnin, armes Albino-Stachelschwein!), diese zwiespältige, mönchische Erscheinung, gekrönt von einer dicken glänzenden Nase und unschuldigen Augen, verkörperte behutsam das altmodisch geistige Rußland. Eine kleine Stellung beim Aksakow-Institut, Rue Vert-Vert, und eine weitere im russischen Buchladen von Saul Bagrow, Rue Gresset, trugen ihm seinen Lebensunterhalt ein. Lisa Bogolepow, zwanzigjährige Studentin der Medizin, zauberhaft in ihrem schwarzen Seidenjumper und Schneiderrock, arbeitete bereits im Sanatorium von Meudon unter der Leitung einer bemerkenswerten, furchterregenden, alten Dame, Frau Dr. Rosetta Stone, einer der destruktivsten Psychiater der Zeit. Dazu schrieb Lisa Verse, vorwiegend im schleppenden Anapäst. Pnin erblickte sie zum erstenmal bei einer jener litararischen Soireen, bei denen junge Emigrantenpoeten, die Rußland in blasser, unverzärtelter Pubertät verlassen hatten, sehnsüchtige Elegien sangen, Klagelieder auf ein Land, das ihnen kaum mehr bedeuten konnte als ein trauriges, stilistisches Spielzeug, staubiger Tand, aufgestöbert auf dem Dachboden, eine Glaskugel, die man schüttelt, um matt schimmernden Schneesturm über einer winzigen Fichte und einem Blockhäuschen aus Papiermaché zu erzeugen. Pnin schrieb ihr einen kolossalen Liebesbrief – nun unter Verschluß in einer Privatsammlung –, und sie las ihn mit tränendem Selbstmitleid, während sie von einem pharmazeutischen Selbstmordversuch genas, begangen wegen einer törichten Liebelei mit einem Literaten, der jetzt – aber das tut nichts zur Sache. Fünf Psychoanalytiker, intime Freunde, rieten einstimmig: «Pnin – und sofort ein Kind.» Die Ehe brachte kaum eine Veränderung in ihr Leben, außer daß sie in Pnins schäbige Wohnung übersiedelte. Er führte seine slawischen Studien fort, sie ihre Psycho-Dramatik und ihr lyrisches Eierlegen, dessen Produkte sie wie ein Osterhase in allen Ecken und Winkeln der Wohnung versteckte. In jenen grün und malvenfarbenen Dichtungen – von dem Kind, das sie gebären wollte, von den Liebhabern, die sie begehrte, von Sankt Petersburg (Anna Achmatowa gewidmet) – waren jede Nuancierung, jedes Bild, jeder Vergleich schon von anderen reimenden Hasen verwendet worden. Einer ihrer Bewunderer, Bankier und rechtschaffener Kunstmäzen, wählte unter den Pariser Russen einen einflußreichen Literaturkritiker namens Shorshik Uranskij aus und veranlaßte den alten Knaben bei einem Sekt-Diner im *Ogolok,* sein nächstes Feuilleton in einer der russischen Zeitungen der Lobpreisung von Lisas Muse zu widmen. Auf ihre kastanienbraunen Locken legte Shorshik seelenruhig Anna Achmatowas Krone, worauf Lisa in Freudentränen ausbrach – nicht anders als die kleine Miss Michigan oder die Rosenkönigin aus Oregon. Pnin, der davon nichts ahnte, trug in seinem ehrlichen Notizbuch einen Zeitungsausschnitt der schamlosen Lobhudelei mit sich und las daraus in aller Einfalt diesem oder jenem belustigten Freund vor, bis der

Fetzen ganz zerschlissen und schmuddelig aussah. Er war ebensowenig im Bilde über weit schwerwiegendere Dinge und war gerade damit beschäftigt, die Überreste des Artikels in ein Album einzukleben, als Lisa an einem Dezembertag des Jahres 1938 von Meudon aus anrief und ihm mitteilte, sie gehe nach Montpellier mit einem Mann, einem Doktor Eric Wind, der ihr organisches Ego besser verstünde, und sie wünsche Timofej nie wiederzusehen. Eine unbekannte Französin mit rotem Haar holte Lisas Sachen ab und sagte: «So, Sie Kellerratte, nun können Sie nicht mehr auf dem armen Mädchen herumtanzen – *taper dessus!*»

Einen oder zwei Monate später trudelte ein deutscher Beileids- oder Entschuldigungsbrief von Dr. Wind ein, der ihm – *lieber Herr Pnin* – versicherte, daß er, Dr. Wind, darauf brenne, «die Frau, die aus Ihrem Leben in das meine getreten ist», zu heiraten. Pnin wäre ebenso selbstverständlich bereit gewesen, ihr eine Scheidung wie sein Leben zu geben – wie im Blumenladen, wo es nach Erde riecht, wenn der Regen graugrüne Spiegel aus Ostersonntag macht und die nassen Stengel zusammen mit ein bißchen Farnkraut abgeschnitten werden und das Ganze hübsch raschelnd verpackt wird. Indes sickerte durch, daß Dr. Wind in Südamerika eine Frau mit einer gequälten Seele und einem falschen Paß besaß, die nicht belästigt werden wollte, bis gewisse eigene Pläne gereift wären. Mittlerweile war auch an Pnin ein erster Ruf aus der Neuen Welt ergangen: aus New York bot ihm ein alter Freund, Professor Konstantin Chateau, jede erdenkliche Hilfe für die Überreise an. Pnin setzte Dr. Wind von seinen eigenen Absichten in Kenntnis und schickte Lisa die letzte Nummer einer Emigrantenzeitschrift, in der sie auf Seite 202 erwähnt wurde. Kaum hatte er die Höllenwanderung halbwegs hinter sich, die europäische Bürokraten zur ungeheuren Belustigung der Sowjets für Besitzer jenes erbärmlichen Papierfetzens, des Nansen-Passes – einer Art Urlaubsschein für russische Emigranten –, ersonnen hatten, als an einem feuchten Apriltag des Jahres

1940 seine Türglocke heftig läutete und Lisa schnaufend hereingestampft kam, einen Siebenmonatsbauch wie eine Kommode vor sich hertragend. Und während sie sich den Hut vom Kopf riß und die Schuhe in die Gegend schlenkerte, erklärte sie, alles sei ein Irrtum gewesen, von jetzt ab sei sie wieder Pnins treue und rechtmäßige Gattin, bereit, ihm bis ans Ende der Welt zu folgen, falls nötig sogar übers Große Wasser. Jene Tage wurden die wahrscheinlich glücklichsten in Pnins Leben – sie waren ein unablässiges Glimmen gewichtigen schmerzlichen Glücks –, und die Vernalisation der Visa, die Vorbereitungen und die ärztliche Untersuchung, bei der ein taubstummer Arzt durch alle Kleider hindurch eine Stethoskop-Attrappe an Pnins stokkendes Herz preßte, und die freundliche russische Dame – eine Verwandte von mir –, die sich beim Amerikanischen Konsulat so hilfsbereit zeigte, und die Reise nach Bordeaux, und das wunderschöne blitzsaubere Schiff – über allem lag ein reicher Märchenschimmer. Er war nicht nur bereit, das Kind zu adoptieren, sobald es kam, er wünschte dies sogar leidenschaftlich. Mit zufriedener, ein wenig kuhäugiger Miene lauschte sie den Erziehungsplänen, die er entfaltete, denn er schien bereits das Wimmern des Ungeborenen und seinen ersten, die Welt herausfordernden Schrei zu vernehmen. Sie hatte immer eine Schwäche für gebrannte Mandeln gehabt, nun aber verschlang sie geradezu fabelhafte Mengen davon – zwei Pfund zwischen Paris und Bordeaux –, und der enthaltsame Pnin betrachtete ihre Gier mit dem Kopfschütteln und Achselzucken entzückter Scheu; etwas von der glatten Seidigkeit jener Dragées, auf immer verschmolzen mit der Erinnerung an ihre straffe Haut, ihren Teint, ihre makellosen Zähne, blieb in seinem Gedächtnis zurück.

Freilich war es ein wenig enttäuschend, daß sie, sobald sie an Bord kam und einen Blick auf die schwellende See warf, sagte: *«Nu, eto iswinitje»* – nichts für mich – und sofort in den Schoß des Schiffes hinabtauchte, wo sie den größten Teil der Überfahrt in ihrer Kabine liegend zubrachte, in Gesellschaft der redseligen Frauen dreier einsilbiger Polen – eines Ringkämpfers, eines Gärtners und eines Haarschneiders –, die Pnins Kabinengenossen wurden. Als er am dritten Abend der Reise, nachdem Lisa sich längst schlafen gelegt hatte, im Salon saß, erhielt er von einem früheren Redakteur einer Frankfurter Zeitung, einem melancholischen Patriarchen mit schweren Augensäcken, in einem Sweater mit Rollkragen und Knickerbockers, die Aufforderung, eine Partie Schach mit ihm zu spielen, und nahm mit Freuden an. Keiner von beiden war ein guter Spieler; beide neigten zu ostentativem, aber völlig unvernünftigem Opfer von Figuren, jeder von beiden war wild aufs Gewinnen. Der Spielverlauf wurde ferner belebt durch Pnins bemerkenswerte Kostproben seines Deutsch: *«Wenn Sie so, dann ich so, und Pferd fliegt.»* Mit einemmal trat ein weiterer Passagier hinzu, sagte *entschuldigen Sie,* ob er zuschauen dürfe? Und nahm neben ihnen Platz. Er hatte kurzgeschorenes rötliches Haar und lange, blasse Augenlider, die Fischmotten glichen, und trug einen schäbigen Zweireiher. Bald schnalzte er Protest und schüttelte jedesmal den Kopf, wenn der Patriarch nach reichlicher, würdevoller Meditation vorwärtsschoß, um einen wilden Zug zu machen. Schließlich hielt es der hilfreiche Zuschauer, anscheinend ein Meisterspieler, nicht länger aus, stieß einen Bauern zurück, den sein Landsmann vorgeschoben hatte, und deutete mit bebendem Zeigefinger auf einen Turm – den der alter Frankfurter augenblicklich dorthin schickte, wo Pnins Verteidigung eine Lücke aufwies. Natürlich verlor unser Pnin und schickte sich an, den Salon zu verlassen, als der Schachmeister ihn überholte, *entschuldigen Sie* sagte, ob er einen Augenblick mit Herrn Pnin sprechen könne? «Sie sehen, ich weiß Ihren Namen», bemerkte er beiläufig, seinen nützlichen Zeigefinger hebend, und schlug vor, ein paar Bier in der Bar zu trinken. Pnin nahm an, und als die Seidel vor ihnen standen, fuhr der höfliche Fremde fort: «Im Leben wie beim Schachspiel empfiehlt es sich stets, die eigenen Beweggründe und Absichten zu analysieren. Am Tage, als wir an Bord kamen, gebärdete ich mich wie ein verspieltes Kind. Doch am nächsten Morgen begann ich zu fürchten, daß ein scharfsinniger Ehemann – dies ist kein Kompliment, sondern ein Rückschluß – früher oder später die Passagierliste studieren würde. Heute hat mein Gewissen mich auf die Probe gestellt und mich für schuldig befunden. Ich kann den Betrug nicht länger ertragen. Ihr Wohl! Dies ist keineswegs unser deutscher Nektar, aber immer noch besser als Coca-Cola. Mein Name ist Dr. Eric Wind. Leider ist er Ihnen nicht unbekannt.»

Mit heftig arbeitenden Gesichtszügen, eine Hand auf der nassen Bartheke, begann Pnin stillschweigend und schwerfällig von seinem unbequemen Pilzstuhl herunterzurutschen, aber Wind legte fünf lange nervige Finger auf seinen Ärmel.

*«Lasse mich, lasse mich»,* stöhnte Pnin und versuchte die schlaffe, schmeichlerische Hand abzuschütteln.

«Bitte!» sagte Dr. Wind. «Seien Sie gerecht. Der Angeklagte hat immer das letzte Wort, es ist sein Recht. Selbst die Nazis geben das zu. Vor allem aber möchte ich Sie um die Erlaubnis bitten, wenigstens die Hälfte der Überfahrt für die Dame bezahlen zu dürfen.»

*«Ach nein, nein, nein»,* bat Pnin. «Lassen Sie uns *diese koschmarische Sprache beenden.*»

«Wie Sie wünschen», sagte Dr. Wind und ging dazu über, folgende Punkte in den perplexen Pnin einzuhämmern: daß alles Lisas Einfall gewesen sei – «um die Dinge auf einen einfachen Nenner zu bringen, wissen Sie, unserem Kinde zuliebe» (das «unserem» klang dreipersonal); daß Lisa als Schwerkranke behandelt werden müßte (da Schwangerschaft in Wirklichkeit die Vergeistigung der Todessehnsucht sei); daß er (Dr. Wind) sie in Amerika zu heiraten gedenke – «wohin auch ich gehe», fügte Dr. Wind zum besseren Verständnis hinzu; und daß endlich man ihm (Dr. Wind) gestatten möge, zumindest das Bier zu bezahlen.

Von diesem Zeitpunkt an bis zum Ende der Reise, die aus silbrigem Grün zu einheitlichem Grau geworden war, mühte sich Pnin sichtlich mit den mitgebrachten Lehrbüchern der englischen Sprache ab, und obgleich unverändert sanft zu Lisa, versuchte er sie so wenig wie möglich zu sehen, ohne dadurch ihren Argwohn zu erregen. Immer wieder tauchte Dr. Wind aus dem Nichts auf und machte ihm aus der Entfernung Zeichen des Erkennens und der Beschwichtigung. Als endlich die große Statue dem Morgennebel enttauchte und Gebäude, bereit, vor der Sonne in Flammen aufzugehen, blaß verzaubert dastanden wie jene geheimnisvollen Rechtecke ungleicher Höhe, die man von grafischen Darstellungen her kennt, auf denen Prozentsätze miteinander verglichen werden (Bodenschätze, die Häufigkeit von Luftspiegelungen in verschiedenen Wüstengebieten), da trat Dr. Wind entschlossen auf die Pnins zu und gab sich zu erkennen – «denn wir müssen alle drei das Land der Freiheit mit reinem Herzen betreten». Nach einem trivialen Aufenthalt auf Ellis Island sagten Timofej und Lisa einander Lebewohl.

Schwierigkeiten folgten – aber schließlich heiratete Wind sie doch. Im Verlauf der ersten fünf Jahre in Amerika erhaschte Pnin gelegentlich einen Blick von ihr in New York; er und das Ehepaar Wind wurden am selben Tag naturalisiert; nach seiner Übersiedlung nach Waindell im Jahre 1945 vergingen sechs Jahre ohne Begegnung oder Briefwechsel. Indessen hörte er von Zeit zu Zeit von ihr. Noch kürzlich – im Dezember 1951 – schickte Freund Chateau ihm eine Nummer einer Monatszeitschrift für Psychiatrie, die einen von Dr. Albina Dunkelberg, Dr. Eric Wind und Dr. Lisa Wind verfaßten Artikel über «Gruppen-Psychotherapie und ihre Anwendung auf Eheberatung» brachte. Pnin befiel stets Befangenheit, wenn Lisas *psichooslinyje wydumki* (Psycho-Eseleien) zur Sprache kamen, und selbst jetzt, wo es ihm hätte gleichgültig sein sollen, empfand er einen Stich, eine Mischung von Widerwillen und Mitleid.

Eric und sie arbeiteten unter der Leitung des großen Bernard Maywood, eines genialen Riesen – von dem überanpassungsfähigen Eric als Boss bezeichnet –, in einem Forschungsamt, das einer Beratungsstelle für werdende Eltern angegliedert war. Von seinem und seiner Frau Schutzpatron angeregt, entwickelte Eric die findige Idee (die nicht unbedingt von ihm stammte), einige der mehr rundlichen und törichten Klientinnen in eine psychotherapeutische Falle zu locken – ein «spannungslösender» Zirkel in der Art eines Nähkränzchens, in dem jungverheiratete Frauen in Gruppen zu acht Entspannung fanden. Das Ganze ging in einem behaglichen Rahmen und in der Zwanglosigkeit fröhlichen Duzens vor sich. Die Ärzte saßen der Gruppe gegenüber an einem Tisch, und eine Sekretärin machte unauffällig Notizen, während traumatische Erlebnisse wie Leichname aus jedermanns Kindheit heraufschwebten. Bei diesen Sitzungen wurden die Damen dazu angehalten, die eigenen Probleme ehelicher Mißverhältnisse mit größtem Freimut zu besprechen; dies zog vergleichende Anmerkungen über ihre Ehepartner nach sich, die später ausgefragt wurden, und zwar gleichfalls in einer «Gatten-Gruppe», ebenfalls zwanglos; dabei machten Zigarren und anatomische Tabellen großzügig die Runde. Pnin überging die Tatsachenberichte und Besprechungen der einzelnen Fälle, auch besteht hier keine Veranlassung, auf diese erheiternden Einzelheiten einzugehen. Der Hinweis mag genügen, daß, nachdem diese oder jene Dame nach Hause gegangen war, dort die Erleuchtung erfahren hatte und zurückgekehrt war, um ihren zwar noch verkrampften, aber aufnahmefreudigen Schwestern die neuentdeckten Rauschempfindungen mitzuteilen, schon von der dritten Sitzung der Frauengruppen an ein vernehmbarer Unterton von Erweckungseifer den Verlauf der Abende erfreulich färbte («Hört zu, Kinder, als George gestern abend ...»). Aber das war noch nicht alles. Dr. Wind hoffte eine Technik auszuarbeiten, mit der sich alle jene Ehemänner und Ehefrauen in einer einzigen Gruppe zusammenfassen ließen. Übrigens war es unerträglich, anzuhören, wie er und Lisa bei dem Wort «Gruppe» vernehmlich schmatzten. In einem langen Brief an den bekümmerten Pnin versicherte Professor Chateau, daß Dr. Wind sogar siamesische Zwillinge eine «Gruppe» nannte. Ja, der fortschrittsfreudige, idealistische Wind träumte von einer glücklichen Welt, die aus siamesischen Hundertlingen bestand, aus anatomisch zusammengefaßten Gemeinden, aus ganzen Nationen, die um eine einzige, kommunizierende Leber gruppiert waren. «Nichts anderes als eine Art kommunistischer Mikrokosmos – diese ganze Psychiatrie», polterte Pnin in seiner Antwort an Chateau. «Warum überläßt man den Menschen nicht seinem Leid? Ist das Leid nicht das einzige, was der Mensch auf Erden zuverlässig besitzt?»

6

«Hör zu», meinte Joan Samstagvormittag zu ihrem Mann, «ich habe beschlossen, Timofej zu sagen, das Haus solle ihnen heute von zwei bis fünf ganz allein gehören. Wir müssen diesen bedauernswerten Geschöpfen helfen, so gut wir können. Ich kann solange Besorgungen machen, und dich setze ich in der Bibliothek ab.»

«Leider ist es so», erwiderte Laurence, «daß ich heute nicht die geringste Absicht habe, irgendwohin geschleppt oder irgendwo abgesetzt zu werden. Nebenbei ist es höchst unwahrscheinlich, daß die beiden acht Räume für ihr Zusammensein benötigen.»

Pnin zog seinen neuen braunen Anzug an (den er vom Ertrag seiner Cremona-Vorlesung erstanden hatte) und eilte nach einem hastigen Lunch in *The Egg and We* durch den schneegepolsterten Park zur Bushaltestelle von Waindell, wo er fast eine Stunde zu früh eintraf. Er machte sich nicht die Mühe, herauszubekommen, warum Lisa eigentlich das dringende Bedürfnis empfand, ihn auf der Rückfahrt von St. Bartholomäus aufzusuchen – einer Grundschule in der Nähe von Boston, die ihr Sohn ab nächsten Herbst besuchen sollte. Er wußte nur, daß eine Flutwelle von Glück hinter der unsichtbaren Schranke schäumte und schwoll, die nun jeden Augenblick bersten konnte. Er ging zu fünf Omnibussen und glaubte in jedem von ihnen ganz deutlich Lisa zu erkennen, die ihm durch ein Fenster zuwinkte, während sie zwischen den Fahrgästen zum Ausgang schritt. Auf diese Weise leerte sich ein Bus nach dem anderen, und noch war sie nicht erschienen. Plötzlich hörte er ihre wohlklingende Stimme – *Timofej, sdrastwuj!* – hinter sich, und herumwirbelnd sah er sie dem einzigen Greyhound-Bus entsteigen, mit dem sie seiner Meinung nach nicht hatte kommen können. Welche Veränderung konnte unser Freund an ihr feststellen? Warum denn um Himmels willen sollte sie sich verändert haben? Sie war da. Trotz der Kälte wirkte sie erhitzt und unbekümmert. Ihr Sealmantel schlug weit auf und ließ ihre zerknautschte Bluse sehen, als sie Pnins Kopf tätschelte. Er roch den Grapefruitduft ihres Halses und murmelte in einem fort: *«Nu, nu, wot i charascho, nu wot»* – Wortgebilde des Herzens –, und sie rief: «Ach, er hat ein bildschönes neues Gebiß!» Er half ihr ins Taxi, ihr durchsichtig heller Schal blieb irgendwo hängen, Pnin rutschte auf dem Trottoir aus, der Taxichauffeur sagte «Immer mit der Ruhe» und nahm ihre Reisetasche aus seinen Händen entgegen – all das hatte er in genau derselben Reihenfolge schon einmal erlebt.

Es sei eine Schule im Stil englischer Tradition, erzählte sie ihm auf der Fahrt die Park Street hinauf. Nein, sie hatte keinen Hunger, sie hatte in Albany reichlich zu Mittag gegessen. Es sei eine wundervolle Schule – *very fancy* sagte sie, sich des Englischen bedienend –, die Jungen spielten eine Art Zimmer-Tennis mit den Händen, auch würde in seiner Klasse ein ... (sie warf mit gespielter Nachlässigkeit einen bekannten amerikanischen Namen hin, der Pnin nichts bedeutete, weil er weder einem Dichter noch einem Präsidenten gehörte). «Übrigens», unterbrach Pnin sie, duckte sich und deutete hinaus, «kannst du von hier aus einen Zipfel des Universitätsgeländes sehen.» All das verdankte sie («Ja, ich sehe, *wishu wishu, kampus kak kampus:* die übliche Bauweise»), all das einschließlich des Stipendiums verdankte sie dem Einfluß von Dr. Maywood («Weißt du, Timofej, schreib ihm doch einmal ein paar Worte, eine kleine Geste der Höflichkeit»). Der Direktor, ein Priester, hatte ihr die Preise gezeigt, die Bernard dort als Knabe gewonnen hatte. Eric freilich hatte gewünscht, Victor solle eine öffentliche Schule besuchen, war aber überstimmt worden. Die Frau von Ehrwürden Hopper war die Nichte eines englischen Grafen.

«Hier sind wir. Das ist mein Palazzo», sagte der neckische Pnin, der ihrem flinken Redefluß nicht zu folgen vermochte.

Sie traten ein – und plötzlich fühlte er, daß der Tag, den er mit so wilder Sehnsucht erwartet hatte, viel zu rasch verging –, zerrann, zerrann und in wenigen Minuten zerronnen sein würde. Wenn sie, dachte er, von vornherein sagte, was sie von ihm wollte, dann würde der Tag sich vielleicht zu Eile mit Weile bequemen und am Ende noch schön werden.

«Welch schauerliche Bleibe, *kakoj shutkij dom*», sagte sie, setzte sich neben das Telefon auf einen Stuhl und zog ihre Galoschen aus – lauter vertraute Gebärden! «Sieh doch nur das Aquarell mit den Minaretts da. Grausige Leute müssen das sein.»

«Nein», sagte Pnin, «es sind meine Freunde.»

«Mein lieber Timofej», erwiderte sie, als er sie hinaufbegleitete, «du hast in deinem Leben schon ziemlich verheerende Freunde gehabt.»

«Und hier ist mein Zimmer», sagte Pnin.

«Ich glaube, ich strecke mich auf deinem jungfräulichen Bett aus, Timofej. Und gleich trage ich dir ein paar Verse vor. Meine teuflischen Kopfschmerzen kommen wieder. Den ganzen Tag ist es mir so gut gegangen.»

«Ich hole dir Aspirin.»

«Hnn – hnn», machte sie, ein übernommener Ausruf der Ablehnung, der sich schlecht mit ihrer Muttersprache vertrug.

Er wandte sich ab, als sie ihre Schuhe abzustreifen begann, und das Geräusch des Zubodenpurzelns erinnerte ihn an längst vergangene Tage.

Mit schwarzem Rock, weißer Bluse und braunem Haar legte sie sich zurück, die Augen mit rosiger Hand bedekkend.

«Wie geht's und steht's bei dir?» fragte Pnin (soll sie bloß schnell sagen, was sie von mir will!) und sank in den weißen Schaukelstuhl neben dem Heizkörper.

«Unsere Arbeit ist sehr interessant», bemerkte sie, noch immer die Augen schirmend, «doch muß ich dir sagen, daß ich Eric nicht mehr liebe. Unsere Beziehungen haben sich gelockert. Außerdem haßt Eric sein Kind. Er sagt, er sei der Landvater und du, Timofej, seist der Wasservater.»

Pnin begann zu lachen. Er schüttelte sich vor Lachen, der neue Schaukelstuhl krachte herzhaft unter seiner Fröhlichkeit. Seine Augen glänzten wie Sterne und waren ganz naß.

Neugierig schaute sie unter ihrer plumpen Hand einen Augenblick zu ihm hinüber – und fuhr fort:

«Eric ist voller Ablehnung gegen Victor. Ich weiß nicht, wie oft der Knabe den Vater schon in seinen Träumen ermordet haben muß. Leider – und das habe ich seit langem beobachtet – verwirren Aussprachen mit Eric die Dinge, statt sie aufzuklären. Er ist ein sehr schwieriger Mensch. Wie hoch ist dein Gehalt, Timofej?»

Er nannte es.

«Viel ist es nicht», meinte sie. «Aber ich nehme an, daß du davon etwas zurücklegen kannst – es ist mehr als genug für deine Bedürfnisse, für deine mikroskopischen Bedürfnisse, Timofej.»

Ihr enggeschnürter Leib unter dem schwarzen Kostümrock hüpfte zwei-, dreimal in stummer, behaglicher, gutmütig rückblickender Ironie – und Pnin schnaubte sich die Nase und schüttelte dabei den Kopf in wollüstig verzückter Fröhlichkeit.

«Hör dir mein letztes Gedicht an», sagte sie. Ihre Hände lagen jetzt neben dem ausgestreckten Körper. In rhythmisch langgezogenem, singendem Tonfall sprach sie mit tiefer Stimme:

*Ja nadjela tjomnoje platje*
*I monaschenki ja skromnej;*
*Is slonowoj kosti raspjatje*
*Nad cholodnoj postelju moej*

*No ogni nebywalych orgij*
*Proshigajut mojo sabytjo*
*I scheptschu ja imja Georgij –*
*Solotoe imja twojo!*

(Mein Kleid ist schwarz, mein Fleisch ist matt;
Wie eine Nonne bin ich rein.
Ein Kruzifix aus Elfenbein
schirmt meine kalte Lagerstatt.

Und doch erglüht in meiner Brust
Nie dagewes'ner Brand.
Im Traum greif ich nach deiner Hand
Und flüstre: George, meine Lust!)

«Er ist ein interessanter Mann», fuhr sie ohne Pause fort. «Praktisch ein Engländer. Im Kriege war er Pilot eines Bombenflugzeuges, jetzt arbeitet er in einer Maklerfirma, wo man ihn nicht schätzt und ihn auch gar nicht versteht. Er stammt aus einer alten Familie. Sein Vater war ein Träumer, besaß ein Hausboot, weißt du, und auch sonst alles, aber jüdische Gangster aus Florida haben ihn ruiniert, und er ging freiwillig für einen anderen ins Gefängnis. Es ist eine Familie von Helden.»

Sie brach ab. Die Stille des Stübchens wurde von dem Pulsen und Pochen in den kalkweißen Heizungsröhren eher betont als unterbrochen.

«Ich habe Eric einen vollständigen Lebensbericht gegeben», fuhr Lisa mit einem Seufzer fort. «Nun will er mir dauernd einreden, daß er mich heilen kann, wenn ich mitarbeite. Leider arbeite ich aber auch bei George mit.»

Sie sprach George russisch aus, die beiden G hart, die beiden E weich.

«Nun ja, *c'est la vie,* wie Eric so originell bemerkt. Wie kannst du nur schlafen mit dem Spinngewebe, das da von der Decke herunterhängt?» Sie sah auf ihre Armbanduhr. «Himmel, ich muß den Bus um vier Uhr dreißig bekommen. Ruf in einer Minute ein Taxi. Ich habe dir noch etwas zu sagen, das von größter Wichtigkeit ist.»

Jetzt kommt das dicke Ende doch noch, dachte Pnin.

Sie wünschte, Timofej solle jeden Monat eine Kleinigkeit für den Jungen zurücklegen – denn jetzt konnte sie Bernard Maywood nicht mehr darum bitten. Sie konnte eines Tages sterben – Eric würde sich den Teufel darum scheren. Jemand mußte dem Jungen doch hin und wieder eine kleine Summe schicken, als käme sie von seiner Mutter – Taschengeld, weißt du –, er lebt dort nämlich unter reichen Jungen. Sie wollte Timofej schreiben, ihm die Anschrift und ein paar Einzelheiten mitteilen. Nein, sie hatte nie daran gezweifelt, daß Timofej reizend war (*«Nu kakoj she ty duschka»*). Und jetzt, wo war das Badezimmer? Und bitte, würde er gleich das Taxi bestellen?

«Nebenbei», sagte sie, als er ihr in den Mantel half und sie wie üblich mit gerunzelter Stirn fuchtelnd und tastend das flüchtige Armloch suchte, «hast du dich mit diesem braunen Anzug vergriffen, Timofej: ein Gentleman trägt nicht Braun.»

Er brachte sie an die Haltestelle und wanderte durch den Park zurück. Sie festhalten zu können, sie bei sich zu behalten, wie sie war – mit all ihrer Grausamkeit, ihrer Gewöhn-

*Ein Mann, der Geld geben soll . . .*

... ist in den Augen einer Frau immer ein reizender Mann («... ty duschka»). Ein Mann, der Geld geben muß, ist meist ein gereizter Mann.

Aber – ohne auf die Besonderheiten dieses Falles einzugehen: Der Vorschlag, jeden Monat eine Kleinigkeit für den Jungen zurückzulegen, ist für sich ein Lob wert.

lichkeit, mit ihren betörend blauen Augen, ihren erbärmlichen Gedichten, ihren großen Füßen, mit ihrer unkeuschen, dürren, verderbten, infantilen Seele! Plötzlich dachte er: Wenn Menschen sich im Himmel wiedersehen – ich glaube nicht daran, aber nehmen wir einmal an, es wäre so –, wie soll ich mich dann dagegen wehren, daß dieses verkümmerte, hilflose, lahme Ding, ihre Seele, an mir hochkrabbelt? Aber vorläufig waren wir auf der Erde, seltsam genug lebe ich, und es ist etwas in mir und im Leben, das ...

Unvermutet – denn menschliche Verzweiflung mündet selten in große Wahrheiten – schien er im Begriff, eine höchst einfache Erklärung des Weltalls zu finden, als er von einer dringenden Bitte unterbrochen wurde. Ein Eichhörnchen unter einem Baum hatte ihn kommen sehen. Mit einem einzigen geschmeidigen Satz erklomm das kluge Tierchen den Rand des Trinkbrunnens und streckte dem näherkommenden Pnin sein ovales Köpfchen mit geblähten Bakken und einem reichlich derben Rachengeräusch entgegen. Pnin begriff, und nach einigem Fummeln fand er einen Knopf, auf den man drücken mußte. Ihn verächtlich beäugend, begann das durstige Nagetier den kurzen, schäumenden Wasserstrahl zu kosten und labte sich ausgiebig. «Vielleicht hat es Fieber», dachte Pnin und weinte still und ausgiebig, während er die Vorrichtung betätigte und den unfreundlich musternden Blick zu meiden suchte. Nachdem sein Durst gelöscht war, machte sich das Eichhörnchen ohne die geringste Dankesbezeigung davon.

Der Wasservater setzte seinen Weg fort, bis der Pfad zu Ende war, und bog in eine Seitenstraße ein, wo er eine kleine Bar im Blockhausstil mit granatroten Fensterscheiben betrat.

## 7

Als Joan mit einer Einkaufstasche voller Lebensmittel, zwei Zeitschriften und drei Paketen um Viertel sechs heimkehrte, fand sie im Briefkasten einen Luftpost-Eilbrief von ihrer Tochter. Über drei Wochen waren vergangen, seit Isabel ihren Eltern berichtet hatte, nach einer Hochzeitsreise durch Arizona sei sie mit ihrem Mann heil in seiner Heimat gelandet. Kunstvoll ihre Päckchen schwenkend, riß Joan den Umschlag auf. Es war ein von Glück überschäumender Brief, sie verschlang ihn atemlos, in ihrer strahlenden Erleichterung verschwamm alles ein wenig. Dann sah sie zu ihrer Überraschung außen an der Haustür Pnins Schlüssel in ihrem Lederetui wie ein Teilchen seiner edelsten Eingeweide vom Schlüsselloch herabhängen. Sie benutzte sie, die Tür zu öffnen, und sobald sie eingetreten war, hörte sie von der Anrichte her anarchistisches Stoßen – Schubladen, die eine nach der anderen unsanft auf- und zugemacht wurden.

Sie legte ihre Tasche und die Päckchen auf den Küchentisch und fragte zur Anrichte hin:

«Was suchen Sie denn, Timofej?»

Hochgerötet, mit wildem Blick, kam er ihr entgegen, und zu ihrer Bestürzung stellte sie fest, daß sein Gesicht tränengebadet war.

«Ich suchte Whisky und Soda», sagte er schmerzvoll.

«Ich fürchte, es ist keine Soda da», antwortete sie mit deutlicher, angelsächsischer Zurückhaltung. «Dafür steht aber genug Whisky im Eßzimmerschrank. Indessen schlage ich vor, wir trinken beide einen schönen, heißen Tee.»

Pnin machte die russische Verzichtgebärde.

«Ich möchte überhaupt nichts», sagte er und sank mit einem herzzerreißenden Seufzer am Küchentisch nieder.

Sie setzte sich zu ihm und schlug eine der Illustrierten auf, die sie mitgebracht hatte.

«Kommen Sie, wir schauen uns ein paar Bilder an, Timofej.»

«Ich habe keine Lust, John. Sie wissen, daß ich nicht unterscheiden kann, was ein Reklamebild ist und was nicht.»

«Dann ruhen Sie sich ein wenig aus, Timofej, und ich erkläre sie Ihnen. Oh, sehen Sie mal – das da gefällt mir. Ah, das ist gescheit. Hier haben Sie die Verbindung zweier Einfälle – die verlassene Insel und das Mädchen in der Wolke. Schauen Sie mal her, Timofej, bitte –» widerwillig setzte er seine Lesebrille auf – «hier ist eine verlassene Insel mit einer einsamen Palme, da ein Stückchen zerbrochenes Floß, hier der schiffbrüchige Seemann, dies die Schiffskatze, die er gerettet hat, und hier auf dem Felsen . . .»

«Unmöglich», versetzte Pnin. «Solch eine kleine Insel, dazu noch mit einer Palme, kann es in einem so großen Meer nicht geben.»

«Mag sein, aber hier gibt es das eben.»

«Eine unmögliche Isolierung», beharrte Pnin.

«Schön, aber . . . Hören Sie zu, Timofej, das gilt nicht. Sie haben selbst zugegeben, daß Sie mit Lore darin übereinstimmen, die Welt des Geistes beruhe auf einem Kompromiß mit der Logik.»

«Mit Einschränkungen», gab Pnin zurück. «Erstens, die Logik an sich . . .»

«Einverstanden. Aber ich fürchte, wir schweifen von unserem harmlosen Spielchen ab. Sehen Sie sich das Bild an. Hier ist der Seemann, hier das Kätzchen, dort schwebt die schmachtende Meerjungfrau, und nun schauen Sie sich die Wolken an, die über Seemann und Katze stehen.»

«Eine Atombomben-Explosion», sagte Pnin wehmütig.

«Keineswegs. Etwas viel Witzigeres. Sehen Sie, die runden Wolken sollen ihre Gedanken darstellen. Jetzt wird es erst komisch. Der Seemann stellt sich die Wassernixe mit Beinen vor, und die Katze stellt sie sich als ganzen Fisch vor.»

«Lermontow», warf Pnin mit zwei erhobenen Fingern ein, «hat in nur zwei Gedichten alles über Meerjungfrauen gesagt. Nicht einmal, wenn ich glücklich bin, verstehe ich amerikanischen Humor, und ich muß sagen ...» Mit zitternden Händen nahm er seine Brille ab, schob mit dem Ellbogen die Zeitschrift beiseite, legte den Kopf auf seinen Arm und brach in unterdrücktes Schluchzen aus.

Sie hörte die Haustür auf- und zugehen, und einen Augenblick später lugte Laurence übermütig verstohlen in die Küche. Joans rechte Hand winkte ihm ab, die linke wies auf den regenbogenumrandeten Briefumschlag mit den Paketen. Das stille Lächeln, das sie ihm zuwarf, galt Isabels Brief; er ergriff ihn und zog sich, nicht mehr übermütig, auf Zehenspitzen zurück.

Pnins unnötig robuste Schultern zuckten noch immer. Sie schloß die Zeitschrift und heftete den Blick eine Weile auf ihre Titelseite: puppenputzige Schulkinder, Isabel und das Hagen-Bübchen, schwarze Bäume im Winterschlag, ein weißer Turm, die Glocken von Waindell.

«Will sie nicht zurückkommen?» fragte Joan sanft.

Pnin, noch immer das Gesicht in der Armbeuge, begann mit loser Faust auf den Tisch zu hämmern.

«Nix hab ich», jammerte er, unterbrochen von lautem, feuchtem Geschnäuz. «Nix hab ich mehr, nix, nix!»

# *Drittes Kapitel*

## I

Während der acht Jahre, die Pnin im Waindell College las, wechselte er aus dem einen oder anderen Grunde, meist wegen Lärms, fast jedes Semester seine Wohnung. Die aufeinanderfolgenden Zimmer ähnelten in seiner Rückerinnerung ausgestellten Lehnstühlen, Betten, Lampen und Kaminecken, die allen Raum-Zeit-Unterscheidungen zum Trotz in der sanften Beleuchtung eines Möbelgeschäfts miteinander verschmelzen; aber hinter den Fenstern schneit es, die Dämmerung fällt ein, und im Grunde liebt keiner den anderen. Die Zimmer seiner Waindell-Zeit nahmen sich besonders schmuck aus im Vergleich zu einem, das er in New York zwischen *Tsentral Park* und *Rieverside Drive* bewohnt hatte. Der Häuserblock mit seinem Rinnstein voller Papier, dem hellen Placken Hundekot, auf dem bereits jemand ausgerutscht war, und einem unermüdlichen Straßenjungen, der seinen Ball auf den Stufen der hohen braunen Veranda aufprallen ließ, war unvergeßlich. Aber selbst dieses Zimmer wurde in Pnins Erinnerung zu einem Schmuckkästchen (in dem noch immer ein kleiner Ball aufprallte), wenn er es mit der alten, in Dunstschleier verschwimmenden Behausung seiner langen mitteleuropäischen Nansen-Paß-Periode verglich.

Mit fortschreitendem Alter war Pnin indes wählerisch geworden. Hübscher Tand genügte ihm nicht mehr. Waindell war ein stilles Städtchen, und Waindellville in seiner Hügelsenke atmete noch mehr Ruhe; aber nichts war ruhig genug für Pnin. Am Ausgangspunkt seines hiesigen Lebens hatte ein Studio in dem liebevoll eingerichteten College-Heim für unverheiratete Lehrer gestanden, eine anheimelnde Stätte trotz gewisser geselliger Nachteile («Ping-Pong, Pnin?» – «Ich bekenne mich nicht mehr zu Kinderspielen!»), bis Arbeiter kamen und Löcher in die Straße bohrten – Brainpan Street, Pningrad –, die sie dann wieder zubuddelten. Und so ging es weiter und weiter, in Perioden zitternder schwarzer Zickzacklinien und betäubender Pausen, wochenlang, und es war kaum zu hoffen, daß sie das kostbare Werkzeug, das sie versehentlich eingegraben hatten, je wiederfinden würden. Da war – um den einen und anderen üblen Fall herauszugreifen – das Zimmer in der außergewöhnlich verschwiegen anmutenden Duke's Lodge in Waindellville gewesen: ein zauberhaftes Kabinett, über dem jeden Abend unter tosendem Wasserrauschen im Badezimmer und mit schlagenden Türen zwei Riesenstatuen auf plumpen Steinbeinen grimmig umherzustampfen schienen – Formen, die sich mit der schlanken Erscheinung seiner Mitbewohner vom oberen Stock schwer in Einklang bringen ließen, dem Ehepaar Starr vom Seminar für Bildende Kunst («Ich bin Christopher, und das ist Louise»), ein engelsanftes Paar, das sich lebhaft für Dostojewskij und Schostakowitsch interessierte. In einem anderen Logierhaus hatte er ein noch gemütlicheres Schlaf-Wohnzimmer innegehabt, wo ihn niemand mit dem Wunsch nach Gratislektionen in Russisch behelligte. Sobald aber der fürchterliche Waindeller Winter in die besagte Gemütlichkeit mit scharfer Zugluft – und zwar nicht nur durchs Fenster, sondern sogar durch Wandschrank und Steckkontakte – einzudringen begann, entwickelte das Zimmer so etwas wie eine Neigung zum Wahnsinn oder zu mystischer Verblendung, die sich in hartnäckigem, mehr oder minder klassischem Musikgemurmel äußerte, das seinen Sitz in Pnins silberbronziertem Heizkörper zu haben schien. Er versuchte es mit einer Wolldecke abzudichten, als sei das Gesinge ein eingesperrter Singvogel, aber es hielt an, bis Mrs. Thayers greise

Mutter ins Krankenhaus überführt wurde, wo sie starb, worauf der Heizkörper kanadisches Französisch vernehmen ließ.

Er versuchte Behausungen anderer Art: Mietzimmer in Privathäusern, die, obgleich sie auf manche Weise voneinander verschieden waren (nicht alle hatten zum Beispiel Schindelbekleidung; einige waren ganz oder wenigstens teilweise verputzt), ein gemeinsames Kennzeichen aufwiesen: im Bücherschrank des Wohnzimmers oder des Treppenhauses gaben sich Hendrik van Loon und Dr. Cronin ein unvermeidliches Stelldichein. Mochten sie auch von einem Berg Zeitschriften, einem schwülstig prunkenden historischen Roman oder sogar von Mrs. Garnett in irgendeiner Verkörperung getrennt sein – außerdem stieß man todsicher auch irgendwo auf ein Toulouse-Lautrec-Plakat –, dennoch fand man unfehlbar das Paar, Blicke vertraulichen Einverständnisses austauschend, wie zwei alte Freunde auf einer überfüllten Party.

2

Zwischendurch war er auf eine Weile ins College-Heim zurückgekehrt, dasselbe hatten aber auch die Straßenbohrer getan, und dazu hatten sich noch andere Ärgernisse eingestellt. Im Augenblick bewohnte Pnin noch immer das rosagestrichene, mit Mullvorhängen geschmückte Schlafzimmer im zweiten Stock des Clementsschen Hauses, dem ersten Haus, das er wirklich mochte, und das erste Zimmer, das er länger als ein Jahr behielt. Im Laufe der Zeit hatte er jede Spur seiner früheren Besitzerin getilgt, jedenfalls bildete er sich das ein, denn er hatte nicht bemerkt, und würde vermutlich auch nie bemerken, daß genau über dem Kopfende des Bettes ein Mondgesicht an die Wand gemalt war und auf dem Türpfosten ein paar halbverwischte Höhenmaße, bei 1,20 Meter im Jahre 1940 beginnend, mit Bleistift eingezeichnet waren.

Schon über eine Woche war Pnin Herr im Hause; Joan Clements war mit dem Flugzeug in einen Staat des Westens gereist, um ihre verheiratete Tochter zu besuchen, und ein paar Tage später, genau zu Beginn seiner philosophischen Frühjahrsvorlesung, war Professor Clements, telegrafisch abberufen, ebenfalls westwärts geflogen. Unser Freund frühstückte voller Muße mit viel Milch, die nicht abbestellt worden war, und bereitete sich um halb zehn auf seinen üblichen Weg zur Universität vor.

Die Art der russischen Intelligentsia, mit der er in seinen Wintermantel schlüpfte, tut meinem Herzen wohl: sein geneigtes Haupt zeigt dabei seine völlige Kahlheit, und sein breites *Duchess of Wonderland*-Kinn hielt die beiden Enden seines übereinandergeschlagenen grünen Halstuchs fest, während er mit einem Ruck seiner breiten Schultern in beide Ärmel zugleich zu schlüpfen verstand; ein zweiter Ruck, und der Mantel saß.

Er nahm seinen *portfel'* (Aktentasche), prüfte seinen Inhalt und verließ das Haus.

Er war noch keinen Steinwurf von seiner Veranda entfernt, als er sich eines Buches entsann, um dessen Rückgabe zwecks Verleihung an einen anderen Leser die College-Bibliothek dringend ersucht hatte. Einen Augenblick kämpfte er mit sich; er brauchte den Band noch. Aber der menschenfreundliche Pnin empfand zu stark den leidenschaftlichen Schrei des anderen – unbekannten – Wißbegierigen, um nicht wegen des dicken Wälzers kehrtzumachen: es handelte sich um Band achtzehn – in der Hauptsache Tolstois Leben und Werk gewidmet – des *Sowetskij Solotoj Fond Literatury* (Sowjetische Goldene Schatzkammer der Literatur), *Moskwa-Leningrad* 1940.

## 3

Die Organe, die bei der Erzeugung englischer Sprachgeräusche betätigt werden, sind Kehlkopf, Gaumensegel, Lippen, Zunge (der Hanswurst der Truppe) und *last not least* der Unterkiefer. Auf dessen überenergische und gewissermaßen wiederkäuende Bewegung verließ Pnin sich, wenn er Abschnitte aus der russischen Grammatik oder ein Gedicht von Puschkin übersetzte. War sein Russisch Musik, so hieß sein Englisch Mord. Er hatte gewaltige Schwierigkeiten – in pninischem Englisch klang *difficulty* wie dsiifiicuultsii –, den Gaumenlaut loszuwerden, und erreichte es nie, die T und D vor Vokalen, die er eigentümlich in die Länge zog, von seiner zusätzlichen russischen Feuchtigkeit zu befreien. Sein sprengstoffgeladener *«hat»* (*«I never go in a hat even in winter»*) unterschied sich von der in Amerika üblichen Aussprache von *hot* (die besonders kennzeichnend war für die Einwohner von Waindell) nur durch seine kürzere Dauer und klang dadurch dem deutschen *hat* ziemlich ähnlich. Lange o wurden bei ihm rettungslos kurz: so klang sein *no* vollkommen italienisch; dies wurde noch verstärkt durch seine Eigenheit, die schlichte Verneinung zu verdreifachen. («Kann ich Sie mitnehmen, Mr. Pnin?» – «*No, no, no,* ich habe ja nur zwei Schritte zu Fuß.») Ein *oo* stand ihm nicht zu Gebote, was ihm indes nicht aufzufallen schien. Alles, was er hervorzubringen vermochte, wenn es darauf ankam, *«doom»* auszusprechen, war der schlaffe Vokal des deutschen «dumm». *Tjus*day after*nun* (Dienstagnachmittag habe ich keine Vorlesungen. Heute ist Dienstag).

Dienstag, gewiß; aber welcher Tag im Monat, das möchten wir gern wissen. Pnins Geburtstag zum Beispiel fiel nach dem Julianischen Kalender, nach dem er im Jahre 1898 in Sankt Petersburg geboren war, auf den 3. Februar. Er feierte ihn nicht mehr, teils, weil der Tag sich nach seiner Ausreise aus Rußland in gregorianischer Verkleidung vorbeischlich (dreizehn, nein zwölf Tage zu spät), teils, weil er während des akademischen Jahres hauptsächlich auf einer MoDiMiDoFreiSa-Basis existierte.

An die mit Kreidewolken bedeckte Tafel schrieb er jetzt ein Datum. Im Arm spürte er noch immer das Gewicht des *Sol. Fond Lit.* Die Jahreszahl, die er hinkritzelte, hatte nichts mit dem heutigen Tag in Waindell zu tun:

26. Dezember 1829.

Bedächtig drehte er einen dicken weißen Punkt dahinter und schrieb darunter:

3.03 Uhr after*nun* in Sankt Petersburg.

Dies wurde pflichtschuldigst von Frank Backman, Rose Balsamo, Frank Carroll, Irving D. Herz, der schönen, klugen Marilyn Hohn, John Mead jr., Peter Volkov und Allan Bradbury Walsh abgeschrieben.

Bibbernd vor stummer Fröhlichkeit setzte Pnin sich an seinen Tisch: er hatte eine Geschichte zu erzählen. Der Satz in der absurden russischen Grammatik «*Broshu li ja wdol uliz schumnych* (ob ich auf lärmenden Straßen wandre)» war in Wirklichkeit der Beginn eines berühmten Gedichtes. Obgleich Pnin sich in seiner russischen Elementarklasse eigentlich auf Sprachübungen (*Mama, telefon! Broshu li ja wdol uliz schumnych. Ot Wladiwostoka do Waschingtona* 5000 *mil*) zu beschränken hatte, ergriff er jede Gelegenheit, seine Studenten auf literarische und historische Streifzüge mitzunehmen.

In einem Gedicht von acht vierfüßigen Vierzeilern schilderte Puschkin die krankhafte, nie abgelegte Angewohnheit, wo immer er sich befand, was immer er auch tat, bei Todesgedanken zu verharren und jedem vorübergehenden Tag auf den Grund zu gehen, auf der Suche nach einem künftigen «Jahrestag», der in ihm verborgen sein könnte: Tag und Monat, die irgendwo einmal auf seinen Grabstein erscheinen würden.

«‹Und wo wird das Schicksal mir senden den Tod›, erstes Futur», deklamierte der beflügelte Pnin, den Kopf zurückwerfend und tapfer übersetzend, «‹im Kampf, auf der Reise oder in den Wellen? Oder wird das nachbarliche Tal› – *dolina*, dasselbe Wort – ‹aufnehmen meine kalte Asche›, *poussière* ‹kalten Staub› ist vielleicht richtiger. ‹Und ist es auch gleichgültig dem unempfindlichen Leib . . .›»

Pnin fuhr fort bis zum Schluß; und mit der Kreide, die er noch immer in der Hand hielt, dramatisch auf die Tafel deutend, wies er darauf hin, wie sorgfältig Puschkin den Tag und sogar die Minute der Niederschrift dieses Gedichtes festgehalten hatte.

«Aber», rief Pnin triumphierend aus, «er starb an einem ganz, ganz anderen Tag! Er starb . . .» Die Stuhllehne, gegen die Pnin sich kräftig stemmte, ließ ein unheilvolles Krachen hören, und die Klasse befreite sich von ihrer verzeihlichen Spannung durch lautes, jugendliches Gelächter. (Irgendwo, irgendwann – Petersburg? Prag? – zog ein Musik-Clown dem anderen den Klavierschemel weg, der ungestört in Sitzstellung, wiewohl sitzlos, weiterspielte, ohne daß seine Rhapsodie darunter gelitten hätte. Wo war das nur? Ach ja, Zirkus Busch, Berlin!)

4

Pnin machte sich nicht die Mühe, das Klassenzimmer zwischen dem Abgang seiner Elementarschüler und dem tropfenweisen Einsickern der Fortgeschrittenen zu räumen. Das Büro, in dem der *Sol. Fond Lit.*, teilweise in Pnins grünen Schal gewickelt, jetzt auf dem Kartothekkasten lag, befand sich in einem anderen Stockwerk am Ende eines hallenden Ganges neben dem Waschraum für Dozenten. Bis zum Jahre 1950 – jetzt schrieb man 1953, wie die Zeit verging! – hatte er mit Miller, einem der jüngsten Lehrer, ein Büro im Deutschen Seminar geteilt. Später wurde ihm zur alleinigen Benutzung Büro R zugewiesen, das früher eine Rumpelkammer gewesen, jetzt aber vollständig renoviert war. Im Laufe des Frühjahrs hatte er es liebevoll pninisiert. Er hatte dies mit zwei scheußlichen Stühlen, einem Anschlagbrett aus Kork, einer Dose Bohnerwachs, die vom Hausmeister vergessen worden war, und einem bescheidenen Stehpult aus unbestimmbarem Holz bewerkstelligt. Bei der Verwaltung beschaffte er sich einen kleinen metallenen Aktenschrank mit einem bezaubernden Schloß. Der junge Miller packte Pnins zusammensetzbaren Bücherschrank unter dessen Anleitung zusammen und brachte ihn hinüber. Von der alten Mrs. McCrystal, in deren weißem Holzhaus er den mäßigen Winter 1949/50 verbracht hatte, erstand er für drei Dollar einen verschossenen, einstmals türkischen Teppich. Mit Hilfe des Hausmeisters schraubte er an den Schreibtisch einen Bleistiftanspitzer – ein hochbefriedigendes, höchst philosophisches Werkzeug, das schnurrschnurrschnurr macht und sich vom gelben Farbüberzug und süßduftenden Holz nährt, um schließlich in eine Art geräuschlos ästhetischen Leerlaufs zu enden, wie es unser aller Schicksal ist. Er träumte von anderen, noch anspruchsvolleren Dingen, wie einem Lehnstuhl und einer großen Lampe. Als er nach einem in Washington verbrachten Sommerkurs zurückkehrte, schlief ein beleibter Hund auf seinem Teppich, und sein Mobiliar war in eine dunkle Ecke des Arbeitszimmers gerückt worden, um einem vornehmen, rostfreien Stahlschreibtisch mit dazu passendem Drehstuhl Platz zu machen, in dem ein neu importierter, freundlich vor sich hinlächelnder österreichischer Gelehrter namens Dr. Bodo von Falternfels saß. So war für Pnin Büro R in die Binsen gegangen.

## 5

Mittags wusch Pnin sich wie üblich Gesicht und Hände.

In Büro R holte er Mantel, Schal, Buch und Aktentasche. Dr. Falternfels schrieb und lächelte; sein Butterbrot war halb ausgepackt; sein Hund war tot. Pnin schritt die düsteren Treppen hinunter und durch die Skulpturengalerie. Das Lehrgebäude für Alte Sprachen, in dem auch Ornithologie und Anthropologie zu Hause waren, war mit einem anderen Backsteingebäude, der Frieze Hall, verbunden, die mittels einer reichlich rokokohaften, gedeckten Galerie die Speisesäle und den Fakultätsclub beherbergte. Diese Galerie wand sich schräg hinan, machte eine jähe Wendung und wanderte abfallend dem üblichen Geruch von Bratkartoffeln und der Wehmut eintöniger Mahlzeiten entgegen. Im Sommer war ihr Spalier von schwankenden Blumen belebt; nun aber blies eisiger Wind durch ihre Nacktheit, und jemand hatte einen gefundenen roten Fausthandschuh auf das Spritzloch eines toten Springbrunnens gelegt, der am Anfang des Ganges zum Hause des Präsidenten stand.

Präsident Poore, ein langsamer, hochgewachsener, älterer Herr mit dunkler Brille, hatte sich vor Jahren eine Augenkrankheit zugezogen und war nun nahezu blind. Mit der Regelmäßigkeit der Gestirne wurde er jedoch Tag für Tag von seiner Nichte und Sekretärin in die Frieze Hall geführt. Mit antiker Würde schritt er durch seine private Finsternis auf ein unsichtbares zweites Frühstück zu, und obgleich jedermann sich längst an seinen tragischen Einzug gewöhnt hatte, glitt immer wieder ein leises Verstummen über die Tischgemeinschaft, während er zu seinem geschnitzten Stuhl geleitet wurde und nach der Tischkante tastete. Und es war seltsam, unmittelbar hinter ihm an der Wand sein stilisiertes Porträt zu sehen, in einem malvenfarbenen Zweireiher und mahagonibraunen Schuhen, wie es mit strahlenden Purpuraugen auf die Schriftrollen blickte, die Richard Wagner, Dostojewskij und Konfuzius ihm überreichten. Es war ein Gruppenbild, das Oleg Komarow vom Seminar für Bildende Kunst vor zehn Jahren in Langs berühmtes Wandgemälde von 1938 hineingemalt hatte, das rund um den Eßsaal einen Festzug historischer Gestalten und Dozenten von Waindell darstellte.

Pnin nahm neben seinem Landsmann Platz, weil er ihn etwas fragen wollte. Komarow, der Sohn eines Kosaken, war ein untersetzter Mann mit Bürstenschnitt und Totenkopfnase. Er und seine Frau Serafima, eine massige, fröhliche Moskauerin, die an einer silbernen, auf ihren füllig weichen Bauch herunterhängenden Kette einen tibetanischen Zauberstein trug, gaben dann und wann russische Feste mit russischen Horsd'œuvres, Gitarrenspiel und mehr oder minder unechten Volksliedern – Gelegenheiten, bei welchen schüchterne Studenten im dritten Semester in das Ritual des Wodkatrinkens und andere schale russische Eigenheiten eingeweiht wurden. Wenn Serafima und Oleg nach solchen Festlichkeiten dem mürrischen Pnin begegneten, pflegten sie mit ehrfürchtiger Selbstzufriedenheit zu sagen – dabei wandte sie die Augen zum Himmel empor, während er die seinen mit einer Hand bedeckte: «*Gospodi, skolko my im dajom!* (Du lieber Himmel, was geben wir ihnen nicht alles!)» – mit «ihnen» waren natürlich die unwissenden Amerikaner gemeint. Nur ein Russe hätte das Gemisch von reaktionärer Haltung und Sowjetfreundlichkeit zu begreifen vermocht, das sich in dem pseudo-interessanten Paar Komarow verkörperte; für sie bestand das ideale Rußland aus der Roten Armee und einem gesalbten Monarchen, aus Kolchosen, aus Anthroposophie, der russisch-orthodoxen Kirche und dem Wasserkraftwerk. Pnin und Oleg Komarow standen auf heimlichem Kriegsfuß. Gelegentliche Berührungen waren freilich nicht zu vermeiden, und diejenigen ihrer amerikanischen Kollegen, die Komarows für «fabelhafte Leute» hielten und den drolligen Pnin nachäfften, waren überzeugt, daß der Maler und Pnin Busenfreunde sein müßten.

Ohne sie auf eine sehr harte Probe zu stellen, hätte man schwerlich zu sagen vermocht, wer von beiden das schlechtere Englisch sprach, Pnin oder Komarow. Wahrscheinlich war es Pnin. Und aus Gründen des Alters, der Allgemeinbildung und einer unwesentlich längeren amerikanischen Staatsangehörigkeit fand er die Möglichkeit, Komarows häufige englische Ungeschicklichkeiten zu korrigieren, eine Angewohnheit, die Komarow den Umgang mit Pnin noch mehr verleidete als dessen *antikwarnyj liberalism.*

«Hören Sie, Komarow» (*Posluschajte, Komarow* – eine ziemlich unhöfliche Anrede), sagte Pnin. «Ich kann mir nicht vorstellen, wer hier sonst dieses Buch verlangen könnte. Keinesfalls einer meiner Studenten. Sollten Sie es aber sein, so verstehe ich durchaus nicht, was Sie damit anfangen wollen.»

«Ich brauche es nicht», erwiderte Komarow mit einem Seitenblick auf den Band. «Ich bin nicht interessiert daran», fügte er auf englisch hinzu.

Pnin bewegte die Lippen und Unterkiefer ein-, zweimal geräuschlos, wollte etwas sagen, sagte aber nichts und wandte sich wieder seinem Salat zu.

## 6

Da es ein Dienstag war, konnte er sich sofort nach dem Mittagessen in seinen Lieblingsaufenthalt zurückziehen und dort bis zum Abendessen bleiben. Kein Gang verband die Bibliothek des Waindell College mit anderen Bauten, trotzdem zog es Pnins Herz zu ihr hin. Er schritt an der großen Bronzegestalt des ersten Präsidenten des College – Alpheus Frieze, in Sportmütze und Knickerbockers – vorbei; Mr. Frieze hielt die Griffe eines Bronzefahrrads, das er, nach der Stellung seines auf alle Zeiten an das linke Pedal geklebten linken Fußes zu urteilen, ewig zu besteigen schien. Schnee lag auf dem Sattel, Schnee auch in dem lächerlichen Korb, den Witzbolde kürzlich an die Lenkstange gebunden hatten. *«Chuligani»*, schnaubte Pnin, schüttelte den Kopf und rutschte leicht auf einer Steinplatte des Pfades aus, der sich unter entlaubten Ulmen einen Rasenhang hinabwand. Außer dem dicken Buch unter dem rechten Arm trug er in der linken Hand seine Aktenmappe, einen alten, an Mitteleuropa erinnernden schwarzen *portfel'*; er schwenkte sie rhythmisch am Ledergriff hin und her, während er zu seinen Büchern, seinem Studierraum unter dem Dach, zu seinem Paradies russischen Volkstums wanderte.

Ein elliptisch gegliederter Taubenschwarm, der im Rundflug grau aufstieg, weiß, dann wieder grau flatterte, kreiste am bleichen klaren Himmel über der College-Bibliothek. Kummervoll pfiff ein Zug in der Ferne, wie in der Steppe. Ein mageres Eichhörnchen huschte über einen Flecken sonnigen Schnees, wo der Schatten eines Baumstammes, auf dem Rasen olivgrün, eine Strecke graublau erschien, während der Baum in seiner Blöße ächzend jäh in den Himmel aufragte, wo die Tauben ein drittes und letztes Mal vorüberstrichen. Das Eichhörnchen, nun unsicher in seiner Gabelung, plapperte und beschimpfte die Bösewichter, die es von seinem Baum verjagen wollten. Wieder rutschte Pnin auf dem schmutzigen schwarzen Eis des plattenbelegten Pfades aus, warf abrupt einen Arm in die Luft, gewann sein Gleichgewicht wieder und bückte sich mit einem einsamen Lächeln, den *Sol. Fond Lit.* aufzuheben. Der Band lag aufgeschlagen mit der Fotografie einer russischen Wiese da, über die Leo Tolstoi auf die Linse zustapfte; hinter ihm wandten ein paar langmähnige Pferde die unschuldigen Köpfe dem Fotografen zu.

*W boju li, w stranstwii, w wolnach?* Im Kampf, auf der Reise oder in den Wellen? Oder etwa auf dem Universitätsgelände von Waindell? Sanft sein Gebiß bewegend, an dem ein zähes Stück Schweizer Käse haftengeblieben war, erklomm Pnin die schlüpfrigen Stufen der Bibliothek.

Wie so mancher alternde College-Professor hatte Pnin längst aufgehört, die Gegenwart von Studenten im Universitätsgelände, in den Gängen, in der Bibliothek zu bemerken – überall –, die ordnungsgemäßen Ansammlungen im Hörsaal ausgenommen. Anfangs hatte es ihn beunruhigt, den einen oder anderen zu erblicken, den armen, jungen Kopf auf dem Unterarm ruhend, friedlich schlummernd zwischen den Ruinen des Wissens. Jetzt sah er nur hier und da den anmutigen Hals eines jungen Mädchens, sonst niemanden im Lesesaal.

Mrs. Thayer saß am Ausgabetisch. Ihre Mutter und Mrs. Clements Mutter waren Kusinen ersten Grades gewesen.

«Wie geht es Ihnen, Professor Pnin?»

«Sehr gut, Mrs. Fire.»

«Laurence und Joan sind noch nicht zurück, nicht wahr?»

«Nein. Ich bringe dieses Buch zurück, weil ich diese Karte erhalten habe –»

«Ich möchte wohl wissen, ob die arme Isabel sich wirklich scheiden lassen wird.»

«Ich habe nichts darüber gehört, Mrs. Fire, darf ich fragen ...»

«Ich fürchte, wir werden ein anderes Zimmer für Sie suchen müssen, wenn sie sie mit heimbringen.»

«Mrs. Fire, erlauben Sie mir, die eine oder andere Frage zu stellen. Diese Karte, die ich gestern erhielt – könnten Sie mir vielleicht sagen, wer der Anwärter auf das Buch ist?»

«Lassen Sie mich nachsehen.»

Sie sah nach. Es stellte sich heraus, daß der neue Leser Timofej Pnin war. Band achtzehn war am vergangenen Freitag von ihm angefordert worden. Weiter wurde ermittelt, daß Band achtzehn bereits auf besagten Pnin eingetragen war, der ihn seit Weihnachten las und nun, die Hände auf dem Buch, wie das altväterliche Bild eines Friedensrichters dastand.

«Unmöglich!» rief Pnin. «Am Freitag habe ich um Band

neunzehn gebeten, Jahrgang 1947, nicht um Band achtzehn, Jahrgang 1940.»

«Aber sehen Sie selbst – Sie haben Band achtzehn geschrieben. Wie dem auch sei, Band neunzehn ist noch im Umlauf. Behalten Sie diesen da?»

«Achtzehn, neunzehn», murmelte Pnin, «ist kein großer Unterschied! Ich habe das Jahr richtig geschrieben, und *das* allein ist wichtig! Ja, ich brauche achtzehn noch – schicken Sie mir eine mehr brauchbare Karte, wenn verfügbar Band neunzehn.»

Ein wenig brummend nahm er das unhandliche, aus dem Leim gegangene Buch mit in seine Lieblingsnische und legte es dort, eingehüllt in sein Halstuch, nieder.

Diese Weiber können nicht lesen. Das Jahr stand ganz deutlich da.

Wie gewöhnlich marschierte er in den Zeitschriftenraum und warf dort einen Blick auf den Nachrichtenteil der letzten Nummer der russischen Tageszeitung, die seit 1918 von Emigranten in Chicago herausgegeben wurde. (Diese ‹letzte› Ausgabe stammte von Samstag, dem 12. Februar – heute schrieb man Dienstag, o nachlässiger Leser!) Wie üblich las er die Anzeigen sorgfältig durch. Dr. Popow, aufgenommen in seinem blütenweißen Arztkittel, versprach älteren Herrschaften neue Kraft und Freude. Eine Musikgesellschaft bot russische Grammophonplatten wie «Zerbrochenes Leben. Walzer» und «Lied eines Lkw-Frontfahrers» zum Verkauf an. Ein gogolscher Leichenbestatter pries seine Luxusleichenwagen an, die sich auch für Picknicks eigneten. Eine andere, gleichfalls an Gogol erinnernde Person aus Miami stellte «Nicht-Trinkern (*dlja treswych*) eine Zweizimmerwohnung inmitten von Obstbäumen und Blumen» zur Verfügung, während in Hammond «in einer ruhigen kleinen Familie» hoffnungsvoll ein Zimmer angeboten wurde. Aus keinem ersichtlichen Grunde sah der Zeitungsleser plötzlich mit lächerlich leidenschaftlicher Hellsicht seine Eltern, Dr. Pavel Pnin und Valeria Pnin, ihn mit einem medizinischen Journal, sie mit einer politischen Zeitschrift in den Händen, wie sie in ihrem freundlich erhellten Wohnzimmerchen in Sankt Petersburg in der Galernaja-Straße vor vierzig Jahren im Lehnstuhl einander gegenübergesessen hatten.

Er studierte auch die Lokalseite mit einer langatmigen und langweiligen Streitfrage zwischen drei Emigrantenparteien. Die Sache hatte damit begonnen, daß Partei A Partei B der Untätigkeit bezichtigte und dies mit dem Sprichwort veranschaulichte: «Er würde auf die Palme klettern, wenn er nicht Angst hätte, sich das Schienbein zu zerkratzen!» Dies hatte einen scharfen Leserbrief an den Herausgeber zur Folge, unterzeichnet: Ein alter Optimist, mit der Überschrift: «Palmen und Trägheit». Er begann mit den Worten: «Es gibt ein altes amerikanisches Sprichwort: ‹Wer im Glashaus sitzt, soll nicht versuchen, zwei Fliegen mit einer Kappe zu schlagen.›» Die Samstagnummer brachte ein Dreihundertzeilen-Feuilleton als Beitrag von einem Vertreter der Partei C und hieß: «Von Palmen, Glashäusern und Optimismus». Pnin las es voll mitfühlender Hingabe.

Dann kehrte er in seinen Lesewinkel zu seinen eigenen Forschungen zurück.

Er hatte im Sinn, eine *Petite Histoire* der russischen Kultur zu schreiben, in der eine Auswahl russischer Kuriositäten, Gebräuche, Anekdoten und dergleichen so dargestellt sein würden, daß sie *La Grande Histoire* – die großen Zusammenhänge der Ereignisse – *en miniature* widerspiegelten. Er befand sich noch in der glücklichen Phase des Sammelns und Sichtens; und so manche jungen Leute betrachteten es als besonderes Vergnügen und als Ehre, Pnin eine Katalogschublade aus dem verständnisvollen Busen einer Kartothek ziehen, sie wie eine große Nuß in sein verschwiegenes Eckchen mitnehmen und dort geistig verspeisen zu sehen. Bald bewegten sich dabei seine Lippen in tonlosen Randbemerkungen, kritisch, befriedigt, verblüfft, bald hob er seine spärlichen Augenbrauen und vergaß sie dort oben auf seiner geräumigen Stirn, wo sie noch ausharrten, wenn jede Spur von Mißvergnügen oder Zweifel längst gewichen war. Es war ein Glück, daß er in Waindell war. Im Laufe der neunziger Jahre hatte der hervorragende Bibliophile und Slawist John Thruston Todd – seine bärtige Büste stand gebieterisch über dem Trinkbrunnen – das gastfreie Rußland besucht, und nach seinem Tod wanderten die Bücher, die er dort zusammengetragen hatte, sang- und klanglos auf den Dachboden. Mit Gummihandschuhen – um keinen elektrischen Schlag von *amerikanskij* Metallregalen zu bekommen – machte Pnin sich an diese Bücher heran und erfuhr stille Freuden: da lagen obskure Bildzeitschriften der sechziger Jahre in marmorierten Einbänden; jahrhundertealte historische Monographien, ihre schläfrigen Seiten mit Stockflecken gesprenkelt; russische Klassikerausgaben in rührend scheußlichen Präge-Einbänden, deren ledergepreßte, hehre Dichterprofile den tau-äugigen Pnin an seine Knabenzeit erinnerten, da er müßig die leicht abgescheuerten Koteletten Puschkins oder Shukowskijs verwischte Nase abgetastet hatte. Heute begann Pnin aus Kostromskojs umfangreichem Werk über russische Mythen (Moskau 1855) – ein seltenes Exemplar, darf nicht aus der Bibliothek entfernt werden – mit einem eher unglücklichen Seufzer einen Abschnitt herauszuschreiben, der sich auf alte heidnische Spiele bezog; diese wurden zu jener Zeit noch in den Waldungen der oberen Wolga gepflegt und gehörten zum christlichen Ritual. Während einer Festwoche im Mai – der sogenannten Grünen Woche, die in Pfingsten gipfelte – flochten Bauernmädchen Kränze aus Butterblumen und Knabenkraut; dann hängten sie, alte Liebeslieder singend, diese Girlanden an Uferweiden auf; am Pfingstsonntag wurden die Kränze in den Fluß hinuntergeschüttelt, wo sie, sich auflösend, wie ungezählte Schlangen dahinglitten, während die Mädchen singend zwischen ihnen herumschwammen.

Hier fiel Pnin eine seltsame Wortverbindung auf; er vermochte sie nicht bei ihrem Nixenschwanz zu fassen, machte eine Anmerkung auf seinen Merkzettel und vertiefte sich abermals in Kostromskoj.

Als Pnin wieder die Augen hob, war es Zeit zum Abendessen.

Er nahm die Brille ab, rieb sich mit den Fingerknöcheln seine entblößten, müden Augen und heftete noch in Gedanken seinen sanften Blick auf das Fenster über sich. Dort erschienen durch seine schwindenden Betrachtungen hindurch allmählich der blauviolette Abendhimmel, silbrig verziert von dem Reflex der Neonröhren an der Decke, und zwischen dürren schwarzen Zweigen eine gespiegelte Reihe heller Bücherrücken.

Bevor er die Bibliothek verließ, beschloß er die richtige Aussprache von *interested* nachzuschlagen, und entdeckte, daß Webster, zumindest die mitgenommene Ausgabe von 1930, die auf dem Tisch des Schmökerzimmers lag, das Wort nicht auf der dritten Silbe betonte, wie er es tat. Er suchte eine Aufstellung der Druckfehler am Ende des Buchs, fand aber keine und stellte beim Schließen des Mammutlexikons zu seinem Schrecken fest, daß irgendwo darin der Merkzettel vergraben sein mußte, den er die ganze Zeit in der Hand gehalten hatte. Zweitausendfünfhundert Dünndruckseiten Blatt für Blatt durchgehen? Auf seinen Ausruf kam der verbindliche Mr. Case, ein schmächtiger rosiger Bibliothekar mit glattem weißem Haar und Querbinder, herüber, packte den Koloß an beiden Enden, drehte ihn um und schüttelte ihn leicht, worauf dieser einen Taschenkamm, eine Weihnachtskarte, Pnins Notizen und ein duftiges Gebilde aus Seidenpapier von sich gab, das unsagbar schwerelos zu Pnins Füßen niederschwebte und von Mr. Case zu den Groß-Siegeln der Vereinigten Staaten und Besitzungen zurückgelegt wurde.

Pnin steckte seinen Merkzettel zu sich und erinnerte sich nun ohne Hilfe der Worte, die ihm vorhin nicht einfallen wollten:

*Plyla i pela, pela i plyla* . . . Sie schwebte dahin und sang, sie sang und schwebte dahin . . .

Natürlich! Ophelias Tod. *Hamlet*! In der russischen Übersetzung des guten alten Andrej Kroneberg aus dem Jahre 1844 – das Entzücken von Pnins Jugend und der Jünglingstage seines Vaters und Großvaters! Hier wie bei Kostromskoj kommen, wie uns wohl erinnerlich, ebenfalls Weiden und Kränze vor. Aber wo sollte er das nachsehen? Leider war *«Gamlet» Wiljama Schekspira* von Mr. Todd nicht erworben worden und infolgedessen nicht in der Bibliothek des Waindell College vertreten, und wenn man gezwungen war, etwas in der englischen Fassung nachzuschlagen, so fand man nie diese oder jene herrliche, edle, wohlklingende Strophe, die man sein Leben lang in Kronebergs Wortlaut in Wengorows großartiger Ausgabe geliebt hatte. Zu schade! Auf dem traurigen Hochschulgelände dunkelte es zusehends. Über den fernen, wehmutsvollen Hügeln verharrte unter einer Wolkenbank ein tiefer Himmel wie ein Schildkrötenpanzer. Die beklemmenden Lichter Waindellvilles, die in einer Falte jener düsteren Hügel zitterten, übten ihren gewohnten Zauber aus, obgleich das Örtchen, wie Pnin wohl wußte, aus kaum mehr als einer Reihe Backsteinhäuser, einer Tankstelle, einer Eisbahn und einem Selbstbedienungsladen bestand. Als Pnin auf die kleine Wirtschaft der Library Lane zuschritt, um sich dort an einem Teller Virginiaschinken und einer gehörigen Flasche Bier zu laben, fühlte er sich plötzlich sehr müde. Nicht nur, daß der *Sol. Fond* nach seinem unnützen Besuch in der Bibliothek schwerer geworden war, auch etwas, das Pnin im Laufe des Tages mit halbem Ohr vernommen und beinahe verdrängt hatte, belästigte und bedrückte ihn jetzt, wie uns rückblickend ein Schnitzer zusetzt, der uns unterlaufen ist, eine Grobheit, die wir uns erlaubt, oder eine Drohung, die wir geflissentlich überhört haben.

## 7

Bei einer zweiten, in Ruhe genossenen Flasche Bier überlegte Pnin seinen nächsten Schritt: er vermittelte in einer Auseinandersetzung zwischen dem kopfmüden Pnin, der in letzter Zeit schlecht schlief, und einem unersättlichen Pnin, der wie gewöhnlich zu Hause weiterlesen wollte, bis der Güterzug um zwei Uhr nachts das Tal hinaufkeuchte. Schließlich wurde entschieden, daß er nach dem Programm, das von dem unermüdlichen Paar Christopher und Luise Starr jeden zweiten Dienstag in der New Hall geboten wurde, sofort zu Bett gehen würde; bei diesen Vorführungen handelte es sich um anspruchsvolle Musik und ungewöhnliche Filme, und Präsident Poore hatte sie als Entgegnung auf abwegige Kritik, die im vergangenen Jahr laut geworden war, als «das vermutlich anregendste und angeregteste Unternehmen der gesamten akademischen Gemeinschaft» bezeichnet.

Der SFL schlummerte in Pnins Schoß. Zu seiner Linken saßen zwei indische Studenten. Rechts rekelte sich Professor Hagens ausgelassene Tochter, Studentin der Dramaturgie. Komarow saß gottlob zu weit hinten, als daß seine kaum interessanten Bemerkungen bis zu Pnin hätten dringen können.

Der erste Teil des Programms, drei alte Kurzfilme, langweilten unseren Freund: das Stöckchen, die Melone, das weiße Gesicht mit den gewölbten schwarzen Augenbrauen, die zuckenden Nasenflügel sagten ihm nichts. Ob der unvergleichliche Komödiant in der Sonne neben einem wartenden Kaktus bekränzten Nymphen echappierte, ob er einen Höhlenmenschen darstellte – das geschmeidige Rohrstöckchen nun eine geschmeidige Keule – oder ob er von dem stämmigen Mack Swain in einem wilden Tanzlokal angestarrt wurde, der altmodische, humorlose Pnin blieb ungerührt. «Possenreißer», brummte er. «Selbst Glupischkin und Max Linder waren komischer.»

Im zweiten Teil wurde ein eindrucksvoller sowjetischer Dokumentarfilm gezeigt, in den späten vierziger Jahren gedreht. Es hieß, er enthielte keinen Deut Propaganda, sei nichts als reine Kunst, Frohsinn und die Lust an stolzer Leistung. Ungepflegte, hübsche Mädchen marschierten in einem aus uralten Zeiten überlieferten Frühlingsfestzug mit Fahnen, die Inschriften aus alten russischen Balladen trugen, wie *«Ruki protsch ot Korei», «Bas les mains devant la Corée», «La paz vencerá a la guerra», «Der Friede besiegt den Krieg»*. Ein Ambulanzwagen fuhr durch eine Schneelandschaft in Tadshikistan. Kirgisische Schauspieler gaben beim Besuch eines zwischen Palmen gelegenen Sanatoriums für Bergarbeiter eine Stegreifvorstellung. Auf einer Weide weitab im sagenhaften Ossetien meldete ein Schafhirt über einen transportablen Sender dem ossetischen Ackerbauministerium die Geburt eines Lammes. Die Moskauer U-Bahn prunkte mit ihren Säulen und Standbildern, sechs angebliche Vergnügungsreisende saßen auf drei Marmorbänken. Eine Fabrikarbeiterfamilie verbrachte geschniegelt und gebügelt einen gemütlichen Abend zu Hause; das Wohnzimmer, erleuchtet von einem großen, seidenen Lampenschirm, barst von Zierpflanzen. Achttausend Fußballfanatiker schauten einem Spiel zwischen Torpedo und Dynamo zu. Achttausend Bürger wählten in Moskaus Elektrizitätswerk einstimmig Stalin zum Kandidaten des Stalin-Wahlbezirks von Moskau. Das letzte Modell des Sim-Personenwagens fuhr mit der Arbeiterfamilie und ein paar anderen Insassen zu einem Landausflug. Dann kam ...

«Ich darf nicht, ich darf nicht, ach, es ist zu idiotisch», redete Pnin sich zu, als er fühlte, wie seine Tränendrüsen auf unerklärliche, lächerliche, demütigende Weise unberechenbar kindisches, heißes Naß entließen.

In einem Sonnenschleier – Sonnenlicht, das in nebligen Strahlen durch weiße Birkenstämme brach, herabhängendes Blattwerk durchdringend, in Kringeln auf der Borke zitternd, an langen Gräsern herabrinnend, zwischen den Gespenstern traubenförmiger Vogelkirschen mit verwischten Blüten schimmernd und rauchend – umfing russischer Naturwald den Wandernden. Eine alte Forststraße führte hindurch, mit zwei flachen Spuren und einem fortlaufenden Band von Pilzen und Maßliebchen. Der Wanderer folgte im Geiste noch immer jenem Waldweg, als er zu seiner anachronistischen Behausung zurückstapfte; war wieder der Junge, der mit einem dicken Buch unter dem Arm den Forst durchstreifte. Der Pfad mündete in das romantisch freie, geliebte Leuchten einer großen, von der Zeit unberührten Wiese (Pferde galoppierten darüberhin und schüttelten ihre silbrigen Mähnen inmitten hoher Blumen), als Pnin von Müdigkeit übermannt ward. Er lag nunmehr fest eingepackt im Bett, neben sich auf dem Nachttisch zwei Wecker, einen auf sieben Uhr dreißig, der andere auf acht Uhr gestellt, emsig tickend und tackend.

Komarow im himmelblauen Hemd beugte sich zum Stimmen über seine Gitarre. Eine Geburtstagsfeier war im Gang, und ein gelassener Stalin warf mit dumpfem Ton seine Wahlkugel zur Wahl von Sargträgern für Staatsbegräbnisse. Im Kampf, auf Reisen ... Wellen oder Waindell ... «Wundervoll!» sagte Dr. Bodo von Falternfels und hob den Kopf von seiner Schreibarbeit.

Pnin war fest in samtenes Vergessen versunken, als draußen ein schreckliches Unglück geschah: ächzend und sich an die Stirn fassend machte eine Statue übertriebenes Aufheben wegen eines zerbrochenen Bronzerades – dann war Pnin wach, und eine Karawane von Licht- und Schattenbukkeln glitt über die Gardine. Eine Autotür knallte zu, ein Wagen fuhr ab, ein Schlüssel öffnete das spröde, hellhörige Haus, drei schrille Stimmen sprachen, das Haus und mit ihm der Streifen unter Pnins Tür wurde mit einem Flackern hell. Es war ein Fieber, eine Infektion. In Furcht und Hoffnungslosigkeit hörte der zahnlose Pnin in seinem Nachthemd einen Handkoffer einbeinig, aber forsch die Treppe heraufrumpeln, dazu ein Paar junger Füße die ihnen vertrauten Stufen herauftrippeln, schon wähnte er das Geräusch erwartungsvollen Atmens zu vernehmen . . . Ja, das unmittelbare Wiedererleben glücklicher Heimkehr von elenden Sommerlagern würde in der Tat Isabel veranlaßt haben, Pnins Tür aufzustoßen, hätte ihrer Mutter Warnruf sie nicht rechtzeitig daran gehindert.

## *Viertes Kapitel*

### 1

Sein Vater, der König, saß im blütenweißen offenen Sporthemd und tiefschwarzer Jacke an seinem geräumigen Schreibtisch, dessen hochpolierte Platte sein Brustbild umgekehrt widerspiegelte, was eine Art Spielkarte ergab. Ahnenbilder verdunkelten die Wände des weitläufigen, getäfelten Raumes. Im übrigen war er dem Rektorenzimmer von St. Bartholomäus an der atlantischen Küste, dreitausend Meilen von dem Phantasiepalast entfernt, nicht unähnlich. Ergiebiger Frühlingsregen schlug unablässig gegen die Fenstertüren, hinter denen junges Grün mit allen Blättern zitterte und vor Nässe troff. Nichts als diese Regenscheide schien den Palast von der Revolution zu trennen und zu schützen, die seit Tagen die Stadt erschütterte ... Victors Vater war ein verschrobener Emigrantenarzt, den der Junge nie gemocht und seit nahezu zwei Jahren nicht mehr gesehen hatte.

Sein eigentlicher Vater, der König, hatte beschlossen, nicht abzudanken. Es kam keine Zeitung mehr heraus. Der Orientexpreß blieb mit all seinen Fahrgästen in einem Vorstadtbahnhof stecken, auf dessen Bahnsteigen, in Pfützen malerisch widergespiegelt, Bauern auf die verhangenen Fenster der geheimnisvollen langen Eisenbahnwagen starrten. Der Palast, seine Terrassengärten, die Stadt unter dem Palasthügel und der Platz, auf dem trotz des Wetters bereits Hinrichtungen und Volksbelustigungen stattfanden – all das lag im Schnittpunkt eines Kreuzes, dessen Arme in Triest, Graz, Budapest und Zagreb endeten – wie *«Rand*

*McNallys Praktischer Nachschlage-Weltatlas»* kundtut. Und im Herzen dieses Herzens saß blaß und beherrscht der König und sah im großen und ganzen so aus, wie sein Sohn sich vorstellte, selbst mit Vierzig auszusehen. Blaß und beherrscht, mit dem Rücken zu dem graugrünen Fenster, eine Tasse Kaffee in der Hand, saß der König und hörte einem maskierten Sendboten zu, einem beleibten, greisen Edelmann in nassem Umhang, der sich durch Aufruhr und Regenguß vom belagerten Rathaus zu dem abgesondert liegenden Palast durchgeschlagen hatte.

«Abdankung! Was sonst noch!» warf der König kühl hin, mit leichtem Akzent. «Die Antwort lautet: Nein. Ich ziehe das unbekannte Los der Verbannung vor.»

Bei diesen Worten ließ der König, Witwer, den Blick über die auf seinem Schreibtisch stehende Fotografie einer verstorbenen Schönen gleiten, über ihre großen blauen Augen, über den karminroten Mund (es war eine Farbaufnahme, eines Königs nicht gerade würdig, aber das spielte keine Rolle). Der Flieder in seiner jäh erschlossenen, vorzeitigen Blüte schlug, ausgesperrten Masken gleich, wild an die triefenden Fensterscheiben. Der alte Botschafter verbeugte sich und zog sich rückwärts durch die Wildnis des Arbeitszimmers zurück, dabei fragte er sich insgeheim, ob es nicht empfehlenswert sei, vom Schauplatz der Geschichte abzutreten und zu versuchen, sich nach Wien durchzuschlagen, wo er Besitzungen hatte ... Natürlich war Victors Mutter nicht wirklich tot; sie hatte seinen Alltagsvater, Dr. Eric Wind (nun in Südamerika), verlassen und war gerade im Begriff, in Buffalo einen Mann namens Church zu heiraten.

Nacht für Nacht verlor Victor sich in diesen harmlosen Traumgebilden, wenn er in seiner kalten Koje, allen Geräuschen des unruhigen Schlafsaals ausgesetzt, den Schlaf zu beschwören versuchte. Im allgemeinen kam er nicht bis zu der kritischen Fluchtepisode, wo der König allein, solus rex (wie Schachtheoretiker den verlassenen König bezeichnen), am Strand des böhmischen Meeres an der Sturmküste auf und ab schritt, wo Percival Blake, ein fröhlicher amerikanischer Abenteurer, ihn mit einem schweren Motorboot abzuholen versprochen hatte. Tatsächlich löste erst das vorsätzliche Hinauszögern jenes aufregenden und gleichzeitig beruhigenden Ereignisses, ja das Verschieben eines Reizes, der sich erst der wiederholten Beschwörung des Zaubers bequemte, die einschläfernde Wirkung aus.

Ein italienischer Film, hergestellt in Berlin für amerikanischen Verleih, in dem ein wild dreinblickender Junge in knautschigen kurzen Hosen auf der Flucht durch Elendsviertel, Ruinen und ein oder zwei Bordelle von einem sich dauernd vervielfältigenden Detektiv gejagt wird; eine neue Spielart des *Scarlet Pimpernel,* kürzlich in St. Martha, dem nächstgelegenen Mädchenpensionat, aufgeführt; eine anonyme Geschichte im Kafka-Stil, erschienen in einer *ci-devant* avantgardistischen Zeitschrift, vorgetragen von Mr. Pennant, einem melancholischen Engländer mit Vergangenheit; und nicht zuletzt Bruchstücke langlebiger Familienerinnerungen an die Flucht russischer Intellektueller vor Lenins Regime vor fünfunddreißig Jahren – dies waren die offensichtlichen Quellen von Victors Phantasien. Früher mochten sie voll Spannung und Reiz gewesen sein, nun aber wurden sie als Mittel zum Zweck, als mühelos angenehme Droge benutzt.

## 2

Er war jetzt vierzehn, sah aber zwei, drei Jahre älter aus – nicht wegen seiner hochgeschossenen Einmeterachtzig, sondern infolge seiner sachlichen Gelassenheit, eines Ausdrucks liebenswürdiger Distanz in seinen wenn nicht anziehenden, so doch wohlgeformten Gesichtszügen. Dazu war er frei von jeglicher Verklemmtheit oder Schwerfälligkeit; dies schloß keineswegs Bescheidenheit aus, sondern verlieh seiner Zurückhaltung eher etwas Heiteres und seiner stillen Art Liebenswürdigkeit. Unter dem linken Auge unterstrich ein braunes Muttermal von der Größe eines Cent die Blässe der Wangen. Ich glaube nicht, daß er irgend jemand liebte.

Im Verhalten gegenüber seiner Mutter hatte seit langem zartfühlende Herablassung die leidenschaftliche Kindesliebe abgelöst. Alles, was er sich gestattete, war ein innerer Seufzer amüsierter Schicksalsergebenheit, wenn sie in ihrem glitzernd fließenden New Yorker Englisch mit metallischen Nasallauten und weichen Rückfällen in pelzig russische Heimatklänge in seiner Gegenwart Fremde mit Geschichten unterhielt, die er unzählige Male gehört hatte und die entweder allzu stark ausgeschmückt oder frei erfunden waren. Noch unliebsamer war es, wenn unter diesen Fremden Dr. Eric Wind, ein völlig humorloser Pedant, der sein in einer deutschen Universität erworbenes Englisch für makellos hielt, eine abgeschmackte Bemerkung machte und mit der vertraulich schalkhaften Miene eines Mannes, der seine Zuhörer mit einem saftigen Beispiel der Umgangssprache beschenkt, «Teich» statt Ozean sagte. Beide Eltern taten in ihrer Eigenschaft als Psychotherapeuten ihr Bestes, die Rollen von Laios und Jokaste zu spielen, doch der Knabe erwies sich als höchst mittelmäßiger Ödipus. Um das modische Dreieck einer Freudschen Romanze – Vater, Mutter, Sohn – nicht noch zu komplizieren, wurde Lisas erster Mann nie erwähnt. Erst als Winds Ehe in die Brüche ging, also um die Zeit, als Victor in das St. Bartholomäus-Internat geschickt wurde, klärte Lisa ihn darüber auf, daß sie vor ihrer Ausreise aus Europa Mrs. Pnin gewesen war. Sie sagte ihm auch, daß ihr erster Mann gleichfalls nach Amerika ausgewandert sei, ja, daß er ihn in Kürze zu Gesicht bekommen würde. Und da alles, worauf Lisa anspielte (ihre strahlenden, schwarzbewimperten blauen Augen weit geöffnet), unfehlbar einen Hauch von Geheimnis und Glanz bekam, gewann die Gestalt des großen Timofej Pnin, des Gelehrten und Gentleman, der im berühmten Waindell

College, dreihundert Meilen nordwestlich von St. Bartholomäus, eine praktisch tote Sprache lehrte, in Victors empfänglichem Gemüt einen merkwürdigen Zauber, eine Familienähnlichkeit mit jenen bulgarischen Königen oder Mittelmeerfürsten, die weltberühmte Sachverständige für Schmetterlinge oder Seemuscheln waren. Daher bereitete es ihm Vergnügen, als Professor Pnin in einen nüchternen und ziemlichen Briefwechsel mit ihm trat; der ersten Epistel, abgefaßt in wunderbarem Französisch, aber ziemlich schlecht getippt, folgte eine Ansichtskarte des grauen Eichhörnchens. Die Karte war aus der Unterrichtsreihe «Unsere Säugetiere und Vögel»; Pnin hatte die ganze Serie eigens für diese Korrespondenz erworben. Victor erfuhr zu seiner Genugtuung, daß Eichhörnchen – sciurus – von einem griechischen Wort stamme, das «Schattenschwanz» bedeutet. Pnin lud Victor ein, ihn während der nächsten Ferien zu besuchen, und teilte dem Knaben mit, er würde ihn an der Omnibushaltestelle in Waindell abholen. «Damit du mich erkennst», schrieb er auf englisch darunter, «werde ich eine dunkle Brille tragen und eine schwarze Aktenmappe mit Silbermonogramm in der Hand haben.»

## 3

Eric und Lisa Wind waren besessen von Vererbungsfragen. Statt sich über Victors künstlerische Veranlagung zu freuen, grübelten sie über deren genetische Ursache. Kunst und Wissenschaft waren in der Erbmasse recht lebendig vertreten. Sollte man Victors Leidenschaft für Farben auf Hans Andersen (kein Verwandter des dänischen Märchenerzählers) zurückführen? Er war Kunstglaser in Lübeck gewesen, bevor er wahnsinnig wurde und sich für eine Kathedrale hielt – bald nachdem seine abgöttisch geliebte Tochter einen grauhaarigen Hamburger Juwelier heiratete, den Verfasser einer Abhandlung über Saphire und Erics Großvater mütterlicherseits. Oder war Victors fast pathologische Genauigkeit mit Bleistift und Feder ein Nebenerzeugnis von Bogolepows Wissenschaft? Denn der Urgroßvater von Victors Mutter, der siebte Sohn eines Dorfpopen, war kein anderer als jenes merkwürdige Genie Feofilakt Bogolepow, dessen einziger Nebenbuhler für den Titel des größten russischen Mathematikers Nikolai Lobatschewskij gewesen war. Das war die Frage.

Genie heißt Nonkonformität. Als Zweijähriger zeichnete Victor nicht etwa kleine Kringel, um Knöpfe oder Bälle darzustellen, wie tausend andere Kinder tun. Warum nicht er auch? Mit großer Liebe malte er seine Kreise vollkommen rund und vollkommen geschlossen. Aufgefordert, ein Viereck nachzuzeichnen, macht ein Dreijähriger einen etwa erkennbaren Winkel und begnügt sich damit, die übrigen Umrisse wellig oder rund anzuschließen. Victor jedoch bildete mit drei Jahren das keineswegs ideale Viereck der Forschungsärztin (Dr. Lisa Wind) nicht nur mit verachtungsvoller Genauigkeit nach, sondern setzte neben das Abbild auch noch ein kleineres. Nie durchlief er jenes Anfangsstadium zeichnerischer Tätigkeit, in dem kleine Kinder *Kopffüßler* malen oder kleine Dickbäuche mit L-Beinen und Armen, die Harken gleichen; ja, er vermied die menschliche Gestalt vollständig, und als er von Papa (Dr. Eric Wind) gedrängt wurde, Mama (Dr. Lisa Wind) zu zeichnen, antwortete er mit einer lieblichen Wellenlinie, die nach seiner Auskunft ihr Schatten auf dem neuen Kühlschrank sein sollte. Im Alter von vier Jahren entwickelte er eine eigenwillige Tüpfelmanier. Mit fünf begann er Gegenstände in der Perspektive zu zeichnen – eine hübsch verkürzte Seitenwand, einen durch die Entfernung geschrumpften Baum, einen Gegenstand, den anderen halb verdeckend. Als er sechs Jahre alt war, unterschied Victor schon, was mancher Erwachsene nie zu sehen lernt – die Tönungen von Schatten, den Unterschied zwischen dem Schatten einer Orange und dem einer Pflaume oder einer Avocadobirne.

Für Winds war Victor insofern ein problematisches Kind, als er sich weigerte, eines zu sein. Vom Standpunkt des Ehepaares aus hegte jedes männliche Kind den glühenden Wunsch, seinen Vater zu kastrieren, und einen sehnsüchtigen Drang, in den Schoß der Mutter zurückzukehren. Aber Victor zeigte keine Absonderlichkeiten des Verhaltens, er bohrte nicht in der Nase, lutschte nicht am Daumen, knabberte nicht einmal seine Nägel ab. In der Absicht, bei seinem Sohn auszumerzen, was er als Radiophile «das Statische in den persönlichen Beziehungen» nannte, ließ Dr. Wind dies undurchdringliche Kind im Institut von Außenseitern, dem jungen Dr. Stern und seiner lächelnden Gattin (Ich bin Louis, und das ist Christina), psychometrisch testen. Allein die Ergebnisse waren entweder monströs oder gleich Null: das siebenjährige Untersuchungsobjekt bewies bei dem sogenannten Godunovschen Tier-Zeichentest die überragende Reife eines Siebzehnjährigen, sank aber im Fairview-Erwachsenentest prompt auf den Stand eines zweijährigen Kindes herab. Wieviel Vorsicht, Geschick und Findigkeit waren nötig gewesen, diese großartigen Techniken zu ersinnen! Welche Enttäuschung, daß gewisse Patienten sich weigerten, mitzuarbeiten! Da ist zum Beispiel der Kent-Rosanoffsche völlig Freie Assoziationstest, bei dem der kleine Joe oder die kleine Jane aufgefordert werden, auf ein Stimulanswort wie Tisch, Ente, Musik, Krankheit, dick, nieder, tief, lang, Glück, Frucht, Mutter, Pilz zu antworten. Da ist das zauberhafte Bièvre-Aktivierungs-Spiel (ein wahrer Segen für regnerische Nachmittage), bei dem den kleinen Sams oder Rubys gesagt wird, vor die Begriffe ein Steinchen zu legen, die sie irgendwie beängstigen – wie sterben, fallen, träumen, Wirbelsturm, Begräbnis, Vater, Nacht, Operation, Schlafzimmer, Badezimmer, Annäherung und so weiter. Da ist der Augusta-Angst-Abstrakt-Test, bei dem *das Kleine* eine Reihe von Begriffen (Seufzen, Freude, Dunkelheit) zudecken muß. Natürlich darf hier nicht das Puppenspiel vergessen werden, bei dem Patrick oder Patricia zwei genau gleiche Gummipuppen bekommen und ein goldiges Stückchen Knetmasse, das Pat vor Spielbeginn an eine der Puppen kleben muß. Und ach, das süße Puppenhäuschen mit den vielen, vielen Stuben und einem Haufen merkwürdiger Miniaturgegenstände, darunter ein Nachttopf, nicht größer als ein Fruchtbecher, eine Hausapotheke, ein Schürhaken, ein Doppelbett, sogar ein Paar winzig-süßer Gummihandschuhe in der Küche, und du darfst so gemein zum Puppenvater sein, wie du willst, wenn du meinst, er schlüge die Puppenmama, sobald sie das Licht im Schlafzimmer löschen. Aber der ungezogene Victor wollte mit Lou und Tina nicht spielen, er ignorierte die Puppen, strich alle aufgeführten Worte durch (was den Spielregeln widersprach) und verfertigte Zeichnungen ohne jeglichen Hinweis auf das Unbewußte.

Victor war nicht zu bewegen, auch nur das geringste in wunder-wunderschönen Rorschach-Klecksen zu entdecken, in die andere Kinder alles mögliche, Seestücke, Frühstücke und sonstige Stücke, schwachsinnige Würmer, neurotische Bäume, erotische Galoschen, Schirme und Hanteln hineinsahen oder hineinzusehen sich herbeiließen. Auch enthielt keine von Victors Kritzeleien ein sogenanntes «Mandala», was im Sanskrit einen «magischen Ring» bedeuten soll. Dr. Jung und andere suchen dieses Mandala in jeglichen Gebilden, deren Umrisse mehr oder weniger auf eine vierfach ausstrahlende Struktur zu schließen gestatten: einer halbierten Mangofrucht etwa, einem Kreuz oder einem Rad, auf dem das Ich gebrochen wird wie Morphos; sie suchen, genau gesagt, das Symbol des Kohlenstoffatoms mit seinen vier Valenzen – chemisches Hauptbestandteil der Gehirnsubstanz –, automatisch vergrößert zu Papier gebracht.

Die beiden Sterns berichteten, daß «der psychische Wert von Victors Seelen-Bildern und Wort-Assoziationen unglücklicherweise vollkommen überschattet ist von den künstlerischen Neigungen des Knaben». Fortan durfte Winds kleiner Patient, der schwer einschlief und wenig Appetit hatte, bis nach Mitternacht im Bett lesen und brauchte morgens keine Hafergrütze zu essen.

## 4

Als Lisa die Erziehung ihres Kindes plante, sah sie sich zwischen zwei Libidos hin- und hergerissen: ihm entweder die letzten Errungenschaften moderner Kinder-Psychotherapie zugute kommen zu lassen oder im Rahmen des amerikanischen religiösen Lebens eine Kultform zu finden, die den melodiösen, heilsamen Annehmlichkeiten der griechisch-orthodoxen Kirche, jener sanften, milden Gemeinschaft, deren Anforderungen an das Gewissen im Verhältnis zu den gebotenen Tröstungen so klein sind, am nächsten kam.

Klein Victor besuchte zunächst einen fortschrittlichen Kindergarten in New Jersey, dann trat er auf Anraten russischer Freunde in eine dort gelegene Tagesschule ein. Das Institut stand unter der Leitung eines Priesters der Episkopalkirche, der sich als kluger, begabter Erzieher erwies und höher veranlagten Kindern freundlich gesinnt war, gleichgültig, ob sie wunderlich oder gewalttätig waren. Sicherlich war Victor etwas eigen, er war aber ein stilles Kind. Mit zwölf Jahren wechselte er ins St. Bartholomäus-Stift über.

Von außen betrachtet, war St. Bartholomäus ein gewaltiger Baukomplex aus selbstbewußtem rotem Backstein, erbaut im Jahre 1869 am Rande von Cranton, Massachusetts. Sein Hauptgebäude umfaßte drei Seiten eines großen Vierecks, die vierte war ein Bogengang. Sein gegiebeltes Pförtnerhäuschen war auf einer Seite mit glänzendem amerikanischem Efeu bewachsen und von einem keltischen Steinkreuz gekrönt, das etwas zu schwer geraten war. Der Efeu kräuselte sich im Wind wie das schwarze Fell eines Pferdes. Roter Backstein, so glaubt man gern, gewinnt mit der Zeit eine sattere Tönung; bei der guten alten St. Bartholomäus-Schule war er nur schmutzig geworden. Unter dem Kreuz und unmittelbar über dem Torbogen, der aussah, als könne er widerhallen, aber kein Echo hergab, war eine Art Dolch eingemeißelt, ein Versuch, das Schlächtermesser darzustellen, das der Apostel Bartholomäus im Wiener Meßbuch só vorwurfsvoll hochhält, der Märtyrer, der im Sommer des Jahres 65 unserer Zeitrechnung in Albanopolis, heute Derbent, im südöstlichen Rußland bei lebendigem Leibe gehäutet und ausgesetzt wurde. Nachdem ein wilder König seinen Sarg in das Kaspische Meer geworfen hatte, segelte er stillvergnügt zu den Liparischen Inseln an Siziliens Küste – vermutlich eine Legende, da das Kaspische Meer seit dem Pleistozän eine reine Binnenangelegenheit ist. Unter dieser heraldischen Wehr – einer nach oben zeigenden Mohrrübe nicht unähnlich – stand in polierter Kirchenschrift: Sursum! Zwei sanfte englische Schäferhunde, die einem Lehrer gehörten und gute Freunde waren, ließen sich meist auf einem Rasenstück vor dem Tor nieder, ihr privates Arkadien, in dem sie friedlich schlummerten.

Bei ihrem ersten Besuch in der Schule hatte Lisa alles sehr bewundert, von den fünf Höfen und der Kapelle bis zu den Gipsfiguren in den Gängen und den Aufnahmen von Kathedralen in den Klassenzimmern. Die drei unteren Schulklassen schliefen in Sälen mit Fensternischen. Am Ende lag ein Lehrerzimmer. Besucher konnten nicht umhin, die schöne Turnhalle zu bewundern. An hohe Vorbilder erinnerten Eichengestühl und Stichbalkendecke der Kapelle, eines romanischen Baus, der vor einem halben Jahrhundert von dem Wollfabrikanten Julius Schonberg gestiftet worden war – einem Bruder des weltberühmten Ägyptologen Samuel Schonberg, der beim Erdbeben von Messina umgekommen war. Fünfundzwanzig Lehrer und der Rektor, Ehrwürden Archibald Hopper, bildeten das Lehrerkollegium; bei warmem Wetter trug Ehrwürden Hopper elegantes Kirchengrau und kam seinen Pflichten in unbekümmerter Ignoranz der Ränke nach, die ihm jeden Tag das Genick brechen konnten.

## 5

Obgleich Victors primäres Organ das Auge war, sickerte die Welt von St. Bartholomäus hauptsächlich durch Gerüche und Geräusche in sein Bewußtsein. Da waren der muffige, stumpfe Dunst lackierten Holzes in den Schlafsälen und die nächtlichen Geräusche in den Nischen – lautes Magenrollen und nachdrücklich knarrende Sprungfedern – und die Glocke in der Eingangshalle, die um sechs Uhr fünfundvierzig im Hohlraum der eigenen Kopfschmerzen widerhallte. Da war der Geruch von Frömmigkeit und Weihrauch, der aus dem Becken aufstieg, das an Ketten und Kettenschatten von der Balkendecke der Kapelle herabhing. Da war Ehrwürden Hoppers seimiges Organ, das Gewöhnlichkeit und Geistigkeit freundlich vereinte; da war das Lied 166 «Sonne meiner Seele», das Neulinge auswendig zu lernen hatten; da war im Schrankzimmer der zähe Schweißgeruch des beräderten Packkorbs, der einen Gemeinschaftsvorrat von Sportgürteln enthielt – ein scheußliches graues Gemengsel, aus dem jeder einen Gurt für sich entwirren und zu Beginn der Turnstunde anlegen mußte – und wie rauh und traurig waren Geschrei und Gerufe, die von den vier Spielfeldern herübertönten!

Mit einem Intelligenz-Koeffizienten von etwa hundertachtzig und einem Durchschnitt von neunzig Punkten rückte Victor in einer Klasse von sechsunddreißig Schülern mühelos auf den ersten Platz und war in der Tat einer der drei Besten des gesamten Internats. Von seinen Lehrmeistern hielt er nicht viel; aber er verehrte Lake, einen ungeheuer schwerleibigen Mann mit zottigen Augenbrauen und behaarten Händen, düster befangen in Gegenwart kräftiger, rosiger Jungen – Victor war weder das eine noch das andere. Lake thronte wie ein Buddha in einem merkwürdig säuberlichen Atelier, das mehr dem Empfangsraum einer Kunsthalle als einer Werkstatt glich. Die blaßgrauen Wände waren schmucklos bis auf zwei gleichgerahmte Bilder: das eine war die Kopie von Gertrude Käsebiers fotografischem Meisterwerk *«Mutter und Kind»* (1897), auf dem das Kind engelgleich nachdenklich auf- und in die Ferne schaute (wohin?); das andere eine ähnlich getönte Reproduktion des Christuskopfes aus Rembrandts *«Die Jünger von Emmaus»* mit demselben, wiewohl etwas weniger himmlischen Ausdruck von Augen und Mund.

Lake war aus Ohio gebürtig, hatte in Paris und Rom studiert, in Ekuador und Japan unterrichtet. Er galt als anerkannter Kunstexperte, und es bereitete den Leuten Kopfzerbrechen, daß er sich zehn Winter hindurch ausgerechnet in St. Bartholomäus vergrub. Obwohl mit dem mürrischen Gemüt des Genies belastet, zeigte er doch wenig Originalität und war sich dieses Mangels wohl bewußt. Seine Bilder schienen stets äußerst geschickte Nachahmungen, wenngleich man nie mit Bestimmtheit sagen konnte, wessen Manier er zum Vorbild nahm. Seine intensive Kenntnis zahlloser Malweisen, seine Gleichgültigkeit gegen «Schulen» und «Strömungen», seine Abscheu vor Pfuschern, seine Überzeugung, daß zwischen einem eleganten Aquarell von gestern und, sagen wir, einem konventionellen Neoplastizismus oder einem banalen Non-Objektivismus von heute so gut wie kein Unterschied bestehe und daß es einzig und allein auf die persönliche Begabung ankäme – diese Ansichten machten aus ihm einen ungewöhnlichen Lehrer. St. Bartholomäus war weder von Lakes Methoden noch von deren Ergebnissen sonderlich entzückt, behielt ihn aber, weil es zum guten Ton gehörte, wenigstens einen Renommier-Kauz im Lehrkörper zu haben. Zu den erheiternden

Dingen, die Lake lehrte, gehörte die Ordnung des Sonnenspektrums: dies sei kein geschlossener Kreis, sondern eine Farbspirale von Kadmiumrot und mehreren Orangetönen über ein Strontiumgelb und ein blasses Paradiesgrün zu Kobaltblau und Violett; an diesem Punkt gipfle die Folge nicht in Rot, sondern gehe in eine zweite Spirale über, die mit einer Art Lavendelgrau beginne und in Aschenbrödeltöne münde, in Farben, die sich der menschlichen Wahrnehmung entzögen. Er lehrte, daß es so etwas wie die Ashcan-Schule oder die Cache-Cache-Schule oder die Can-Can-Schule nicht gäbe. Daß ein Kunstwerk aus Schnur, Briefmarken, einem linksradikalen Zeitungsblatt und Taubenmist nichts sei als eine Anhäufung ödester Plattheiten. Daß es nichts Banaleres und Spießbürgerlicheres gäbe als Paranoia. Daß Dali in Wirklichkeit Norman Rockwells Zwillingsbruder sei, der als Säugling von Zigeunern entführt wurde. Daß van Gogh zweitklassig und Picasso erstklassig sei, trotz seiner Schwäche fürs Kommerzielle. Und wenn Degas eine *calèche* unsterblich machen konnte, warum sollte dann Victor Wind nicht dasselbe mit einem Automobil gelingen?

Eine Möglichkeit, dies zu bewerkstelligen, bestehe darin, das Fahrzeug von der Landschaft durchdringen zu lassen. Ein schwarzlackierter, geschlossener Viersitzer sei ein gutes Modell, besonders, wenn er an einer Kreuzung von drei Straßen parke, unter einem schweren Frühlingshimmel, dessen geblähte graue Wolken und amöbenförmige Flekken unverhofften Blaus körperlicher wirken als die stummen Ulmen und der schwer erfaßbare Gehsteig. Nun heißt es, das Gehäuse des Wagens in Kurven und Flächen aufzuteilen und es dann in Spiegelbildern zusammenzusetzen. Diese werden für jedes Teil verschieden ausfallen: das Dach muß umgekehrte Bäume mit verschwommenen Ästen wiedergeben, die wurzelgleich in den wäßrig fotografierten Himmel wachsen, über den ein walähnliches Gebäude segelt – ein architektonischer Nebengedanke; eine Seite der

Motorhaube muß ein breiter Streifen leuchtenden Himmelskobalts zieren; ein hauchzartes Muster schwarzer Zweige spiegelt sich im Rückfenster; und eine bemerkenswert verlassene Landschaft, ein in die Länge gezogener Horizont mit einem fernen Häuschen hier und einem einsamen Baum dort zieht sich über die Stoßstange hin. Diese mimetische und integrierende Darstellung nannte Lake die notwendige «Naturalisation» der Menschenwerke. Auf Crantons Straßen würde Victor eine passende Spezies Auto finden und es gemächlich umschlendern. Plötzlich würde die halbversteckte blendende Sonne ihm zu Hilfe kommen. Für die Art von Diebstahl, die Victor im Sinn habe, könne er sich keinen besseren Helfershelfer wünschen. In den Chrombeschlägen, im Glas eines sonnengesäumten Scheinwerfers würde er eine Ansicht der Straße und seiner selbst finden, vergleichbar der verkleinerten Ausgabe eines Zimmers (mit einer Rückenansicht winziger Menschen). Er wirke wie einer jener höchst eigenartigen und zauberkräftigen kleinen Hohlspiegel, die vor einem halben Jahrtausend schon van Eyck, Petrus Christus und Memling in ihren Interieurs voller Einzelheiten hinter dem süßsauren Handelsherrn oder der häuslichen Madonna anzubringen liebten.

Der letzten Nummer der Schulzeitung hatte Victor unter dem Pseudonym Moinet ein Gedicht über Maler beigesteuert mit dem Motto: «Unreines Rot sollte tunlichst vermieden werden; selbst sorgfältig hergestellt taugt es nichts» (ein Zitat aus einem alten Buch über die Technik des Malens, das freilich den Beigeschmack eines politischen Aphorismus hatte). Das Gedicht begann folgendermaßen:

Seltsame Krankheit, Leonardo, tut sich kund,
Wo Krappsaft man mit reinem Mennig mischt.
Nun lächelt nonnenbleich der Mona Lisa Mund,
Sein frisches Mädchenrot ist längst verwischt.

Er träumte davon, seine Farbstoffe reifen, sich klären zu lassen, wie die Alten Meister getan hatten – mit Honig, Feigensaft, Mohnöl und dem Schleim roter Schnecken. Er liebte Wasser-, schätzte Ölfarben, hütete sich jedoch vor allzu schwachen Pastelltönen und allzu grellen Temperafarben. Er studierte seine Mittel mit der Sorgfalt und Geduld eines unersättlichen Kindes, eines Malbeflissenen von jungen Jahren (nun ist es Lake, der träumt!) mit gestutztem Haar und hellen Augen, wie sie in den Ateliers der großen italienischen Meister des Chiaroscuro umgeben von Düften und paradiesischen Klängen jahrelang Farben rieben. Als Achtjähriger hatte er seiner Mutter einst gesagt, er wolle die Luft malen. Mit neun erfuhr er das Entzücken, Farbe aufgestuft hinzutupfen. Was kümmerte es ihn, daß das zarte Helldunkel, Frucht verhüllter Töne und durchscheinender Nuancen, längst hinter den Gefängnisgittern abstrakter Kunst im Armenhaus scheußlichen Primitivismus verschieden war? Er stellte die verschiedensten Gegenstände – einen Apfel, einen Bleistift, einen Schachbauern, einen Kamm – hinter ein Glas Wasser und spähte hindurch, jedes einzelne eingehend betrachtend; der rote Apfel wurde zu einem scharfgeschnittenen roten Band, begrenzt von einem geraden Horizont – ein halbes Glas Roten Meeres, Arabia Felix. Schräg gehalten, krümmte sich der kurze Bleistift wie eine stilisierte Schlange, senkrecht wurde er ein dickes Ungetüm – fast eine Pyramide. Der schwarze Bauer, hin und her bewegt, löste sich in ein paar schwarze Ameisen auf. Stand der Kamm auf dem Kopf, schien das Glas sich mit einer phantastisch gestreiften Flüssigkeit, mit einem Zebra-Cocktail, zu füllen.

## 6

Am Vorabend des Tages, an dem Victor kommen sollte, betrat Pnin ein Sportgeschäft in Waindells Hauptstraße und verlangte einen Fußball. Die Forderung schien nicht saisongemäß, aber man kam ihr nach.

«Nein, nein», sagte Pnin, «ich will kein Ei oder Torpedo. Ich will einen einfachen Fußball-Ball. Rund!»

Mit Handgelenken und -flächen beschrieb er eine transportable Weltkugel. Es war die gleiche Gebärde, mit der er im Unterricht von Puschkins «harmonischer Ganzheit» sprach.

Der Verkäufer hob einen Finger und holte stumm einen Soccer-Ball.

«Ja, diesen werde ich kaufen», erklärte Pnin mit würdevoller Befriedigung.

Seinen in braunes Papier gewickelten und mit Klebestreifen verschlossenen Einkauf unter dem Arm, betrat er einen Buchladen und verlangte *«Martin Eden»*.

«Eden, Eden, Eden», wiederholte rasch die schlanke Brünette, die ihn bediente, und rieb sich die Stirn. «Lassen Sie mich nachdenken, Sie meinen doch nicht ein Buch über den britischen Staatsmann? Oder doch?»

«Ich meine», gab Pnin zurück, «das berühmte Werk des berühmten amerikanischen Schriftstellers Jack London.»

«London, London, London», echote die Dame wieder und hielt sich die Schläfen.

Seine Pfeife in der Hand, kam ihr Gatte, ein Mr. Tweed, der Gelegenheitsgedichte schrieb, ihr zu Hilfe. Nach einigem Suchen förderte er aus den staubigen Tiefen seines nicht gerade blühenden Ladens eine alte Ausgabe von *«Wolfsblut»* zutage.

«Es tut mir leid», sagte er, «aber das ist alles, was wir von diesem Verfasser haben.»

«Seltsam!» meinte Pnin. «Die Wechselfälle der Berühmtheit! In Rußland, erinnere ich mich, las ihn jedermann –

Kinder, Erwachsene, Ärzte, Rechtsanwälte –, alle lasen ihn wieder und wieder. Dieses ist nicht sein bestes Buch, aber O.K., O.K., ich nehme es.»

Heimgekehrt in das Haus, in dem er in diesem Jahr wohnte, legte Professor Pnin Ball und Buch auf den Schreibtisch des Gästezimmers im Obergeschoß. Mit vorgestrecktem Kopf betrachtete er seine Gaben. Der Ball sah nicht schön aus in seiner formlosen Hülle; er wickelte ihn aus. Nun prangte er in seinem hübschen Leder. Der Raum war sauber und gemütlich. Einem Schuljungen würde das Bild dort, auf dem ein Schneeball einem Lehrer den Zylinder vom Kopf riß, sicherlich gefallen. Das Bett war soeben von der Putzfrau frisch bezogen worden; der alte Bill Sheppard, der Hauswirt, war vom ersten Stockwerk heraufgekommen und hatte gravitätisch eine neue Birne in die Deckenlampe geschraubt. Feucht-warmer Wind trieb durchs offene Fenster, man vernahm das Rauschen eines übermütigen Flüßchens. Es begann zu regnen. Pnin schloß das Fenster.

In seinem eigenen Zimmer im selben Stockwerk fand Pnin einen Zettel. Ein lakonisches Telegramm von Victor war durchs Telefon übermittelt worden: er würde genau vierundzwanzig Stunden später eintreffen.

## 7

Victor und fünf andere Jungen wurden einen der kostbaren Osterfeiertage zurückgehalten, weil sie auf dem Dachboden Zigarren geraucht hatten. Victor, der einen schwachen Magen besaß und dem es an feinem Geruchssinn keineswegs mangelte (beides wurde liebevoll vor den Eltern verschwiegen), hatte bis auf ein paar Züge am eigentlichen Rauchen nicht teilgenommen. Mehrmals war er zwei seiner besten Freunde, dem abenteuerlichen, lärmenden Tony Brade jr. und Lance Boke, pflichtbewußt auf den verbotenen Dachboden gefolgt. Dorthin gelangte man durch den Kofferraum und dann über eine eiserne Leiter, die auf einem Katzensteg genau unter dem Dach herauskam. Hier wurde das seltsam spröde, zerbrechliche Skelett des Gebäudes sicht- und greifbar mit all seinen Balken und Brettern, seinem Labyrinth von Unterteilungen, seinen schmalen Schattenstreifen und dünnen Lattenrosten, die der Fuß durchbrach, vom unsichtbaren Deckenverputz darunter knisternde Gipsbrocken lösend. Der Irrgarten endete in eine kleine Plattform, einem verschalten Unterschlupf unmittelbar unter dem Giebel, der ein buntes Durcheinander von alten Comicbooks und jüngst verstreuter Zigarrenasche verbarg. Die Asche wurde entdeckt, die Jungen gestanden. Tony Brade, Enkel eines berühmten Rektors von St. Bartholomäus, bekam aus Familienrücksichten die Erlaubnis zum Reisen, ein anhänglicher Vetter wünschte ihn vor seiner Überfahrt nach Europa zu sehen. Klugerweise bat Tony darum, mit den anderen dabehalten zu werden.

Wie berichtet, war zu Victors Zeit Ehrwürden Hopper Rektor der Anstalt, ein freundliches Nichts mit dunklem Haar und gesunder Gesichtsfarbe, der sich bei den Matronen der Bostoner Gesellschaft großer Beliebtheit erfreute. Als Victor und seine Mitschuldigen mit der gesamten Familie Hopper beim Abendessen saßen, hörte man verschiedene kristallklare Andeutungen, insbesondere von der wohlklingenden Stimme Mrs. Hoppers, einer Engländerin, deren Tante einen Grafen geheiratet hatte, Ehrwürden könnte sich möglicherweise erweichen lassen, die sechs Übeltäter an ihrem letzten Abend zur Stadt ins Kino auszuführen, anstatt sie früh zu Bett zu schicken. Nach Tisch hieß sie die Jungen mit einem freundlichen Wink Ehrwürden Hopper begleiten, der lebhaften Schrittes der Halle zustrebte.

Ein altmodischer Kurator mag es für richtig halten, die Prügel zu entschuldigen, die Hopper ein- oder zweimal innerhalb seiner kurzen glanzlosen Laufbahn über besondere Missetäter verhängte. Aber was kein Junge ertragen konnte, war das kleine, niederträchtige Grinsen, das die roten Lippen des Rektors kräuselte, als er auf seinem Weg zur Halle innehielt, um ein sauber gefaltetes, viereckiges Tuch – seine Soutane und seine Stola – mitzunehmen. Der Kleinbus stand an der Tür bereit, und um «Asche auf ihrem Haupt zu sammeln» – wie die Jungen sagten –, bedachte der listige Priester sie mit einer Gastrolle in der kalten Backsteinkirche von Rudbern, zwölf Meilen entfernt, vor einer spärlich versammelten Gemeinde.

## 8

Theoretisch gelangte man von Cranton nach Waindell am einfachsten, indem man ein Taxi nach Framingham nahm, mit dem Schnellzug nach Albany fuhr und von dort noch eine kurze Strecke im Bummelzug nordwestwärts reiste; tatsächlich war der einfachste Weg aber gleichzeitig der unpraktischste. Ob nun zwischen jenen Eisenbahnlinien eine alte Fehde ausgefochten wurde, oder ob sich beide verschworen hatten, anderen Beförderungsmitteln eine Möglichkeit zu geben – es ließ sich nicht leugnen, daß man unter einem Aufenthalt von drei Stunden nicht von Albany wegkam, wie sehr man auch Fahrpläne wälzte.

Es gab einen Omnibus, der um elf Uhr vormittags in Albany abfuhr und gegen drei Uhr in Waindell ankam; das bedeutete aber, daß man schon um 6 Uhr 31 in der Frühe von Framingham losfahren mußte. Victor war der Meinung, er käme so früh nicht aus den Federn; so wählte er einen etwas späteren und beträchtlich langsameren Zug, der ihm ermöglichte, in Albany den letzten Bus nach Waindell zu besteigen, der dort abends um halb acht ankam.

Während der ganzen Fahrt regnete es. Es regnete noch, als er an der Endstation Waindell anlangte. Infolge einer Neigung zu Träumereien und einer liebenswürdigen Zerstreutheit war Victor stets der letzte einer Schlange. Er hatte sich seit langem an diesen Nachteil gewöhnt, wie man sich mit schwachen Augen oder einer Gehbehinderung abfindet. Infolge seiner Größe ein wenig vorgebeugt, schloß er sich ohne Ungeduld den Fahrgästen an, die hintereinander aus dem Bus auf den glänzenden Asphalt ausstiegen: zwei kugelrunden alten Damen in halbdurchsichtigen Regenhäuten wie Kartoffeln in Zellophan; einem kleinen Jungen von sieben oder acht Jahren mit Bürstenschnitt und schwachem Hohlkreuz; einem kantigen, mißtrauischen, ältlichen Krüppel, der jede Hilfe ablehnte und in Etappen ausstieg; drei Studentinnen aus Waindell in Shorts mit rosigen Knien; der erschöpften Mutter des kleinen Jungen; einer Anzahl weiterer Mitreisender; und dann – Victor, eine Reisetasche in der Hand und zwei Zeitschriften unter dem Arm.

Im Bogengang der Omnibushaltestelle beugte sich ein glatzköpfiger Mann von bräunlichem Teint, der eine dunkle Brille trug und eine schwarze Aktentasche in der Hand hielt, mit liebenswürdigem Willkommensverhör über den spillerigen, kleinen Jungen, der den Kopf schüttelte und auf seine Mutter deutete, die darauf wartete, daß ihr Gepäck aus dem Bauch des Greyhound-Busses auftauchte. Sanft und fröhlich klärte Victor das quid pro quo auf. Der kahle brünette Herr nahm seine Brille ab, streckte sich und schaute auf, auf, auf zu dem großen, großen, großen Victor, zu seinen blauen Augen und seinem rötlichen Haar. Pnins gutentwickelte Jochbeinmuskeln hoben und rundeten seine gebräunten Wangen; Stirn, Nase, ja seine großen, schönen Ohren beteiligten sich an dem Lächeln. Alles in allem war es eine äußerst befriedigende Begegnung.

Pnin schlug vor, das Gepäck stehen zu lassen und einen Häuserblock weit zu gehen – wenn Victor keine Angst vor dem Regen habe (es regnete in Strömen, der Asphalt glänzte in der Dunkelheit wie ein Bergsee unter ausladenden, rauschenden Baumkronen). Es könnte dem Jungen Spaß machen, ein Abendessen in einem Restaurant einzunehmen, dachte Pnin.

«Du bist gut gereist? Du hattest keine unliebsamen Abenteuer zu bestehen?»

«Nein, Sir, nichts dergleichen.»

«Du bist sehr hungrig?»

«Nein, Sir, nicht besonders.»

«Ich heiße Timofej», sagte Pnin, als sie es sich an einem Fensterplatz in dem schäbigen alten Gasthaus bequem machten, «zweite Silbe wie ‹Moff›, Akzent auf der letzten Silbe ‹ej› wie in ‹O.K.›, aber etwas mehr in die Länge gezogen. ‹Timofej Pawlowitsch Pnin›, heißt ‹Timotheus, der Sohn Pauls›. Der Vatername wird auf der ersten Silbe betont, der Rest wird verschluckt – Timofej Paaltsch. Ich bin lange mit mir zu Rate gegangen – laß uns diese Messer und Gabeln abwischen, so! – und zu dem Schluß gekommen, daß du mich einfach Mr. Tim oder noch kürzer Tim nennen könntest, wie es einige meiner äußerst sympathischen Kollegen tun. Es ist – was möchtest du essen? Wiener Schnitzel? O.K., ich werde auch Wiener Schnitzel essen – freilich eine Konzession an Amerika, meine neue Heimat, wunderbares Amerika, das mich oft überrascht, aber stets meine Hochachtung herausfordert. Zu Anfang war ich stets peinlich berührt ...»

Zu Anfang war Pnin im höchsten Grade peinlich berührt gewesen durch die Leichtigkeit, mit der man mit Vornamen um sich warf: nach einer einzigen Gesellschaft, bei der man mit einem Eisberg in einem Tropfen Whisky begann und mit einem gesunden Schuß Whisky in einem Tropfen Wasser endete, wurde erwartet, daß man einen Fremden mit grauen Schläfen Jim nannte, während er einen für den Rest seines Lebens Tim rief. War man vergeßlich und redete ihn am nächsten Morgen mit Professor Everett an – seinem gehörigen Namen nach deinem Ermessen –, so war das – nach seinem Ermessen – eine tödliche Beleidigung. Wenn er seine russischen Freunde in ganz Europa und den Vereinigten Staaten an sich vorüberziehen ließ, konnte Timofej Paaltsch mit Leichtigkeit wenigstens sechzig liebe Leute aufzählen, die er seit 1920 gut kannte und nie anders als Wadim Wadimytsch, Iwan Christoforowitsch oder Samuil Israilewitsch nannte und die ihn, sooft sie ihm begegneten, mit seinem Namen und Vatersnamen anredeten und ihm mit derselben überschwenglichen Warmherzigkeit die Hand schüttelten: «Ach, Timofej Paaltsch! *Nu kak?* (Wie geht's?) *A why, batenjka, sdorowo postareli* (Nun, alter Freund, Sie werden auch nicht jünger)!»

Pnin redete. Seine Aussprache überraschte Victor nicht, er hatte viele Russen englisch sprechen hören und stieß sich nicht daran, daß Pnin das Wort *family* aussprach, als sei die erste Silbe das französische Wort für ‹Frau› *(femme)*. «Französisch fällt mir wesentlich leichter als Englisch», sagte Pnin, «aber du – *vous comprenenez le français? Bien? Assez bien? Un peu?»*

*«Très un peu»,* gestand Victor.

«Bedauerlich, aber da ist wohl nichts zu machen. Ich möchte jetzt mit dir über Sport sprechen. Die erste Beschreibung des Boxens finden wir in der russischen Literatur in einem Gedicht von Michail Lermontow, geboren 1814, getötet im Duell 1841 – leicht zu behalten. Die erste Schilderung des Tennisspiels steht in Tolstois Roman ‹*Anna Karenina*› und stammt aus dem Jahre 1875. In meiner Jugend in Rußland wurde mir einst auf dem Lande – Breitengrad von Labrador – ein Schläger in die Hand gedrückt, um mit der Familie des Orientalisten Gotowtsew zu spielen – vielleicht hast du den Namen schon gehört. Es war, ich erinnere mich genau, ein prachtvoller Sommertag, und wir spielten, spielten und spielten, bis alle zwölf Bälle verschlagen und verloren waren. Auch du wirst dich der Vergangenheit gern erinnern, wenn du alt bist.

Ein anderes Spiel», fuhr Pnin fort und süßte seinen Kaffee reichlich, «war natürlich Krocket. Ich war ein Meister im Krocket. Die beliebteste Volksbelustigung war indessen das sogenannte Gorodki, das heißt ‹kleine Städte›. Man denkt an ein Plätzchen im Garten zurück und an die herrliche Stimmung der Jugendzeit: ich war stark, ich trug eine gestickte Russenbluse; heute werden solche gesunden Spiele nicht mehr gespielt.»

Er nahm den letzten Bissen und fuhr fort:

«Man zeichnete», erklärte Pnin, «ein großes Viereck auf den Boden und stellte zylindrische Klötze wie Säulen auf, weißt du, dann warf man aus einer gewissen Entfernung mit einem dicken Stecken nach ihnen: man holte weit aus und schleuderte ihn, so fest man konnte, wie einen Bumerang – Verzeihung, gottlob ist es der Zucker und nicht das Salz.

Noch heute», sagte Pnin, nahm den Streuer auf und schüttelte ein wenig den Kopf angesichts seines überraschend anhaltenden Erinnerungsstromes, «höre ich das *Track!,* wenn man die Holzstücke traf und sie in die Luft sprangen. Willst du das Fleisch nicht aufessen? Schmeckt es dir nicht?»

«Es schmeckt herrlich», erwiderte Victor, «aber ich bin nicht sehr hungrig.»

«Oh, du mußt aber mehr essen, viel mehr, wenn du ein Fußballist werden willst.»

«Ich muß gestehen, daß ich für Fußball nicht viel übrig habe, ja, ich hasse Fußball geradezu. Ich bin überhaupt keine Leuchte im Sport.»

«Du machst dir nichts aus Fußball?» fragte Pnin, und Bekümmernis schlich über sein großes, ausdrucksvolles Gesicht. Er schürzte die Lippen, er öffnete sie – sagte aber nichts. Stillschweigend aß er eine Vanillecreme, die weder Vanille noch Creme enthielt.

«Jetzt wollen wir dein Gepäck holen und ein Taxi nehmen», sagte Pnin.

Kaum waren sie im Hause Sheppard angelangt, als Pnin Victor zu seinem Hauswirt ins Wohnzimmer führte und ihn rasch vorstellte. Der alte Bill Sheppard, früher Verwalter des Collegebezirks (er war vollkommen taub und trug einen weißen Knopf im Ohr), wohnte seit dem kürzlichen Tod seiner Frau mit seinem Bruder Bob zusammen, der von Buffalo zu ihm gezogen war. Pnin ließ Victor einen Augenblick mit den beiden allein und stapfte nach oben. Das Haus war wenig stabil gebaut. Wenn man auf dem oberen Treppenabsatz kräftig auftrat oder ein Schiebefenster im Gästezimmer anrückte, gerieten die Gegenstände in den unteren Zimmern ins Zittern.

«Dieses Bild da», sagte der taube Mr. Sheppard und deutete mit belehrendem Finger auf ein großes, verschwommenes Aquarell an der Wand, «stellt die Farm dar, auf der mein Bruder und ich vor fünfzig Jahren die Sommer verbrachten. Eine Schulfreundin meiner Mutter, Grace Wells, hat es gemalt: ihr Sohn, Charlie Wells, ist der Besitzer des Hotels in Waindellville – ich bin sicher, Dr. Neen kennt ihn –, ein großartiger Mann. Meine verstorbene Frau war auch Künstlerin. Ich werde dir gleich ein paar Arbeiten von ihr zeigen. Siehst du den Baum da hinter dem Stall – du kannst ihn gerade noch erkennen ...»

Ein schreckliches Gepolter und Getöse kam von der Treppe; Pnin war beim Herunterkommen ausgerutscht.

«Im Frühjahr 1905», erzählte Mr. Sheppard und bewegte seinen Zeigefinger auf das Bild zu, «ist unter dieser Pappel ...»

Er merkte, daß sein Bruder und Victor aus dem Zimmer zur Treppe geeilt waren. Der arme Pnin war die letzten Stufen auf dem Rücken heruntergerutscht. Einen Augenblick lag er in seiner ganzen Länge da, die Augen wanderten ängstlich umher. Man half ihm auf die Beine. Er hatte nichts gebrochen.

Pnin lächelte und sagte: «Es ist wie in der glänzenden Geschichte von Tolstoi – du mußt sie eines Tages lesen, Victor – über Iwan Iljitsch Golowin, der fiel und infolgedessen Krebsnieren bekam. So, jetzt soll Victor mit mir nach oben kommen.»

Victor folgte mit seiner Reisetasche. Auf dem Treppenabsatz hing eine Reproduktion von van Goghs *«La Berceuse»,* Victor nahm mit ironischem Lächeln Kenntnis davon. Das Fremdenzimmer war erfüllt vom Rauschen des Regens, der im schwarzen Ausschnitt des Fensters auf zartes Blattwerk niederging. Auf dem Schreibtisch lagen ein eingepacktes Buch und ein Zehndollarschein. Victor verbeugte sich strahlend vor seinem rauhen, aber herzlichen Gastgeber. «Pack aus», sagte Pnin.

Mit höflichem Eifer gehorchte Victor. Dann setzte er sich auf die Bettkante, und während sein kastanienbraunes Haar in glänzenden Strähnen über seine rechte Schläfe fiel, seine gestreifte Krawatte aus seinem grauen Jackett heraushing und die kräftigen flanellbehosten Knie sich spreizten, öffnete er begierig das Buch. Er wollte es gern loben – erstens, weil es ein Geschenk war, und zweitens, weil er glaubte, es sei eine Übersetzung aus Pnins Muttersprache. Er erinnerte sich, daß am Psychotherapeutischen Institut ein Dr. Yakov London aus Rußland gewirkt hatte. Unglücklicherweise stieß Victor auf eine Stelle, die von Zarinska, der Tochter des Yukon-Indianerhäuptlings handelte, und hielt sie gutgläubig für ein russisches Mädchen. «Ihre großen schwarzen Augen waren in Furcht und Argwohn auf ihre Stammesgenossen gerichtet. Sie war so gespannt, daß sie zu atmen vergaß . . .»

«Ich glaube, es wird mir gefallen», versicherte der gutererzogene Victor. «Letzten Sommer las ich ‹*Schuld und . . .*›» Jugendliches Gähnen zog seinen zuversichtlich lächelnden Mund auseinander. Mit Zuneigung, mit Zustimmung, mit blutendem Herzen sah Pnin auf Lisas Gähnen, nach einem jener langen glücklichen Feste bei Arbenin oder Poljanskij in Paris, vor fünfzehn, zwanzig, fünfundzwanzig Jahren.

«Heute wird aber nicht mehr gelesen», sagte Pnin. «Ich weiß, es ist ein sehr aufregendes Buch, morgen kannst du lesen, soviel du willst. Ich wünsche dir eine gute Nacht. Das Badezimmer liegt auf der anderen Seite der Treppe.»

Er schüttelte Victor die Hand und begab sich in sein Zimmer.

## 9

Noch immer regnete es. Alle Lichter im Hause Sheppard waren gelöscht. Das Bächlein in dem Graben hinterm Garten, sonst ein glucksendes Rinnsal, war heute nacht zu einem tosenden Gießbach angeschwollen, der gierig der Schwerkraft gehorchend sich eilends überstürzte, durch Buchen- und Fichtengänge die Blätter vom letzten Jahr, ein paar blattlose Zweige und einen nagelneuen, unerwünschten Fußball mitnehmend – der kürzlich vom Rasen ins Wasser gerollt war, nachdem Pnin sich seiner mittels Defenstration entledigt hatte. Schließlich war Pnin trotz des schmerzenden Rückens eingeschlafen, und im Verlauf eines jener Träume, die russische Flüchtlinge seit ihrer Flucht vor den Bolschewiki oft heimsuchen, selbst wenn inzwischen ein Dritteljahrhundert vergangen ist, sah er sich in phantastischer Aufmachung einem alptraumhaften Palast entfliehen und unter einem verhangenen Mond große Tintenlachen durchwaten und dann auf einem verlassenen Strand mit seinem verstorbenen Freund Ilja Isidorowitsch Poljanskij auf und ab gehen, während sie auf geheimnisvolle Befreiung warteten, die ihnen in Gestalt eines puckernden Bootes aus dem hoffnungslosen Meer erwachsen sollte. Auf den Schlaraffiamatratzen des häuslichen Ehebettes lagen die Gebrüder Sheppard wach. Der Jüngere lauschte in der Dunkelheit auf den Regen und fragte sich, ob man das hellhörige Haus mit seinem nassen Garten nicht doch verkaufen sollte. Der Ältere dachte an die Stille, an einen grünfeuchten Friedhof, an eine alte Frau, an eine Pappel, in die vor Jahren der Blitz eingeschlagen und John Head, einen entfernten Verwandten, getötet hatte. Victor hingegen schlief sofort ein, als er den Kopf unter das Kopfkissen legte – eine jüngst erprobte Methode, die Dr. Eric Wind, jetzt in Quito, Ekuador, auf einer Bank an einem Brunnen sitzend, nie erfahren würde. Gegen halb zwei begann das Brüderpaar zu schnarchen, der Taube tat es mit einem Gerassel nach jedem

Ausatmen, zehnmal lauter als der andere, dessen Schnaufen schwermütig maßvoll vor sich ging. Im Sand des Gestades, an dem Pnin noch immer auf und ab hastete – sein besorgter Freund war nach Hause gelaufen, eine Landkarte zu holen –, erschienen plötzlich näher kommende Fußstapfen. Keuchend erwachte er, sein Rücken schmerzte, die Uhr zeigte vier vorbei. Der Regen hatte aufgehört.

Pnin seufzte ein russisches Och-och-och und suchte sich eine bequemere Lage. Der alte Bill Sheppard trampelte zur Badestube im Erdgeschoß herunter, erschütterte dabei das ganze Haus und stapfte wieder nach oben.

Dann versank alles wieder in friedlichen Schlummer. Schade, daß niemand das Schauspiel auf der verlassenen Straße sah, wo der Frühwind eine große, leuchtende Lache kräuselte und die Telefondrähte, die sich darin spiegelten, in wirre Zickzacklinien verbog.

## *Fünftes Kapitel*

### I

Von der obersten Plattform eines selten besuchten, alten Aussichtsturms, der auf einem zweihundertfünfzig Meter hohen bewaldeten Hügel stand, dem Mount Ettrick in einer der hübschesten Gegenden des hübschen New England, schaute der unternehmungslustige Ausflügler – mochte er nun Tom oder Jim, Miranda oder Mary heißen, deren hingekritzelte Namen auf der Balustrade kaum noch zu lesen waren – im Sommer über ein grünes Meer hin, das vorwiegend aus Ahorn, Birke, Takamahakbaum und Kiefer bestand. Etwa fünf Meilen westlich davon zeigte eine schlanke Kirchturmspitze die Stelle an, wo das Städtchen Onkwedo kauerte, einst berühmt wegen seiner Quellen. Drei Meilen nördlich konnte man auf einer Lichtung am Flußufer, am Fuß eines niedrigen Wiesenhügels, den Giebel eines schmucken Hauses erkennen, das als «Bei Cooks», «Cook-Haus», «Cooks Schloß» oder auch «Die Kiefern», wie es zuerst hieß, bekannt war. Am Südhang des Mount Ettrick führte eine Autofernstraße vorbei, die auch Onkwedo berührte. Zahlreiche Landstraßen und Fußwege durchzogen kreuz und quer das bewaldete Dreieck. Es wurde begrenzt durch die leicht gewundene Hypotenuse einer gepflasterten Landstraße, die sich von Onkwedo nördlich zu den «Kiefern» schlängelte, durch die längere Kathete der oben erwähnten Autofernstraße und durch die kürzere Kathete eines Flusses, der in der Nähe des Mount Ettrick von einer Eisenbahnbrücke und bei Cooks von einer Holzbrücke überquert wurde.

An einem drückend heißen Sommertag des Jahres 1954 hätten Mary oder Almira – vielleicht auch Johann Wolfgang von Goethe, dessen Name von einem altmodischen Spaßvogel in das Geländer eingeschnitzt worden war – ein Automobil sehen können, das kurz vor der Brücke von der Hauptstraße abbog und sich in einem Irrgarten zweifelhafter Waldwege verlor. Der Wagen arbeitete sich vorsichtig und unsicher vorwärts; wenn er sich zu einer neuen Richtung entschloß, verlangsamte er die Fahrt und wirbelte eine Staubwolke auf wie ein Hund, der mit den Hinterbeinen scharrt. Bisweilen mochte es einer weniger teilnahmsvollen Seele als unserem imaginären Beobachter scheinen, als sitze am Steuer dieser blaßblauen, eiförmigen, zweitürigen Limousine von unbestimmtem Alter und mittelmäßiger Kondition ein Verrückter. Der Fahrer war Professor Timofej Pnin vom Waindell College.

Zu Beginn des Jahres hatte Pnin in der Fahrschule von Waindell Fahrunterricht genommen. Das «wahre Verständnis», wie er es nannte, dämmerte ihm aber erst ein paar Monate später, als er mit wehem Rücken zu Bett lag und nichts tat, als mit innigem Genuß das vierzig Seiten starke «Handbuch des Fahrers» zu studieren, herausgegeben vom State Governor in Zusammenarbeit mit einem weiteren Fachmann. Daneben führte er sich in der *«Encyclopedia Americana»* den Absatz «Automobil» zu Gemüte, mitsamt seinen Abbildungen über Antrieb, Vergaser, Bremsen, dazu das Bild eines Teilnehmers der Glidden-Tour um 1905, der in ungemütlicher Umgebung im Schlamm einer Landstraße steckenbleibt. Dann, erst dann wandelte sich die zwiespältige Natur seiner ersten, dunklen Ahnungen zu einem Verstehen, als er auf dem Krankenbett lag, mit den Zehen wackelte und Scheingänge schaltete. Während der Unterrichtsstunden bei einem Rauhbein von Lehrer, der ihn aus dem Konzept brachte, ihn mit unnötigen Anweisungen in einem Gekläff technischen Kauderwelsches überfiel, ihm bei Kurven das Steuer zu entreißen versuchte und einen ruhigen, intelligenten Schüler mit gemeinen Schmähungen reizte, war Pnin außerstande gewesen, den Wagen, den er im Geiste fuhr, und den Wagen, den er steuerte, miteinander in Einklang zu bringen. Nun endlich gelang es ihm, die beiden zu verschmelzen. Wenn er bei der ersten Fahrprüfung durchfiel, so nur deshalb, weil er sich mit dem Prüfungsbeamten in eine ungelegene Debatte einließ, bei der er folgendes zu beweisen suchte: es gäbe nichts Demütigenderes für ein vernünftiges Lebewesen, als dazu angehalten zu werden, die Entwicklung eines gemeinen bedingten Reflexes zu fördern, indem man bei rotem Licht stoppe, obgleich keine Menschenseele per pedes oder Mercedes in Anmarsch sei. Beim zweitenmal ließ er mehr Umsicht walten und bestand die Prüfung. Eine Studentin seines russischen Fortgeschrittenen-Kursus, die unwiderstehliche Marilyn Hohn, verkaufte ihm ihr bescheidenes Gefährt für hundert Dollar: sie heiratete den Besitzer einer weit pompöseren Maschine.

Die Fahrt von Waindell nach Onkwedo, unterbrochen durch eine Übernachtung in einem Touristenheim, war langwierig und beschwerlich, verlief jedoch ohne Zwischenfall. Kurz vor Onkwedo machte er bei einer Tankstelle halt und stieg aus, um ein paar Züge Landluft zu schnappen. Undurchsichtiger weißer Himmel hing über einer Kleewiese, und von einer Beuge Brennholz an einem Bretterschuppen klang das Kikeriki eines Hahns herüber, zackig und grell, ein lärmender Stutzer. Dieser unerwartete Laut des leicht heiseren Vogels in der lauen Luft, die tastend über Pnins Gesicht strich, weckte Vertrautes und rief ihm jäh einen trüben stillen Tag ins Gedächtnis, als er, neugebackener Student der Universität Petersburg, auf dem kleinen Bahnhof eines Ostseebadeortes anlangte und die Geräusche, Gerüche, die Wehmut ...

«Bißchen schwül, was?» sagte der Tankwart, als er den behaarten Arm ausstreckte, um die Windschutzscheibe zu säubern.

Pnin holte aus seiner Brieftasche einen Brief, entfaltete die beigelegte winzige Landkarte und fragte, wie weit es bis zu der Kirche sei, an der man abbiegen müsse, um «Cooks Ort» zu erreichen. Merkwürdig, wie stark der Mann Pnins Kollegen Dr. Hagen ähnelte – eine jener zufälligen Ähnlichkeiten, die witzlos sind wie ein schlechtes Wortspiel.

«Es gibt noch einen besseren Weg dorthin», sagte der falsche Hagen. «Diesen hier haben die Lastwagen zuschanden gefahren, abgesehen davon werden Ihnen die vielen Windungen kaum behagen. Fahren Sie einfach geradeaus. Durch die Stadt. Acht Kilometer hinter Onkwedo, kurz nach der Abzweigung zum Mount Ettrick, biegen Sie vor der Brücke links ein. Es ist ein guter Kiesweg.»

Forsch umschritt er den Kühler und rieb mit seinem Lappen die andere Seite der Scheibe sauber.

«Dann biegen Sie nach Norden ab und fahren bei jeder Kreuzung immer nordwärts weiter, immer der Nase nach – es gibt dort im Wald eine Menge Holzwege, aber Sie halten genau nach Norden zu, dann sind Sie in zwölf Minuten bei Cooks. Sie können gar nicht fehlfahren.»

Nun schaukelte Pnin bereits eine Stunde in dem Labyrinth von Waldwegen umher und kam zu dem Schluß, daß «sich nordwärts halten», ja, daß das bloße Wort «Norden» ihm nichts bedeute. Auch vermochte er sich nicht zu erklären, was ihn, ein vernünftiges Wesen, dazu bewogen hatte, einem x-beliebigen Wichtigtuer sein Ohr zu leihen, statt sich nach den pedantisch genauen Anweisungen seines Freundes Alexandr Petrowitsch Kukolnikow – in der Gegend bekannt als Al Cook – zu richten, die er ihm mit der Einladung, den Sommer in seinem gastfreien, großen Landhaus zu verbringen, zugesandt hatte. Mittlerweile hatte sich unser vom Pech verfolgter Automobilist so gründlich verfahren, daß er nicht mehr zur Hauptstraße zurückfand, und da er wenig Erfahrung im Wenden auf ausgefahrenen schmalen Wegen besaß, wo beiderseits Gräben und sogar Schlünde gähnten, nahmen seine Entschlußlosigkeit und sein Umhertappen schließlich die merkwürdige Form an, die der Beobachter auf dem Aussichtsturm mitleidigen Auges hätte verfolgen können. Jedoch lebte in jener verlassenen gleichgültigen Höhenregion kein lebendes Wesen außer einer Ameise, die ihre eigenen Sorgen hatte, denn nach Stunden erfolgloser Anstrengung hatte sie auf irgendeine Weise schließlich die oberste Plattform und die Balustrade – ihre Autobahn – erklommen und war nun genau wie jenes verrückte Spielzeugauto da unten in Verwirrung und Verirrung geraten. Der Wind hatte nachgelassen. Unter dem blassen Himmel schien das Meer der Baumwipfel kein Leben zu bergen. Plötzlich ertönte ein Schuß, und ein Zweig sprang himmelwärts. Die dichten oberen Äste des reglosen Forstes begannen in einer von Baum zu Baum überspringenden Bewegung zu tanzen, nach und nach wippten sie schwächer, dann war alles wieder still. Eine Minute verging, dann geschah alles auf einmal: die Ameise fand einen senkrechten Balken, der auf das Turmdach führte, und nahm ihren Anstieg mit neuem Eifer auf; die Sonne erschien, und Pnin, auf dem Gipfel der Verzweiflung, fand sich auf einer gepflasterten Straße vor einem rostigen, aber immer noch glänzenden Schild, das den Reisemüden «Zu den Kiefern» wies.

2

Al Cook war der Sohn Pjotr Kukolnikows, eines wohlhabenden Kaufmanns aus Moskau, dessen Vorfahren Altgläubige gewesen waren – ein Mann, der es aus eigener Kraft zu etwas gebracht hatte, ein Kunstmäzen und Menschenfreund, jener berühmte Kukolnikow, der unter dem letzten Zaren zweimal in einer erträglichen Festung eingesperrt gewesen war, weil er sozialrevolutionäre Gruppen (in der Hauptsache Terroristen) finanziell unterstützt hatte, und unter Lenin als «imperialistischer Spion» nach nahezu einer Woche mittelalterlicher Folter in einem sowjetischen Gefängnis zu Tode gequält worden war. Seine Familie gelangte um 1925 über Charbin nach Amerika, und der junge Cook arbeitete sich kraft stiller Beharrlichkeit, praktischen Scharfsinns und einiger wissenschaftlicher Ausbildung zu einer gesicherten hohen Stellung in einem bedeutenden chemischen Werk hinauf. Ein freundlicher, zurückhaltender Mann von untersetztem Körperbau mit einem großen, unbeweglichen Gesicht, das in der Mitte von einem zierlichen, kleinen Pincenez zusammengehalten wurde, verkörperte er genau, was er war – Geschäftsmann, Freimaurer, Golfspieler, ein reicher und vorsichtiger Mann. Er sprach wunderbar korrektes, neutrales Englisch mit dem kaum merklichen Anflug slawischen Akzents; er war ein vorbildlicher Gastgeber der stillen Art, der augenzwinkernd in jeder Hand einen Whisky mit Soda hielt; und nur wenn ein uralter, geschätzter, russischer Freund zu mitternächtlicher Stunde sein Gast war, pflegte Alexandr Petrowitsch plötzlich über Gott, Lermontow und die Freiheit zu sprechen und einen erblich erworbenen Schwall wilden, ungezügelten Idealismus von sich zu geben, der einen marxistischen Lauscher einigermaßen bestürzt hätte.

Er war mit Susanne Marshall, der reizvollen, zungenfertigen, blonden Tochter des Erfinders Charles G. Marshall, verheiratet, und weil man sich Alexandr und Susanne nur als Eltern einer zahlreichen Familie vorzustellen vermochte, machte es mich und andere Freunde des Paares sehr betroffen, als wir erfuhren, daß Susanne auf Grund einer Operation ihr Leben lang kinderlos bleiben werde. Sie waren noch jung, liebten einander mit der Schlichtheit und Lauterkeit vergangener Zeiten, die wohltuend zu beobachten war, und anstatt ihr Landhaus mit Kindern und Kindeskindern zu bevölkern, versammelten sie in jedem geraden Jahr zur Sommerszeit ältliche Russen bei sich – so Cooks Verwandte väterlicherseits; in den ungeraden Jahren luden sie *ameri-*

*kanzy* – Amerikaner – ein, Alexandrs Geschäftsfreunde oder Susannes Verwandte und Jugendgespielen.

Dies war das erste Mal, daß Pnin zu den «Kiefern» kam. Ich war schon dort gewesen. Russische Emigranten – Liberale und Intellektuelle, die Rußland um 1920 verlassen hatten – ergingen sich in der Besitzung. Man fand sie in jedem sonnengesprenkelten Schattenwinkel auf ländlichen Bänken sitzen und Schriftsteller der Emigration wie Bunin, Aldanow und Sirin diskutieren; die Sonntagsausgabe einer russischen Zeitung über dem Gesicht als bewährten Schutz gegen Fliegen, schaukelten sie in Hängematten; sie schlürften Tee mit Konfitüren auf der Veranda; oder sie durchstreiften die Wälder und stellten Betrachtungen über die Eßbarkeit örtlicher Giftpilze an.

Samuil Lwowitsch Schpoljanskij, ein stattlicher älterer Herr von majestätischer Ruhe, und der erregbare, stotternde, kleine Graf Fjodor Nikititsch Poroschin, beide um 1920 Mitglieder einer jener heldenhaften Landkreisregierungen, die in den russischen Provinzen von demokratischen Gruppen als Bollwerk gegen die Diktatur der Bolschewiki gebildet worden waren, schlenderten die Kiefernallee auf und ab und besprachen dabei die Taktik, die beim nächsten Treffen des Komitees Freies Rußland (das sie in New York gegründet hatten) mit einer jüngeren antikommunistischen Organisation zu verfolgen wäre. Aus einem von Johannisbrotbäumen halbverdeckten Pavillon drangen Bruchstücke eines hitzigen Wortwechsels zwischen Professor Bolotow, der Geschichte der Philosophie lehrte, und Professor Chateau, der Geschichtsphilosophie las: «Wirklichkeit ist Dauer», donnerte Bolotow. «Keineswegs!» wetterte die andere Stimme. «Eine Seifenblase ist ebenso wirklich wie ein versteinerter Zahn!»

Pnin und Chateau, beide in den späten neunziger Jahren des neunzehnten Jahrhunderts geboren, gehörten in diesem Gremium zur jüngeren Generation. Die meisten Männer waren weit über sechzig. Einige der Damen hingegen, wie

Gräfin Poroschkin und Madame Bolotow, waren noch nicht fünfzig und hatten dank der hygienischen Luft der Neuen Welt ihr Äußeres nicht nur zu erhalten, sondern sogar zu verbessern gewußt. Einige Eltern brachten ihre Sprößlinge mit – gesunde, hochgeschlossene, träge, schwierige, amerikanische Kinder im College-Alter ohne Sinn für die Natur, ohne russisches Gemüt und ohne das geringste Interesse für die subtilen Eigenschaften ihrer Eltern und deren Herkunft und Vergangenheit. Sie schienen in den «Kiefern» auf einer Ebene zu leben, die in körperlicher wie geistiger Hinsicht vollkommen verschieden von der ihrer Altvorderen war. Hin und wieder mochten sie von ihrem eigenen Lebenskreis durch eine Art interdimensionaler Strahlung in den unsrigen hinüberwechseln; dann gingen sie kurz auf einen gutgemeinten russischen Scherz oder einen mit ängstlicher Liebe gegebenen Wink ein, um alsbald wieder in ihr Reich zu entschweben. Stets hielten sie sich in übertriebenem Abstand von der Gesellschaft – so daß man den Eindruck gewann, man habe einer Schar von Elfen das Leben geschenkt; immer zogen sie jedwedes Erzeugnis aus den Kaufläden Onkwedos, jede Büchsennahrung der großartigen russischen Küche vor, die Kukolnikows Haushalt bei geräuschvollen, langen Dinners auf der überdachten Veranda darbot. Mit großem Kummer pflegte Poroschin von seinen Kindern (Igor und Olga, junge College-Studenten im zweiten Jahr) zu sagen: «Meine Zwillinge bringen mich zur Verzweiflung. Wenn ich ihnen zu Hause bei Tisch ungemein interessante, unendlich aufregende Dinge mitzuteilen versuche, zum Beispiel Einzelheiten über örtliche Wahlregierungen im hohen Norden Rußlands während des 17. Jahrhunderts oder, sagen wir, etwas über die ersten Arztschulen in Rußland – übrigens gibt es darüber eine ausgezeichnete Monographie von Tschistowitsch, erschienen 1883 –, dann nehmen sie einfach Reißaus und stellen in ihren Zimmern das Radio an.» Das Geschwisterpaar war auch in dem Sommer zugegen, als Pnin Gast in den «Kiefern» war. Beide blieben unsichtbar; sie hätten sich in dieser Umgebung am Ende der Welt zu Tode gelangweilt, wäre nicht Olgas Bewunderer, ein College-Jüngling, dessen Nachnamen niemand zu wissen schien, von Boston übers Wochenende in einem prunkvollen Straßenkreuzer aufgetaucht und hätte nicht Igor in Nina, der Tochter Bolotows, einer hübschen kleinen Schlampe mit ägyptischen Augen und braunen Gliedern, die in New York auf die Tanzschule ging, eine gleichgesinnte Gefährtin gefunden.

Der Haushalt unterstand der Leitung Praskowjas, einer stämmigen Sechzigerin aus dem Volk mit der Lebhaftigkeit einer um zehn Jahre Jüngeren. Es war ein herzerquickender Anblick, wenn sie auf der Küchenveranda stand und nach den Hühnern schaute, die Hände in die Hüften gestemmt, in selbstgeschneiderten, sackartigen, kurzen Hosen und einer matronenhaften Bluse mit Bergkristallknöpfen. Sie war Alexandrs und seines Bruders Amme in Charbin gewesen, nun wurde sie in ihren häuslichen Pflichten von ihrem Mann, einem übelgelaunten, schwerfälligen, alten Kosaken unterstützt, dessen einzige Leidenschaft das Buchbinden war – eine selbsterlernte und nahezu krankhafte Leidenschaft, der jeder alte Katalog und jegliche Schundzeitschrift zum Opfer fielen, die in seine Reichweite gerieten. Daneben verstand er sich auf die Bereitung von Fruchtlikören und die Jagd auf Niederwild.

Von den Gästen jenes Sommers kannte Pnin Professor Chateau gut; er war sein Jugendfreund, mit dem er in den frühen zwanziger Jahren die Universität Prag besucht hatte. Auch mit Bolotows stand er auf freundschaftlichem Fuß, er hatte sie zuletzt im Jahre 1949 gesehen, als er sie bei einem offiziellen Bankett, das von der Gesellschaft russischer Emigrantengelehrten im Hotel Barbizon-Plaza anläßlich ihrer Ankunft aus Frankreich veranstaltet wurde, mit einer Tischrede begrüßte. Ich selbst wußte mit Bolotow und seinen philosophischen Arbeiten, in denen das Abwegige und Abgedroschene auf merkwürdige Weise verschmolz, nicht viel anzufangen. Wenn die Leistung dieses Mannes einem Berge gleicht, dann ist es ein Berg von Plattheiten. Doch für Warwara, die sprühende, vollbusige Frau des ungereimten Philosophen, habe ich stets eine Schwäche gehabt. Als sie die «Kiefern» im Jahre 1951 zum erstenmal besuchte, hatte sie die Landschaft New Englands noch nicht erlebt. Birken und Heidelbeeren verleiteten sie, den Onkwedo-See zwar nicht gleichzusetzen mit dem Ohrida-See auf dem Balkan, wohin er eigentlich gehört, aber mit dem Onega-See in Nordrußland, wo sie ihre ersten fünfzehn Lenze verbracht hatte, bevor sie in Begleitung ihrer Tante Lidija Winogradowa, der bekannten Frauen- und Sozialrechtlerin, vor den Bolschewiki nach Westeuropa floh. Infolgedessen hatte der Anblick eines Kolibri beim flatternden Saugen oder eines Trompetenbaumes in voller Blüte auf Warwara die Wirkung einer unirdischen oder gar exotischen Vision. Unwirklicher als die Bilder in einem Tierbuch waren für sie die gewaltigen Stachelschweine, die heranzottelten, um an dem köstlichen, angefaulten Holz des alten Hauses zu knabbern, oder die anmutigen, kleinen Skunks, die sich an der Katzenmilch im Hinterhof labten. Sie war wortlos entzückt von der Vielzahl an Pflanzen und Geschöpfen, die sie nicht zu benennen wußte, und hielt gelbe Grasmücken für wilde Kanarienvögel. An Susannes Geburtstag, so hieß es, habe sie mit Stolz und aufwallender Begeisterung einen riesigen Armvoll des herrlichsten Giftefeus, den sie gegen ihre sommersprossig-rosige Brust drückte, zur Ausschmückung der Tafel ins Haus geschleppt.

## 3

Das Ehepaar Bolotow und Madame Schpoljanskij, eine kleine, hagere Person in Hosen, waren die ersten Leute, die Pnins ansichtig wurden, als er vorsichtig in einen Sandweg einbog, der von wilden Lupinen gesäumt war. Aufrecht am Steuer sitzend, das er stocksteif umklammerte, als sei er ein Farmer, eher gewohnt, mit dem Traktor als mit dem Wagen umzugehen, fuhr er im Zehn-Meilen-Tempo in den Hain alter, verwitterter, seltsam echt aussehender Kiefern ein, der Cooks Schloß von der Pflasterstraße trennte.

Warwara erhob sich elastisch von ihrem Stuhl im Pavillon, wo sie und Rosa Schpoljanskij soeben Bolotow bei der Lektüre eines zerschlissenen Buches und dem Genuß einer verbotenen Zigarette überrascht hatten. Sie begrüßte Pnin mit Händeklatschen, während ihr Gatte in seinen Gruß alle Begeisterung legte, deren er fähig war, indem er langsam mit einem Buch winkte, in das er als Lesezeichen seinen Daumen geklemmt hatte. Pnin stellte den Motor ab und strahlte seine Freunde an. Der Kragen seines grünen Sporthemdes war aufgegangen, die halb geöffnete Windjacke schien für seinen eindrucksvollen Oberkörper zu eng; sein gebräunter Kahlkopf mit der gerunzelten Stirn und der hervorstehenden, wurmartigen Ader an der Schläfe beugte sich zur Seite, als er sich mit dem Türgriff abmühte und sich endlich aus dem Fahrzeug quetschte.

*«Awtomobil, kostjum – nu prjama amerikanez* (ein waschechter Amerikaner), *prjamo Ajsenhauer!»* sagte Warwara und stellte Pnin Rosa Abramowna Schpoljanskij vor.

«Vor vierzig Jahren hatten wir ein paar gemeinsame Freunde», bemerkte die Dame und blickte Pnin neugierig an.

«Ach, bitte, lassen Sie uns solche astronomischen Zahlen nicht erwähnen», bat Bolotow, ersetzte den Daumen, der als Buchzeichen gedient hatte, durch einen Grashalm und trat näher. «Wissen Sie», fuhr er fort und schüttelte Pnin die Hand, «ich lese gerade zum siebtenmal ‹*Anna Karenina*› und erlebe dasselbe Entzücken wie vor vierzig, nein, vor sechzig Jahren, als ich ein siebenjähriger Knirps war. Und jedesmal entdecke ich Neues – zum Beispiel stelle ich diesmal fest, daß Ljow Nikolaitsch nicht weiß, an welchem Tage sein

Roman beginnt: es scheint Freitag zu sein, weil das der Tag ist, an dem der Uhrmacher zum Aufziehen der Uhren in Oblonskijs Haus kommt, gleichzeitig ist aber Donnerstag, wie aus der Unterhaltung auf der Eisbahn zwischen Ljowin und Kittys Mutter hervorgeht.»

«Aber das ist doch vollkommen gleichgültig», rief Warwara. «Wer will denn den genauen Tag wissen?»

«Ich kann Ihnen den genauen Tag sagen», entgegnete Pnin, in das gebrochene Sonnenlicht blinzelnd und den würzigen Geruch der nördlichen Kiefern einatmend. «Die Handlung des Romans setzt zu Beginn des Jahres 1872 ein, und zwar an einem Freitag, dem 23. Februar nach dem neuen Kalender. Oblonskij liest in der Morgenzeitung, Beust sei nach Wiesbaden abgereist. Es handelt sich natürlich um Graf Friedrich Ferdinand von Beust, der soeben zum Österreichischen Botschafter am Hof zu St. James ernannt worden war. Nachdem er sein Beglaubigungsschreiben vorgelegt hatte, genehmigte Beust sich auf dem Kontinent ziemlich ausgedehnte Weihnachtsferien, verbrachte dort nahezu zwei Monate mit seiner Familie und kehrte dann nach London zurück. Hier waren, nach seinen Memoiren in zwei Bänden, Vorbereitungen im Gange für einen Dankgottesdienst in der Sankt-Pauls-Kathedrale, der anläßlich der Genesung des Prinzen von Wales vom Typhus am 27. Februar abgehalten werden sollte. Indessen *(odnako),* hier ist es aber ganz schön heiß *(i sharko she u was)*! Ich denke, ich werde mich jetzt den leuchtenden Augen (*preswetlyje otschi,* scherzhaft gemeint) Alexandr Petrowitschs vorstellen und sodann einmal kurz in den Fluß springen (*okunutsja,* ebenfalls scherzhaft), den er in seinem Brief so lebhaft beschreibt.»

«Alexandr Petrowitsch kommt vor Montag nicht zurück, er ist unterwegs, auf Geschäfts- und Vergnügungsreise», warf Warwara Bolotow ein, «ich glaube aber, Sie werden Susanna Karlowna auf ihrem Lieblingsplätzchen hinter dem Haus beim Sonnenbad finden. Machen Sie sich bemerkbar, bevor Sie allzu nahe herangehen.»

4

Cooks Schloß war ein dreistöckiges Herrenhaus aus Backstein und Fachwerk, erbaut um 1860 und ein halbes Jahrhundert später teilweise umgebaut, als Susannes Vater es von der Familie Dudley-Greene erwarb, um daraus ein exklusives Hotel für die Oberschicht zu machen, die sich der Heilkraft der Onkwedo-Quellen anvertrauen wollte. Es war ein kunstvoll-häßliches Bauwerk in einem Zwitterstil, in dem gotische Partien mit Spuren französischer und florentinischer Renaissance wetteiferten. Der ursprüngliche Entwurf mochte der Bauart entsprochen haben, die Samuel Sloan, ein Architekt jener Zeit, eine Nordstaatler-Prunkvilla, «den höchsten Ansprüchen des gesellschaftlichen Lebens angepaßt», nannte; das Attribut «nordstaatlich» gab er dem Bau in Anbetracht seiner «emporstrebenden Giebel und Türmchen». Der pikante Reiz dieser Zinnen und die übermütige, fast trunkene Atmosphäre, die das Schlößchen umgab, das aus mehreren kleineren Nordstaatler-Villen zusammengefügt war – nicht sehr hochgezogen und irgendwie zusammengestoppelt, ein Gebilde, bei dem Dächer, die sich nicht miteinander vertrugen, verzagte Giebel, Gesimse, Rustika-Ecksteine und andere Auswüchse an allen Seiten hervorlugten –, dieser besondere Reiz vermochte freilich Touristen nur kurze Zeit zu bannen. Um 1920 hatten die Onkwedo-Gewässer auf unerklärliche Weise jegliche Anziehungskraft eingebüßt, die sie einmal besaßen; nach dem Tode ihres Vaters hatte Susan «Die Kiefern» vergeblich zu verkaufen versucht, da das Ehepaar ein bequemeres Haus in der Wohngegend der Industriestadt erworben hatte, in der ihr Gatte arbeitete. Da sie sich mittlerweile aber daran gewöhnt hatten, das Schloß zur Bewirtung ihrer zahlreichen Freunde zu benutzen, war Susan schließlich froh, daß das geliebte, sanfte Ungeheuer keinen Käufer gefunden hatte.

Innen war die Vielfalt nicht weniger überwältigend als außen. Von der großen Halle aus, die durch die großzügigen Ausmaße ihres Kamins etwas von der Hotelzeit behalten hatte, gelangte der Besucher in vier geräumige Zimmer. Das Treppengeländer und zumindest eine seiner Streben stammten aus dem Jahre 1720 und waren während des Baus aus einem älteren Haus herbeigeschafft worden, dessen Lage nicht mehr genau bekannt war. Sehr alt war auch die schöne Täfelung des Eßzimmers mit ihren Wild- und Fischmotiven. In den etwa sechs Räumen, aus denen jedes der oberen Stockwerke bestand, sowie in den beiden rückwärtigen Flügeln konnte man unter einem ungeahnten Sammelsurium von Möbeln einen zauberhaften Satinholzsekretär oder auch ein romantisch anmutendes Rosenholzsofa entdecken, gleichzeitig aber jede Art von unhandlichem und verkommenem Zeug wie zerbrochene Stühle, staubige Marmortischchen, verdrießliche Etageren mit zerbrochenen, düsteren Spiegeleinsätzen, traurig wie die Augen alter Affen. Pnins Zimmer war ein freundliches, nach Südosten gelegenes Gemach im oberen Stock: Reste einer Goldtapete hingen an der Wand, die Einrichtung bestand aus einem Feldbett, einem einfachen Waschtisch und einer Unzahl von Borden und Konsolen mit verschnörkelten Zierleisten. Pnin stieß die Fensterflügel auf, lächelte dem lächelnden Wald entgegen, erinnerte sich von neuem an einen fernliegenden Tag auf dem Lande; dann begab er sich in einem nagelneuen marineblauen Bademantel nach unten. An den bloßen Füßen hatte er ein Paar gewöhnliche Gummiüberschuhe, eine verständige Vorsichtsmaßnahme, wenn man beabsichtigt, durch feuchtes und womöglich von Schlangen unsicher gemachtes Gras zu gehen. Auf der Terrasse traf er Chateau.

Konstantin Iwanytsch Chateau, ein feinsinniger und bezaubernder Mann, Gelehrter reinsten russischen Wassers, trotz seines Nachnamens – der, wie man mir sagte, auf einen russifizierten Franzosen zurückgeht, der den verwaisten Iwan adoptierte –, las an einer bedeutenden New Yorker Universität und hatte seinen Busenfreund Pnin mindestens fünf Jahre nicht gesehen. Sie umarmten einander in einem herzlichen Freudenausbruch. Ich gestehe, eine Zeitlang hat der Zauber des engelgleich sanftmütigen Konstantin Iwanytsch auch mich betört, und zwar im Winter 1935 auf 36, als wir uns in Südfrankreich im Städtchen Grasse, wo er mit anderen Exilrussen eine Villa teilte, allmorgendlich zu einem Spaziergang unter Lorbeer- und Nesselbäumen zu treffen pflegten. Seine milde Stimme, das gepflegte, schnarrende Petersburger R, seine sanften, schwermütigen Renaugen, sein rötlicher Spitzbart, den er mit einer zerrenden Bewegung seiner langen, feingliedrigen Finger unablässig zwirbelte, alles an Chateau – um mich eines Ausdrucks zu bedienen, so altmodisch wie der Mann selbst – verbreitete ein seltenes Wohlbehagen unter seinen Freunden. Pnin und er plauderten eine Weile, Beobachtungen vergleichend. Wie unter Menschen mit festen Grundsätzen, die in der Verbannung leben, nicht selten zu beobachten ist, trachteten sie bei jeder Begegnung nach langer Trennung, nicht nur einander mit dem inzwischen Erlebten vertraut zu machen, sondern auch mittels einiger Stichworte – Anspielungen und Andeutungen, die in einer fremden Sprache unmöglich wiederzugeben sind – den jüngsten Ablauf der russischen Geschichte, fünfunddreißig Jahre hoffnungsloser Ungerechtigkeit nach einem vollen Jahrhundert kämpfender Gerechtigkeit und glimmender Hoffnung, zusammenzufassen. Darauf gingen sie zum üblichen Fachsimpeln europäischer Pädagogen im Ausland über, seufzend schüttelten sie den Kopf über den «typischen amerikanischen College-Studenten», der keinen Schimmer von Geographie hat, unempfindlich gegen Lärm ist und der Auffassung zu sein scheint, Bildung sei lediglich ein Mittel, um schließlich eine gutbezahlte Stellung zu bekommen. Dann erkundigten sie sich nach der Arbeit, die den anderen im Augenblick beschäftigte; über die eigene Forschungsarbeit äußerten sich beide mit größter Bescheidenheit und Zurückhaltung. Während sie auf einem Wiesenpfad zwischen Goldruten dem Wald entgegenschlenderten, in dem ein Gebirgsfluß rauschte, kamen sie schließlich auf ihre Gesundheit zu sprechen: Chateau, der so munter aussah, eine Hand in der Tasche seiner weißen Flanellhose, die offene, farbenfrohe Jacke flott über der Flanellweste, berichtete unbekümmert, nächstens müsse er sich einer diagnostischen Bauchereröffnung unterziehen; Pnin erklärte lachend, bei jeder Röntgenuntersuchung mühten seine Ärzte sich vergebens, einer Erscheinung auf den Grund zu kommen, die sie «eine Verschattung hinter dem Herzen» nannten.

«Ein guter Titel für einen schlechten Roman», bemerkte Chateau.

Als sie an einer Wiesenerhebung am Waldrand vorüberschritten, kam ein ehrwürdiger Herr in einem blauweißgestreiften Leinenanzug, mit weißer Haartolle, frischem Gesicht und einer roten Knollennase, die einer riesigen Himbeere glich, die abschüssige Wiese herab auf sie zu. Empörung verzerrte seine Züge.

«Ich muß zurück und meinen Hut holen», rief er ihnen erregt entgegen.

«Kennen Sie sich?» murmelte Chateau und machte eine unbestimmte Geste der Vorstellung. «Timofej Pawlitsch Pnin – Iwan Iljitsch Graminejew.»

«*Mojo potschtenije* (Ich habe die Ehre)», sagten beide Männer und verneigten sich voreinander mit kräftigem Händedruck.

«Ich dachte», nahm Graminejew, ein umständlicher Berichterstatter, seinen Faden wieder auf, «der Tag würde bedeckt bleiben wie zu Beginn. Aus Dummheit *(po gluposti)* bin ich ohne Kopfbedeckung ausgegangen. Nun dörrt mir die Sonne das Gehirn aus. Ich muß daher meine Arbeit unterbrechen.»

Dabei deutete er den Wiesenhang hinauf. Dort stand seine Staffelei als zarter Umriß gegen den blauen Himmel. Er war gerade dabei, von jener Höhe aus die Ansicht des jenseitigen Tals mit allem Drum und Dran, wie einem wunderlichen alten Schuppen, einem verkrüppelten Apfelbaum und ein paar Kühen festzuhalten.

«Darf ich Ihnen meinen Panamahut zur Verfügung stellen?» fragte Chateau, aber Pnin hatte bereits aus der Tasche seines Bademantels ein großes rotes Taschentuch zutage gefördert: fachmännisch schlang er in jede Ecke einen Knoten.

«Großartig . . . verbindlichsten Dank», erwiderte Graminejew und stülpte den angebotenen Kopfschutz auf.

«Einen Augenblick», sagte Pnin. «Sie müssen die Knoten einschlagen.»

Nachdem dies erfolgt war, stieg Graminejew wieder zu seiner Staffelei hinauf. Er war ein bekannter Maler konventionellen Stils, dessen seelenvolle Ölbilder – *«Mütterchen Wolga», «Drei alte Freunde»* (Knabe, Pferd und Hund), *«Aprilstimmung»* und so weiter – noch immer die Wände einer Moskauer Galerie zierten.

«Irgend jemand hat mir erzählt», sagte Chateau, als er und Pnin den Weg zum Fluß fortsetzten, «Lisas Junge habe ein ungewöhnliches Maltalent. Stimmt das?»

«Ja», gab Pnin zurück. «Um so mehr ärgernd *(tem boleje obidno),* daß seine Mutter, die anscheinend zum drittenmal zu heiraten gedenkt, Victor plötzlich für den Rest des Sommers nach Kalifornien schickte. Hätte er mich begleiten dürfen, wie ursprünglich vereinbart, hätte er hier die glänzende Gelegenheit gehabt, unter Graminejews Anleitung zu arbeiten.»

«Sie überschätzen diesen Glanz», erwiderte Chateau sanft.

Jetzt waren sie an dem schäumenden und blinkenden Gewässer angelangt. Eine Felsenmulde zwischen zwei Wasserfällen bildete ein natürliches Schwimmbecken unter Erlen und Kiefern. Chateau, der nichts vom Baden hielt, machte es sich auf einem Felsbrocken bequem. Das ganze Jahr hindurch hatte Pnin seinen Körper der Höhensonne ausgesetzt; als er jetzt in seiner Badehose dastand, schimmerte seine Haut in dem gedämpften Sonnenlicht des Uferschattens wie leuchtendes Mahagoni. Er legte sein goldenes Kreuz und seine Gummischuhe ab.

«Sehen Sie doch, wie hübsch», sagte der aufmerksame Chateau.

Ein Schwarm kleiner Schmetterlinge, alle von derselben Art, ließ sich auf dem nassen Sand nieder, die Flügel senkrecht gefaltet, so daß die blasse Unterseite mit schwarzen Tupfen und winzigen, orangegesäumten Pfauenaugen am hinteren Flügelrand sichtbar wurde. Einer von Pnins Gummischuhen störte einige der Falter; das Himmelblau der Oberseite enthüllend, flatterten sie wie blaue Schneeflocken auf und ließen sich von neuem nieder.

«Schade, daß Wladimir Wladimirowitsch nicht hier ist», sagte Chateau. «Er hätte uns über diese zauberhaften Insekten berichten können.»

«Ich hatte immer den Eindruck, als sei seine Insektenkunde nur eine Pose.»

«O nein», gab Chateau zurück. «So werden Sie es eines Tages verlieren», fügte er hinzu, auf das griechisch-orthodoxe Kreuz an seinem goldenen Kettchen deutend, das Pnin über den Kopf gestreift und an einen Zweig gehängt hatte. Sein Funkeln verwirrte eine Wasserjungfer, die hin und her schoß.

«Vielleicht würde es mir gar nicht leid tun», erwiderte Pnin. «Wie Sie wissen, trage ich es nur aus Sentimentalität. Und das Sentiment wird langsam lästig. Genaugenommen liegt zuviel Körperlichkeit in dem Versuch, einen Teil seiner Kindheit an seinem Brustbein zu bewahren.»

«Sie sind nicht der erste, der Glauben auf das Phänomen der körperlichen Berührung zurückführt», sagte Chateau, der ein überzeugter Christ griechisch-orthodoxen Glaubens war und den Agnostizismus seines Freundes bedauerte.

Eine Pferdefliege setzte sich in ihrer Tölpelhaftigkeit auf Pnins Glatze und wurde mit einem Schlag seiner fleischigen Hand verscheucht.

Von einem kleineren Felsblock als dem, auf welchem

Chateau hockte, tappte Pnin behutsam in das braun – und blaue – Wasser.

Er stellte fest, daß er seine Armbanduhr noch umhatte, nahm sie ab und legte sie in einen Gummischuh. Langsam seine gebräunten Schultern hin- und herbewegend, watete Pnin vorwärts, während wellige Blätterschatten seinen breiten Rücken hinabzitterten und -glitten. Er blieb stehen und bereitete dem Licht- und Schattenspiel ein Ende; er befeuchtete seine vorgebeugte Stirn, rieb seinen Nacken mit den nassen Händen, besprengte erst eine, dann die andere Achselhöhle. Schließlich legte er die Handflächen zusammen und ließ sich ins Wasser gleiten, so daß seine würdevollen Stöße den Wasserspiegel zu beiden Seiten kräuselten. In großartiger Haltung umkreiste Pnin das Naturbecken. Er schwamm mit rhythmischem Gesprüh – halb Gurgeln, halb Schnauben. Im Takt stieß er die Beine auseinander und spreizte die Knie, während er die Arme bog und streckte wie ein Riesenfrosch. Nach zwei Minuten solcher Betätigung watete er heraus und setzte sich auf einen Felsen zum Trocknen. Dann legte er sein Kreuz wieder an, seine Armbanduhr, seine Gummischuhe und den Bademantel.

## 5

Das Abendessen wurde auf der überdachten Veranda gereicht. Als Pnin neben Bolotow Platz nahm und saure Sahne in seine rote *botwinja* (kalte Roterübensuppe) rührte, in der rosa Eiswürfel klimperten, nahm er unvermittelt eine frühere Unterhaltung wieder auf.

«Sie werden bemerkt haben», sagte er, «daß zwischen Ljowins geistiger und Wronskijs physischer Zeit ein bezeichnender Unterschied besteht. In der Mitte des Buches bleiben Ljowin und Kitty um ein ganzes Jahr hinter Wronskij und Anna zurück. Wenn sich Anna an einem Sonntagabend im Mai des Jahres 1876 vor den Güterzug wirft, hat sie seit Beginn des Romans vier Jahre existiert, für die Ljowins sind jedoch im selben Zeitabschnitt von 1872 bis 1876 kaum drei Jahre vergangen. Dies ist das beste Beispiel der Relativität in der Literatur, das mir bekannt ist.»

Nach dem Essen wurde eine Partie Krocket vorgeschlagen. Dieser Kreis schätzte die altehrwürdige, aber technisch unzulässige Aufstellung der Tore, bei der zwei der insgesamt zehn Bogen in der Mitte des Spielfeldes zum sogenannten Käfig oder der Mausefalle gekreuzt werden. Es stellte sich sofort heraus, daß Pnin, der mit Bolotow gegen Schpoljanskij und Gräfin Poroschin spielte, weitaus der beste Spieler auf dem Platz war. Sobald die Abschlagpfähle in den Rasen gerammt waren und das Spiel begann, war dieser Mann wie ausgewechselt. Sein gewohnt langsames, bedächtiges, fast steifes Wesen wandelte sich umgehend zu einem unheimlich lebendigen, herumtollenden, stummverschlagenen Geschöpf mit einem Katzenbuckel. Unablässig schien er an der Reihe. Seinen Hammer tief haltend und ihn zierlich zwischen seinen gegrätschten spindeldürren Beinen schwingend (mit seinen Bermuda-Shorts, die er eigens für das Spiel angelegt hatte, verursachte er nicht geringes Aufsehen), bereitete Pnin jeden Schlag mit haargenau zielendem Hin- und Widerschwingen des Hammerkopfes vor. Dann versetzte er der Kugel einen genau bemessenen Hieb und lief, immer noch mit gekrümmtem Rücken, der rollenden Holzkugel nach bis zu der Stelle, an der sie nach seiner Berechnung halten sollte. Mit besonderem Gusto am Geometrischen ließ er die farbig beringte Kugel durch mehrere Löscher trudeln und errang damit Bewunderungsrufe der Zuschauer. Sogar Igor Poroschin, der mit zwei Büchsen Bier, die er zu einem privaten Bankett zu holen schien, schattenhaft vorbeihuschte, hielt einen Augenblick inne und nickte beifällig, bevor er im Unterholz verschwand. Einspruch und Protestrufe mischten sich freilich in den Beifall, als Pnin mit grausamer Gleichgültigkeit die Kugel eines

Gegners krockierte, vielmehr raketenhaft in die Gegend schoß. Die eigene Kugel dicht an die fremde legend, blokkierte er sie mit seinem merkwürdig kleinen Fuß und schlug mit dem Hammer so kräftig dagegen, daß die andere weit ins Gelände sauste. Als man Berufung einlegte, erklärte Susan, der Schlag sei völlig regelwidrig, Madame Schpoljanskij hingegen bestand darauf, er sei durchaus erlaubt, und behauptete, in ihrer Kindheit habe ihre englische Erzieherin dies Hongkong genannt.

Nachdem Pnin den Zielpfahl angeschlagen und damit das Spiel beendet hatte und Warwara mit Susan gegangen war, den Abendtee vorzubereiten, zog Pnin sich auf eine Bank unter den Kiefern zurück. Wieder befiel ihn eine äußerst unangenehme, beängstigende Herzbeklemmung, die er schon mehrmals als Erwachsener erlebt hatte. Es war kein Schmerz, kein Herzklopfen, sondern eher das scheußliche Empfinden, in die sichtbare Umgebung abzusinken, überzugehen – in den Sonnenuntergang, in die roten Baumstämme, in den Sand, in die reglose Luft. Rosa Schpoljanskij, die Pnin allein sitzen sah, ergriff die Gelegenheit, ging auf ihn zu (*«Siditje, siditje!»* – Bleiben Sie sitzen) und ließ sich neben ihm nieder.

«Im Jahre 1916 oder 1917», sagte sie, «mögen Sie von nahen Freunden meinen Mädchennamen Geller gehört haben.»

«Ich erinnere mich nicht», sagte Pnin.

«Es ist unwichtig. Ich glaube nicht, daß wir uns je begegnet sind. Aber Sie waren gut bekannt mit meinem Cousin Grischa und meiner Cousine Mira Belotschkin. Die beiden haben immer von Ihnen gesprochen. Er lebt jetzt, glaube ich, in Schweden, sicherlich haben Sie auch von dem furchtbaren Ende seiner Schwester gehört . . .»

«Das habe ich», bestätigte Pnin.

«Ihr Mann», sagte Madame Schpoljanskij, «war ein reizender Mensch. Samuil Lwowitsch und ich kannten ihn und seine erste Frau, Swetlana Tschertok, die Pianistin, sehr gut. Er und Mira wurden von den Nazis getrennt interniert, und er starb im selben Konzentrationslager wie mein älterer Bruder Mischa. Mischa haben Sie wohl nicht gekannt, oder doch? Auch er war einmal in Mira verliebt.»

«*Tschaj gotow* (Tee ist fertig)», rief in ihrem komischen Umgangsrussisch Susan von der Veranda. «Timofej, Rosotschka! *Tschaj!*»

Pnin sagte Madame Schpoljanskij, er würde in einer Minute nachkommen, und blieb, nachdem sie gegangen war, im ersten Dämmerschatten des Baumes sitzen, die Hände über dem Hammerstiel gefaltet, den er noch immer hielt.

Zwei Öllampen erleuchteten heimelig die Veranda des Landhauses. Augenarzt Dr. Pavel Antonowitsch Pnin, Timofejs Vater, und Kinderarzt Dr. Jakow Grigorjewitsch Belotschkin, Miras Vater, konnten sich von ihrer Schachpartie in der Verandaecke nicht losreißen; daher ließ Madame Belotschkin ihnen den Tee dort auftragen, statt die beiden vertieften Spieler zum Haupttisch am anderen Ende der Veranda zu rufen, wo die übrigen Familienmitglieder und die Gäste saßen, die einen deutlich sichtbar, die anderen in leuchtendem Nebel verschwimmend. Das Mädchen stellte ein japanisches Teetischchen neben die Herren, darauf Teegläser in silbernen Haltern, dicke Milch mit Schwarzbrot, Erdbeeren aus dem Garten, *semljanika,* und andere Besonderheiten wie *klubnika* (Hautbois oder grüne Erdbeeren), goldgelbe Marmelade, mehrerlei Backwerk wie Waffeln, Brezeln, Zwieback.

Dr. Belotschkins blinde Hand tastete nach einer Brezel; Dr. Pnins sehende Hand ergriff einen Turm. Dr. Belotschkin kaute und starrte auf das Loch in seinen Reihen; Dr. Pnin tauchte einen abstrakten Zwieback in das Loch seiner Teetasse.

Das Landhaus, das Belotschkins in jenem Sommer gemietet hatten, lag in dem Ostseebad, in dessen Nähe die Witwe des Generals N. der Familie Pnin ein Sommerhäuschen am Rande ihrer ausgedehnten Besitzung überlassen hatte – ein rauhes Sumpfland, auf dem düstere Waldungen ein verlassenes Herrenhaus umschlossen. Timofej Pnin war wieder der ungeschickte, schüchterne, eigensinnige Achtzehnjährige, der im Dunkeln auf Mira wartete – und trotz der Tatsache, daß ein logischer Geist die Petroleumlampen mit elektrischen Birnen versehen, die Gäste in alternde Emigranten verwandelt und die erleuchtete Veranda mit rettungslos sicherem Fliegengitter abgedichtet hatte, bildete mein armer Pnin sich mit halluzinatorischem Scharfblick ein, Mira entschlüpfe der Veranda in den Garten und komme durch hohe Tabakblumen, deren trübes Weiß im Dunkeln mit ihrem weißen Rock verschmolz, auf ihn zu. Dieser Eindruck ging über in ein Gefühl von Auflösung und Weitung in seinem Innern. Behutsam legte er den Krockethammer beiseite und ging, um die Beklemmung loszuwerden, auf das stille Kiefernwäldchen zu. Aus einem Wagen, der in der Nähe des Gerätehäuschens parkte und mutmaßlich mindestens zwei Kinder seiner Mitgäste beherbergte, drang ein stetiges Geriesel von Radiomusik.

«Jazz, Jazz, immer müssen diese jungen Leute ihren Jazz haben», murmelte Pnin vor sich hin und bog in den Pfad ein, der zu Wald und Fluß führte. Er erinnerte sich an die Liebhabereien seiner und Miras Jugend, an die Amateurbühne, an die Zigeunerballaden, an Miras Leidenschaft für das Fotografieren. Wo waren ihre hübschen Schnappschüsse geblieben – Lieblingstiere, Wolken, Blumen, eine Schneise im April mit Birkenschatten auf nassem Zuckerschnee, Soldaten, auf dem Dach eines Güterwagens postiert, ein Sonnenuntergang, eine Hand, die ein Buch hielt? Er rief sich ihren letzten Tag wieder vor Augen, am Newa-Ufer in Petersburg; die Tränen, die Sterne, das rosenrote warme Seidenfutter ihres Karakulmuffs. Der Bürgerkrieg von 1918 bis 1922 trennte sie: die Ereignisse bereiteten ihrem Verlöbnis ein Ende. Timofej wanderte südwärts, stellte sich kurze Zeit unter das Banner von Denikins Armee, während

Mira mit ihrer Familie vor den Bolschewiki nach Schweden floh und sich dann in Deutschland niederließ, wo sie schließlich einen Pelzhändler russischer Abstammung heiratete. Irgendwann in den frühen dreißiger Jahren begleitete der damals ebenfalls verheiratete Pnin seine Frau nach Berlin, wo sie einem Kongreß von Psychotherapeuten beizuwohnen wünschte, und sah in einem russischen Restaurant am Kurfürstendamm Mira wieder. Sie wechselten ein paar Worte, sie lächelte ihn in ihrer wohlbekannten Art an, unter dunklen Brauen hervor, mit der ihr eigenen verschmitzten Scheu. Das Profil ihrer vorstehenden Backenknochen, die länglichen Augen, die Zartheit von Arm und Handgelenk, all das war unverändert, unvergänglich. Dann ging sie ihrem Mann nach, der seinen Mantel in der Garderobe holte, und damit war alles vorbei – aber der Schmerz der Zärtlichkeit blieb, wie die bebende Kontur von Versen, die man kennt, die man kennt, aber nicht mehr erinnern kann.

Die Worte der geschwätzigen Madame Schpoljanskij hatten Miras Antlitz mit ungewohnter Deutlichkeit heraufbeschworen. Dies war verwirrend. Nur aus der Distanz eines unheilbaren Leidens, aus der Hellsicht des nahen Todes konnte man dergleichen für einen Augenblick gewachsen sein. Um vernünftig leben zu können, hatte Pnin sich in den letzten zehn Jahren gezwungen, nie mehr an Mira Belotschkin zu denken – nicht weil eine jugendliche Liebesgeschichte, flüchtig und alltäglich, seine Gemütsruhe bedroht hätte (die Erinnerungen an seine Ehe mit Lisa waren eindringlich genug, Bilder früherer Romanzen zu verdrängen), sondern weil man aufrichtig vor sich selbst mit seinem Gewissen und seinem Bewußtsein kein Überleben in einer Welt erwarten konnte, in der so etwas wie Miras Tod möglich war. Man mußte vergessen – weil man nicht leben konnte mit dem Gedanken, daß dieses anmutige, zerbrechliche, zarte, junge Frauenwesen mit diesen Augen, mit solchem Lächeln, mit jenen Gärten und Schneebergen als Hintergrund, in einem Viehwagen in ein Todeslager überführt und mit einer Phenolinjektion ins Herz ermordet worden war, in jenes sanfte Herz, dessen Pochen man im Dämmer der Vergangenheit unter den eigenen Lippen gespürt hatte. Und da die genaue Art ihres Todes nicht bekannt war, starb Mira in der Erinnerung tausend Tode, erlebte zahllose Auferstehungen, nur um wieder und immer wieder von einer eigens dazu ausgebildeten Krankenschwester weggeführt, mit Schmutz, Tetanusbazillen und Glassplittern geimpft, unter einer Scheindusche mit Blausäure vergast, in einem Loch auf einem benzingetränkten Buchenholzfeuer lebend verbrannt zu werden. Nach Auskunft des Untersuchungsbeamten, den Pnin in Washington zufällig gesprochen hatte, stand nur dies fest: sie war zu schwach zum Arbeiten gewesen – obgleich sie noch immer lächelte, noch immer in der Lage war, anderen Jüdinnen beizustehen – und daher zum Tode verurteilt und wenige Tage nach ihrer Ankunft in Buchenwald verbrannt worden, in jenem herrlich bewaldeten Großen Ettersberg, wie die Gegend wohlklingend benannt ist. Es ist nur eine Stunde Fußweg von Weimar entfernt, wo Goethe, Herder, Schiller, Wieland, der unnachahmliche Kotzebue und andere gewandert waren. «Aber warum», pflegte Dr. Hagen, die sanfteste Seele, die je gelebt hat, zu klagen, «warum mußte man dieses Schreckenslager so nahe an Weimar legen?» Denn in der Tat lag es knapp acht Kilometer vom kulturellen Herzen Deutschlands entfernt, «des Landes der Universitäten», wie der Präsident des Waindell College, bekannt dafür, stets das *mot juste* zu finden, es so anmutig ausgedrückt hatte, als er kürzlich zum Semesterbeginn einen Überblick über die Lage in Europa gab und dabei dem zweiten Folterhaus «Rußland, dem Lande Tolstois, Stanislawskijs, Raskolnikows und anderer großer und guter Männer», seine Hochachtung zollte.

Pnin schlenderte langsam unter den feierlich-stillen Kiefern hin. Der Himmel lag im Sterben. Er glaubte nicht an einen autokratischen Gott. Er hatte eine unbestimmte Vorstellung von einer Demokratie der Geister. Vielleicht bildeten die Seelen der Toten Komitees, und diese widmeten sich in fortlaufenden Sitzungen dem Geschick der Lebenden.

Die Mücken wurden lästig. Es war Zeit, zum Tee zu gehen, Zeit, eine Partie Schach mit Chateau zu spielen. Der sonderbare Krampf hatte sich gelöst, er konnte wieder atmen. Auf der fernen Kuppe des Hügels, an der Stelle, wo vor wenigen Stunden Graminejews Staffelei gestanden hatte, hoben sich zwei dunkle Gestalten gegen den glimmenden Abendhimmel ab. Sie standen nahe beisammen und blickten einander an. Vom Weg aus konnte man nicht erkennen, ob es die kleine Poroschin und ihr Beau waren oder Nina Bolotow und der junge Poroschin oder vielleicht nur ein von kunstfertiger Hand auf die letzte Seite von Pnins scheidendem Tag hingezaubertes sinnbildhaftes Pärchen.

## *Sechstes Kapitel*

### 1

Das Herbstsemester 1954 hatte begonnen. Wieder empfing der Marmorhals einer hausbackenen Venus im Vestibül des Lehrgebäudes für Alte Sprachen den roten Abdruck eines Scheinkusses, in Lippenstift aufgemalt. Wieder verbreitete sich der *Waindell Recorder* über das Parkproblem. Wieder kritzelten eifrige Studenten des ersten Semesters hilfreiche Randbemerkungen wie «Naturbeschreibung» oder «Ironie» an den Rand von Leihbüchern der Bibliothek. Und in einer hübschen Ausgabe von Mallarmés Gedichten hatte ein besonders begabter Scholast mit lila Tinte das schwierige Wort *oiseaux* unterstrichen und «Vögel» darüber geschmiert. Wieder klebten Herbststürme tote Blätter an eine Seite der vergitterten Wandelhalle, die vom Bau der Alten Sprachen zur Frieze Hall führte. Wieder flatterten an heiteren Nachmittagen riesengroße ambrabraune Monarchenschmetterlinge über Asphalt und Rasen und trieben träge südwärts; dabei hingen ihre halb eingezogenen schwarzen Beine tief unter ihrem polka-getüpfelten Leib.

Und das Leben im College ging weiter. Strebsame Prüfungskandidaten mit ihren schwangeren Frauen schrieben nach wie vor Dissertationen über Dostojewskij und Simone de Beauvoir. Literaturseminare waren noch immer um die Tatsache bemüht, daß Stendhal, Galsworthy, Dreiser und Mann große Schriftsteller sind. Worte wie «Konflikt» und «Strukturen» waren noch immer in Mode. Wie gewöhnlich bemühten sich sterile Lehrer erfolgreich um «Produktivität», indem sie Bücher fruchtbarer Kollegen besprachen;

und wie gewöhnlich genoß eine Schar glücklicher Fakultätsmitglieder bereits oder in Kürze die Früchte mehrerer Preise, die sie im Laufe des Jahres erhalten hatten. So gewährte eine belustigende kleine Verleihung dem vielseitigen Ehepaar Starr – Christopher Starr mit seinem Babygesicht und seiner kindlichen Frau Louise – vom Seminar für Bildende Kunst die einzigartige Möglichkeit, Nachkriegsvolkslieder in Ostdeutschland aufzunehmen, wohin das erstaunliche junge Paar Einreiseerlaubnis erhalten hatte. Tristram W. Thomas – für seine Freunde Tom –, Professor der Anthropologie, hatte zehntausend Dollar von der Mandoville-Stiftung für die Erforschung der Tischsitten kubanischer Fischer und Palmenkletterer erhalten. Bei der Beendigung einer Bibliographie, die sich mit «veröffentlichten und unveröffentlichten Arbeiten jüngerer Zeit über eine kritische Beurteilung des Einflusses von Nietzsche-Schülern auf das moderne Denken» befaßte, griff eine andere wohltätige Einrichtung Dr. Bodo von Falternfels unter die Arme.

Schließlich erlaubte die Verleihung einer besonders großzügigen Stiftung dem bekannten Psychiater von Waindell, Dr. Rudolf Aura, mit zehntausend Elementarschülern den sogenannten Fingerschalen-Test anzustellen, bei dem das Schulkind aufgefordert wird, den Zeigefinger in Tassen mit farbiger Flüssigkeit zu tauchen, worauf das Verhältnis zwischen der Länge des Fingers und der benetzten Teile gemessen und zu allen möglichen fesselnden Diagrammen verwertet wird.

Das Herbstsemester hatte begonnen, und Dr. Hagen sah sich in einer schwierigen Lage. Während des Sommers war er von einem alten Freund vertraulich gefragt worden, ob er gewillt sei, im nächsten Jahr eine erfreulich einträgliche Professur in Seaboard, einer weit bedeutenderen Universität als Waindell, anzunehmen. Dieser Teil des Problems war verhältnismäßig leicht zu lösen. Auf der anderen Seite blieb aber die betrübliche Tatsache, daß das von ihm mit solcher Liebe aufgebaute Seminar, mit dem Blorenges Französisches Seminar sich in der kulturellen Arbeit kaum messen konnte, obwohl es über größere Geldmittel verfügte, dann in die Klauen des heimtückischen Falternfels fiel, den er, Hagen, von Österreich geholt hatte und der ihm nun in den Rücken fiel – er hatte es tatsächlich fertiggebracht, sich durch unsaubere Machenschaften die Leitung von «Europa Nova» anzueignen, einer einflußreichen Vierteljahresschrift, die Hagen 1945 gegründet hatte. Hagens Fortgang – von dem er bisher noch nichts hatte verlauten lassen – würde noch traurigere Folgen haben: er würde seinen Assistenten Professor Pnin im Stich lassen. Ein unabhängiges Russisches Seminar hatte in Waindell nie bestanden, so daß die akademische Existenz meines armen Freundes stets von seiner Verwendung im ekklektischen Deutschen Seminar abhing, als eine Art Ableger oder Nebenzweig Vergleichender Literatur. Sicherlich würde Bodo aus purer Böswilligkeit diesen Ast abhauen, und Pnin, der dann keinen Lebensanspruch in Waindell mehr hatte, würde gehen müssen, wenn nicht ein anderes literatur- und sprachwissenschaftliches Seminar sich seiner annahm. Die einzigen, die beweglich genug schienen, dies zu tun, waren die Abteilungen für Englisch und Französisch. Indes verurteilte Jack Cockerell, der Vorsitzende des Englischen Seminars, alles, was Hagen unternahm, betrachtete Pnins Existenz als einen Scherz und warb bereits inoffiziell, aber aussichtsreich um die Dienste eines prominenten anglo-russischen Schriftstellers, der notfalls alle Kurse übernehmen konnte, die Pnin geben mußte, um sich über Wasser zu halten. Hagen wandte sich daher an Blorenge als letzten Rettungsanker.

## 2

Zwei interessante Merkmale zeichneten Leonhard Blorenge, den Leiter des Seminars für Französische Sprache und Literatur, aus; er haßte die Literatur und konnte nicht Französisch. Dies hielt ihn nicht davon ab, gewaltige Entfernungen zurückzulegen, um an Tagungen für Moderne Sprachen teilzunehmen. Dort protzte er mit seiner Stümperhaftigkeit, als sei sie eine königliche Grille, und parierte mit mächtigen Gegenhieben derben, hausbackenen Humors jeden Versuch, ihn aufs Glatteis des parleh-wuh zu locken. Ein genialer Jünger Merkurs, hatte er jüngst einen steinreichen Alten, den drei große Universitäten vergeblich hofiert hatten, dazu gebracht, mit einer phantastisch anmutenden Stiftung eine wahre Forschungsorgie ins Leben zu rufen, die gestatten sollte, unter der Leitung von Dr. Slavski, einem Kanadier, auf einem Hügel in der Nähe Waindells ein «französisches Dorf» – zwei Straßen und einen Platz – zu errichten, eine Kopie des uralten Fleckens Vandel in der Dordogne. Trotz der hochtrabenden Allüren, die er bei allen Kundgebungen seiner administrativen Erleuchtungen an den Tag legte, war Blorenge ein Mann asketischer Neigungen. Der Zufall wollte, daß er mit Sam Poore, Waindells Präsidenten, zur Schule gegangen war; viele Jahre, selbst nachdem dieser das Augenlicht verloren hatte, gingen die beiden regelmäßig gemeinsam zum Fischen an einen windgepeitschten, düsteren See am Ende eines von Heidekraut gesäumten Kiesweges, hundertzwanzig Kilometer nördlich von Waindell, in jener Art trübsinnigen Buschlands – Gestrüpp aus jungen Eichen und Kiefernschößlingen –, das man als Armenviertel der Natur bezeichnen könnte. Seine Frau war ein liebenswertes Geschöpf schlichter Herkunft und sprach in ihrem Club von ihm stets als von Professor Blorenge. Er hielt Vorlesungen mit dem Titel «Große Franzosen», die seine Sekretärin aus einem Stapel *The Hastings Historical and Philosophical Magazine,* Jahrgänge 1882 bis 1894, für ihn abschreiben mußte, Schriften, die er auf dem Dachboden entdeckt hatte und die in der College-Bibliothek nicht vertreten waren.

3

Pnin hatte soeben ein Häuschen gemietet und die Ehepaare Hagen und Clements, Thayers und Betty Bliss zu einer Einweihungsparty geladen. Am Morgen jenes Tages stattete der gute Dr. Hagen Blorenge in seinem Studierzimmer einen verzweifelten Besuch ab und eröffnete ihm, und ihm allein, die ganze Lage. Als er Blorenge enthüllte, daß Falternfels ein ausgemachter Gegner Pnins sei, fiel Blorenge trocken ein, er auch; ja, nachdem er Pnin bei Gesellschaften begegnet war, habe er «die untrügliche Empfindung» (es ist wahrhaft erstaunlich, wie stark diese praktischen Herren dazu neigen, der Empfindung mehr zu vertrauen als dem Verstand), Pnin verdiene nicht, auch nur in die Nähe eines amerikanischen College zu kommen. Der wackere Hagen entgegnete, Pnin habe mehrere Semester hindurch auf bewunderungswürdige Weise die Romantische Bewegung behandelt und würde sich der Aufgabe, im Rahmen des Französischen Seminars Chateaubriand und Victor Hugo gerecht zu werden, sicherlich mit Glanz entledigen.

«Dr. Slavski nimmt sich dieser Leutchen an», gab Blorenge zurück. «Im übrigen neige ich bisweilen zu der Auffassung, daß wir der Literatur zuviel Ehre angedeihen lassen. Sehen Sie, diese Woche beginnt Miss Mopsuestia mit den Existentialisten, Ihr Freund Bodo hat Romain Rolland am Wickel, ich befasse mich mit General Boulanger und de Béranger. Nein, von diesem Zeug haben wir weiß Gott genug.»

Hagen spielte seinen letzten Trumpf aus und schlug vor, Pnin solle einen französischen Sprachkurs leiten: wie viele

Russen hatte unser Freund als Kind eine französische Erzieherin gehabt und nach der Revolution mehr als fünfzehn Jahre in Paris gelebt.

«Sie meinen also», fragte Blorenge streng, «er kann Französisch *sprechen*?»

Hagen, der Blorenges Nöte allzu gut kannte, zögerte.

«Raus mit der Sprache, Hermann! Ja oder nein?»

«Ich bin sicher, er würde sich zurechtfinden.»

«Er spricht also Französisch, wie?»

«Ja, ich glaube schon.»

«In diesem Fall», erwiderte Blorenge, «können wir ihn im Anfängerkurs nicht gebrauchen. Dies wäre unfair gegen unseren Mr. Smith, der in diesem Semester den ersten Kurs gibt und seinen Studenten natürlich nur um eine Unterrichtsstunde voraus ist. Nun trifft es sich aber, daß Mr. Hashimoto einen Assistenten für seinen überfüllten Zwischenkurs benötigt. *Liest* Ihr Mann so gut Französisch, wie er es spricht?»

«Ich wiederhole, er weiß sich anzupassen», wich Hagen aus. «Ich weiß, was Anpassung heißt», gab Blorenge stirnrunzelnd zurück. «Im Jahre 1950, als Hash weg war, stellte ich diesen Schweizer Skilehrer ein, der schmuggelte Vervielfältigungen einer alten französischen Anthologie ein. Es dauerte bald ein Jahr, bis die Klasse auf ihren anfänglichen Stand zurückgebracht war. Wenn nun Ihr Wie-heißt-er-noch kein Französisch liest . . .»

«Ich fürchte, er tut es», gestand Hagen mit einem Seufzer.

«Dann ist er für uns nicht zu gebrauchen. Wie Sie wissen, vertrauen wir nur Sprachschallplatten und anderen mechanischen Hilfen. Bücher sind nicht erlaubt.»

«Dann bleibt noch immer der Fortgeschrittenen-Kursus», murmelte Hagen.

«Den leiten Karoline Slavski und ich», antwortete Blorenge.

4

Für Pnin, der keine Ahnung hatte von den Sorgen seines Beschützers, begann das Herbstsemester besonders erfreulich: nie hatte er sich um weniger Studenten kümmern müssen und mehr Zeit für eigene Arbeiten gehabt. Die Forschungsarbeit war längst in das zauberhafte Stadium getreten, wo die Suche über das Ziel hinausschießt, wo ein neuer Organismus entsteht, ein Nebenprodukt der reifenden Frucht. Pnin wandte den Blick vom Endpunkt seines Werkes ab, der so klar in Sicht war, daß man das Aufflammen eines Sternchens, das Lichtzeichen eines sic! erkennen konnte. Diese Grenze mußte vermieden werden, da sie Untergang für all das bedeutete, was den Zauber ununterbrochener Annäherung ausmacht. Merkzettel füllten langsam eine Schuhschachtel von erklecklichem Gewicht; dazu die Textvergleichung zweier Sagen; kostbare Einzelheiten, Sitten und Mode betreffend; eine Anmerkung, die als gefälscht befunden wurde, durch Unfähigkeit, Nachlässigkeit oder Betrug; der wohlige Schauer einer glückverheißenden Ahnung; und die zahllosen Triumphe uneigennütziger, hingebungsvoller – *beskorystnyj* – Gelehrtenarbeit. All das hatte Pnin verdorben, es hatte aus ihm einen glücklichen, Fußnoten-trunkenen Narren gemacht, der die Büchermilben in einem dreißig Zentimeter dicken, langweiligen Wälzer aufstört, um einen Hinweis auf einen noch langweiligeren Band zu finden. Auf anderer, menschlicher Ebene stand das Backsteinhäuschen, das er an der Todd Road, Ecke Cliff Avenue gemietet hatte.

Es hatte einst die Familie des verstorbenen Martin Sheppard beherbergt, ein Onkel von Pnins vorigem Hauswirt in der Creek Street und langjähriger Verwalter des Toddschen Besitzes, den die Stadt Waindell zu dem Zweck erworben hatte, die weitschweifig angelegte Villa in ein modernes Mütterheim umzubauen. Efeu und Fichten verdeckten fast das geschlossene Tor, dessen Bogen Pnin von einem Nordfenster seines neuen Heims am äußersten Ende der Cliff Avenue sehen konnte. Diese Avenue war der Querbalken eines T, in dessen linker Gabelung er wohnte. Gegenüber seinem Haus, unmittelbar hinter der Todd Road (dem senkrechten Balken des T), schirmten alte Ulmen den sandigen Rand dieses geflickten Asphaltstreifens gegen ein östlich gelegenes Kornfeld ab. Westlich davon marschierte ein Regiment gleichmäßig hochgewachsener junger Fichten hinter einem Zaun in Richtung Hochschulbezirk fast die ganze Strecke bis zur nächsten Behausung, der achthundert Meter von Pnins Häuschen stehenden Zigarrenkiste des College-Fußballtrainers.

Das Gefühl, in einem verschwiegenen Haus ganz allein zu wohnen, war für Pnin besonders beglückend und gewährte dem müden, alten Bedürfnis seines innersten Wesens, das fünfunddreißig Jahre Heimatlosigkeit mürbe und verzagt gemacht hatten, erstaunliche Befriedigung. Eine der berückendsten Eigenschaften dieses Obdachs war die Stille – engelgleich, ländlich und vollkommen zuverlässig –, die in beseligendem Gegensatz zu dem unablässigen Getöse stand, das ihn als Untermieter in seinen früheren Behausungen von sechs Seiten bedrängt und gequält hatte. Dabei war das winzige Haus so geräumig! In dankbarer Überraschung kam Pnin zu dem Schluß: wenn keine russische Revolution, keine Flucht, kein Exil in Frankreich, keine Naturalisation in Amerika stattgefunden hätte, wäre alles – im besten, allerbesten Falle, Timofej! – ziemlich auf dasselbe herausgekommen: eine Professur in Charkow oder Kasan, ein Vorstadthäuschen wie dieses, drinnen alte Bücher, draußen späte Blüten. Um es genau zu beschreiben: es war ein zweigeschossiges kirschrotes Backsteinhaus mit weißen Fensterladen und Schindeldach. Die Grünfläche, auf der es stand, hatte eine Frontbreite von etwa fünfzig Arschin und wurde hinten von einem bemoosten Felshang senkrecht begrenzt, der lohfarbenes Unterholz trug. Eine Behelfseinfahrt an der Südseite des Hauses führte zu einer weißgetünchten Garage für das Armeleutegefährt, das Pnin besaß. Ein sonderbares korbähnliches Netz ohne Boden hing wie ein Billardsack zu unerfindlichem Zweck über der Garagentür, auf deren weiße Fläche es einen Schatten warf, so deutlich wie sein eigenes Maschengewebe, nur größer und in bläulicher Tönung. Fasane liefen durch das Unkraut zwischen Garage und Felswand. Flieder – die Krönung russischer Gärten, auf dessen Frühlingspracht mit seinem süßen Summen mein armer Pnin sich so sehr freute – stand in dichten, holzigen Büschen an einer Hauswand. Und ein großer Laubbaum, den Pnin, ein Liebhaber von Birken, Linden, Weiden, Espen, Pappeln und Eichen, nicht zu bestimmen wußte, warf seine herzförmigen rostfarbenen, großen Blätter und nachsommerlichen Schatten auf die Holzstufen der offenen Veranda.

Eine nicht sehr vertrauenerweckende Ölheizung im Erdgeschoß tat ihr Bestes, ihren schwachen, warmen Atem durch Röhren im Fußboden emporzusenden. Die Küche sah schmuck und fröhlich aus, und Pnin hatte sein Vergnügen an aller Art Küchengeschirr, Kesseln und Pfannen, Röstern und Tiegeln, die er mit dem Haus übernommen hatte. Das Wohnzimmer war spärlich und schäbig möbliert, verfügte aber über eine reizvolle Nische, die einen riesigen alten Globus beherbergte; darauf war Rußland blaßblau eingezeichnet, Polen ein entfärbter oder gescheuerter Flekken. In dem winzigen Eßzimmer, in das Pnin seine Gäste zu einem kalten Büfett einladen wollte, waren an sonnigen Vormittagen ein Paar Kristallkerzenhalter mit Klunkern verantwortlich für die schillernden Reflexe, die zauberhaft auf dem Büfett glimmten und meinen gefühlvollen Freund an die bunten Glasfenster erinnerten, die das Sonnenlicht auf den Veranden russischer Landhäuser orange und grün und violett färbte. Ein chinesisches Schränkchen begann jedesmal zu rumpeln, wenn er daran vorüberging; auch dieses Geräusch war ihm aus trüben Hinterzimmern der Vergangenheit vertraut. Der erste Stock bestand aus zwei

Schlafräumen, beide waren das Reich vieler Kinder gewesen, gelegentlich auch eines Erwachsenen. Der Fußboden war von Blechspielzeug aufgerauht. Von der Wand des Eßzimmers, in dem er zu schlafen gedachte, entfernte Pnin einen roten Pappwinkel mit der rätselhaften weißen Aufschrift «Kardinalia». Dafür durfte ein winziger rosa Schaukelstuhl, der für einen dreijährigen Pnin angemessen gewesen wäre, in einer Ecke stehenbleiben. Eine lahme Nähmaschine verstellte den Gang zum Badezimmer, wo die wie üblich zu kurze Badewanne, von einer Nation von Riesen für Zwerge hergestellt, ebenso lange zum Vollwerden brauchte wie die Becken und Tanks der Rechenaufgaben in russischen Schulbüchern.

Nun war er bereit, seine Party zu geben. Das Wohnzimmer hatte ein Sofa für zwei Personen, zwei Ohrenstühle, einen allzu prallen Sessel, einen Stuhl mit Rohrsitz, ein Kniekissen und zwei Fußschemel. Mit einemmal befiel ihn ein eigentümliches Mißvergnügen, als er die kurze Liste seiner Gäste überflog. Sie hatte wohl Körper, doch kein Bouquet. Natürlich mochte er Clements furchtbar gern – sie waren Menschen und nicht Marionetten wie die meisten im Universitätsbezirk –, er hatte herzerquickende Unterhaltungen mit ihnen geführt, als er bei ihnen wohnte. Natürlich fühlte er sich Hagen für manche Freundlichkeit verpflichtet, zum Beispiel für die kürzliche Gehaltserhöhung. Gewiß war Mrs. Hagen in Waindells Sprache «eine goldige Person». Selbstverständlich zeigte sich Mrs. Thayer in der Bibliothek immer so hilfsbereit, und ihr Mann besaß die beruhigende Fähigkeit, zu zeigen, wie still ein Mensch sein kann, wenn er es sich streng versagt, vom Wetter zu reden. Nur haftete dieser Zusammenstellung nichts Außerordentliches, nichts Originelles an. Pnin fielen die Geburtstagsfeiern seiner Knabenzeit wieder ein – das halbe Dutzend Kinder, die bei jeder Einladung dieselben waren, die drückenden Schuhe, die schmerzenden Schläfen und die beschwerliche, unfrohe, gezwungene Langeweile, die ihn überkam, wenn alle Spiele gespielt waren und ein ungezogener Vetter begann, seine hübschen, neuen Spielsachen töricht zu mißbrauchen. Auch das einsame Summen im Ohr war wieder da, das er vernommen hatte, wenn er im Verlauf endlosen Versteckspielens nach einer Stunde unbequemer Hockstellung aus einem dunklen, muffigen Kleiderschrank im Mädchenzimmer auftauchte und feststellte, daß alle seine Gespielen nach Hause gegangen waren.

Als er ein gerühmtes Lebensmittelgeschäft zwischen Waindellville und Isola aufsuchte, stieß er auf Betty Bliss und lud sie ein; sie erwiderte, sie habe Turgenjews Prosagedicht von den Rosen mit seinem Kehrreim *«Kak choroschi, kak sweshi* (wie lieblich, wie frisch)» nicht vergessen und würde selbstverständlich mit Vergnügen kommen. Er forderte den berühmten Mathematiker, Professor Idelson und seine Frau, die Bildhauerin, auf. Sie sagten mit Freuden zu, riefen aber hinterher an mit der Entschuldigung, es täte ihnen furchtbar leid, sie hätten eine frühere Einladung übersehen. Er fragte den jungen Miller, mittlerweile außerordentlicher Professor, und Charlotte, seine hübsche, sommersprossige Frau; aber es stellte sich heraus, daß sie jeden Augenblick ein Kind erwartete. Er bat den alten Carroll, den Hauptpförtner der Frieze Hall, mit seinem Sohn Frank, der der einzige begabte Student meines Freundes gewesen war und ihm eine glänzende Dissertation, einen Vergleich zwischen dem russischen, englischen und deutschen Jambus, geschrieben hatte; aber Frank war beim Militär, und der alte Carroll gestand, daß «die Frau und er sich nicht gerne unter die Profs mischten». Er rief in der Wohnung von Präsident Poore an, mit dem er einmal bei einem Gartenfest gesprochen hatte (über die Möglichkeiten, den Lehrplan zu verbessern), bis es zu regnen begann, und bat ihn zu kommen, aber Präsident Poores Nichte antwortete, daß ihr Onkel neuerdings «niemanden mehr aufsuche mit Ausnahme weniger persönlicher Freunde». Er wollte es schon aufgeben, seine Gästeliste zu beleben, als ihm ein völlig neuer und wahrhaft großartiger Gedanke kam.

## 5

Pnin und ich hatten uns seit langem mit der störenden, aber selten besprochenen Tatsache abgefunden, daß sich im Lehrkörper jeder beliebigen Hochschule nicht nur eine Person fand, die dem Zahnarzt oder dem Briefträger zum Verwechseln ähnlich sah, sondern auch eine Person, die einen Doppelgänger desselben Berufes hatte. Ja, ich kenne einen Fall von Drillingen in einem verhältnismäßig kleinen College: nach Ansicht seines luchsäugigen Präsidenten Frank Reade soll ich – absurde Vorstellung! – die Mitte dieser Troika eingenommen haben; und ich erinnere mich, daß die verstorbene Olga Krotki mir einst sagte, unter den fünfzig Lehrern an einer während des Krieges erweiterten Sprachschule, an der die arme, nur mit einer Lunge versehene Dame obskure und vergessene Zungen zu lehren hatte, seien außer dem echten und in meinen Augen einzigen Exemplar nicht weniger als sechs Pnins vertreten gewesen. Daher darf es uns kaum wundern, daß sogar dem guten Pnin, der im täglichen Leben kein sonderlich scharfer Beobachter war, zu irgendeinem Zeitpunkt während seines neunten Jahres in Waindell folgendes auffiel: ein schmächtiger, alter Kollege mit einer Brille und mit Gelehrtensträhnen stahlgrauen Haars, die rechts über seine niedere, stark gerunzelte Stirn fielen, mit tiefen Furchen, die von seiner scharfen Nase zu den Winkeln seiner langen Oberlippe führten – dieser Mann, den Pnin als Professor Thomas Willing, Leiter des Ornithologischen Instituts kannte, weil er einst bei einer Gesellschaft mit ihm über fröhliche Golddrosseln, schwermütige Kuckucks und andere Vögel der russischen Landschaft gesprochen hatte, war nicht immer Professor Willing. Zuzeiten ging er in jemand anderen über, den Pnin nicht namentlich kannte und mit der Vorliebe eines hellhörigen Ausländers für Wortspiele als «Zwilling» – oder auf pninisch – als «Swilling» einordnete. Mein Freund und Landsmann gewahrte bald, daß er nie ganz sicher sein könne, ob der eulenhafte, eilends dahinstelzende Herr, dessen Weg er jeden zweiten Tag an jeweils verschiedenen Punkten zwischen Arbeitszimmer und Hörsaal, zwischen Hörsaal und Treppe, Trinkbrunnen und Waschraum kreuzte, nun sein Zufallsbekannter, der Vogelkundige, den zu grüßen er sich verpflichtet fühlte, oder der willingähnliche Fremde war, der den schwermütigen Gruß mit demselben Grad mechanischer Höflichkeit erwiderte, die man jeder Zufallsbekanntschaft zollte. Auf jeden Fall pflegte der Augenblick der Begegnung kurz zu sein, da Pnin wie Willing (oder Zwilling) einen raschen Gang hatte; bisweilen, um das irrtümliche höfliche Wiedererkennen zu vermeiden, gab Pnin vor, im Gehen einen Brief zu lesen, oder es gelang ihm, seinem behende auf ihn zukommenden Kollegen und Peiniger dadurch aus dem Wege zu gehen, daß er in ein Treppenhaus einbog und seinen Weg auf einem tieferen Gang fortsetzte. Kaum hatte er an seiner listigen Erfindung Gefallen gefunden, als er um ein Haar mit Swilling zusammengestoßen wäre, der ebenfalls den tiefergelegenen Korridor entlangstapfte. Als das neue (Pnins zehntes) Wintersemester anfing, hatte sich das Ärgernis verschlimmert, weil Pnins Vorlesungsplan geändert worden war; damit verlor er die Anhaltspunkte, derer er sich in seinem Bemühen, Willing und Willings Doppelgänger aus dem Wege zu gehen, bedient hatte. Nun schien er dem zeitlebens nicht mehr entgehen zu können. Nachdem er sich andere Duplizitäten der Vergangenheit ins Gedächtnis gerufen hatte – verwirrende Ähnlichkeiten, die er allein gesehen hatte –, sagte sich der geplagte Pnin, es sei nutzlos, bei der Enträtselung der Z. Willings jemandes Hilfe zu erbitten.

Am Tage seiner Party, als Pnin gerade seinen späten Lunch in der Frieze Hall beendet, setzte Willing oder sein Double, die beide dort nie aufgetaucht waren, sich plötzlich neben ihn und sagte:

«Schon lange möchte ich Sie etwas fragen – Sie lesen doch

Russisch, nicht wahr? Im vorigen Sommer las ich in einer Zeitschrift einen Artikel über Vögel ...»

(«Willing! Das ist Willing!» sagte Pnin zu sich und achtete auf seine Verhaltensweise.)

«... also der Verfasser des Aufsatzes – ich kann mich auf seinen Namen nicht besinnen, ich glaube, er war Russe – erwähnte, in der Gegend von Skow, ich hoffe, ich spreche es richtig aus, backe man einen Kuchen in Form eines Vogels. Im Grunde ist das Sinnbild natürlich phallisch, nur hätte ich gerne gewußt, ob Ihnen solch ein Brauch bekannt ist?»

In dieser Sekunde kam Pnin der glänzende Einfall.

«Mein Herr, ich stehe Ihnen zu Diensten», gab er mit leisem Frohlocken zurück, das in seiner Stimme mitschwang – denn auf diese Weise sah er eine Möglichkeit, wenigstens die Persönlichkeit des ursprünglichen Willing festzulegen, der Vögel schätzte. «Ja, mein Herr, ich kenne mich in jenen *shaworonki*, jenen *alouettes*, jenen – wir müssen ein englisches Wörterbuch zu Rate ziehen – genau aus. Daher ergreife ich die gute Gelegenheit, Sie herzlich für heute abend einzuladen. Einhalb neun Uhr post meridiem, wenn ich bitten darf. Nur eine kleine Hauseinweihungs-Party, nichts Besonderes. Bringen Sie Ihre Gemahlin mit – oder sind Sie vielleicht *Bachelor of Arts?*»

(O Wortspielheld Pnin!)

Sein Gesprächspartner sagte, er sei nicht verheiratet. Er käme mit Vergnügen. Wie war die Adresse?

«Es ist neunhundertneunundneunzig, Todd Road, sehr einfach zu merken! Ganz am Ähnde der Strrasse, wo sie in die Cliff Ahvenue mündet. Ein klaines Backstainhaus und ein grrosser schwarrzer Fels dahinterr.»

## 6

An jenem Nachmittag konnte Pnin es kaum erwarten, mit den kulinarischen Vorbereitungen zu beginnen. Kurz nach fünf machte er sich an die Arbeit und unterbrach sie nur, um zum Empfang seiner Gäste eine sybaritische Hausjacke aus blauer Seide mit einem quastgezierten Gürtel und seidenen Aufschlägen anzulegen, die er vor zwanzig Jahren bei einem Wohltätigkeitsbasar für Emigranten in Paris gewonnen hatte – wie die Zeit verging! Diese Jacke trug er mit einer alten Smokinghose, gleichfalls europäischer Herkunft. Im zerbrochenen Spiegel der Hausapotheke sich beäugend, setzte er seine dickrandige Schildpattlesebrille auf, unter deren Bügel seine russische Kartoffelnase geschmeidig hervorquoll. Er bleckte seine künstliche Zahnreihe. Er begutachtete Wangen und Kinn, um festzustellen, ob seine Rasur vom Morgen noch vorhielt. Sie hielt vor. Mit Zeigefinger und Daumen packte er ein langes Nasenhaar, zupfte es beim zweiten heftigen Zerren heraus und nieste genießerisch. Ein Ah! des Wohlbehagens rundete den Ausbruch melodisch ab.

Um halb acht traf Betty ein, ihm bei den letzten Vorbereitungen zu helfen. Betty gab Englisch und Geschichte an der höheren Schule von Isola. Sie war noch immer die muntere Abiturientin. Ihre rosa-umrandeten, kurzsichtigen grauen Augen schauten einen mit unverändert schlichtem Zutrauen an. Sie trug dieselbe gretchenhafte, dicke Haarrolle um den Kopf, dieselbe Narbe an ihrem weichen Hals. Aber ein Verlobungsring mit einem winzigen Diamanten zierte ihre plumpe Hand; mit sprödem Stolz zeigte sie ihn Pnin, was ihn für einen Augenblick mit unbestimmter Wehmut erfüllte. Er dachte darüber nach, daß es eine Zeit gegeben hatte, da er versucht gewesen war, ihr den Hof zu machen – und es getan hätte, wäre nicht ihr Dienstmädchengemüt gewesen. Auch das hatte sich nicht gewandelt. Noch immer konnte sie eine lange Geschichte erzählen mit nicht endenden «sie sagte – ich sagte – sie sagte». Nichts auf der Welt hätte sie dazu bringen können, Weisheit und Wissen ihrer Lieblings-Frauenzeitschrift anzuzweifeln. Noch immer hatte sie die merkwürdige Gewohnheit – in der es ihr zwei oder drei junge Kleinstädterinnen aus Pnins beschränktem Bekanntenkreis gleichtaten –, dem anderen einen sekundenlang verharrenden, kleinen Klaps auf den Arm zu geben, der eher Einverständnis bedeutete als Entgegnung auf eine Bemerkung, mit der man Betty an einen kleinen Lapsus erinnerte. Man sagte etwa: «Betty, Sie haben vergessen, das Buch zurückzugeben» oder «Ich meinte, Betty, Sie hätten gesagt, Sie würden nie heiraten», und noch ehe sie antwortete, kam sie, diese zimperliche Geste, die zurückgenommen wurde, sobald ihre kurzen, stumpfen Finger mit dem Handgelenk des Fragestellers in Berührung kamen.

«Er ist Biochemiker und augenblicklich in Pittsburgh», erklärte Betty, als sie Pnin behilflich war, einen Topf grauglänzenden, frischen Kaviars mit butterbestrichenen Scheibchen französischen Weißbrots zu umlegen und drei dicke Trauben Wein zu waschen. Auch eine beachtliche Kalte Platte war zu sehen, echter deutscher Pumpernickel, eine Schüssel mit Garnelen, Pickels und Erbsen in einer sehr delikaten Tunke, Miniatur-Würstchen in Tomatensauce, heiße *piroshki* (Champignonpastetchen, Fleischpastetchen, Kohlpastetchen), vier Arten Nüsse und verschiedene aufregende, orientalische Süßigkeiten. Zu trinken gab es Whisky (Bettys Beitrag), *Rjabinowka* (Ebereschenlikör), Cocktails aus Cognac und Grenadine, außerdem natürlich Pnins berühmten Punsch, ein berauschendes Gemisch aus gekühltem Château d'Yquem, Grapefruitsaft mit Maraschino, das der feierlich gestimmte Gastgeber bereits in einer großen Bowle aus glänzendem aquamarinfarbenem Glas mit Rippenmuster und Lilienknospen bereitete.

«Gott, wie süß!» rief Betty.

Pnin beäugte die Bowle mit befriedigter Überraschung, als sehe er sie zum erstenmal. Sie sei ein Geschenk von Victor, erklärte er. Ach ja, wie ginge es dem Jungen denn, wie gefiele ihm St. Bartholomäus? Es gefiele ihm soso. Den Anfang des Sommers hatte er mit seiner Mutter in Kalifornien verbracht, dann hatte er zwei Monate in einem

Yosemite-Hotel gearbeitet. In *was?* In einem Hotel in den kalifornischen Bergen. Inzwischen war er in seine Schule zurückgekehrt und hatte ihm plötzlich dies geschickt.

Durch einen freundlichen Zufall war die Bowle an demselben Tag eingetroffen, da Pnin die Sitzgelegenheiten gezählt und sich über seine Party Gedanken gemacht hatte. Sie war in einer Schachtel angekommen, die in einer anderen und diese wiederum in einer dritten steckte, eingewickelt in eine Unmenge Holzwolle und Papier, die wie ein Faschingszauber über den Küchenboden trieben. Die Bowle, die dann zum Vorschein kam, gehörte zu jenen Geschenken, bei deren erstem Anblick der Empfänger ein Bild farbenfroher Pracht erhält, welches mit so sinnbildhafter Kraft die liebenswürdige Natur des Gebers widerspiegelt, daß ihre greifbaren Eigenschaften sich in diesem reinen Widerschein auflösen, sich aber dann jäh und für immer in strahlende Wirklichkeit verdichten, wenn sie von einem Außenstehenden gerühmt werden, dem die wahre Herrlichkeit des Gegenstandes unbekannt ist.

## 7

Wohltönendes Läuten hallte durch das kleine Haus, und das Ehepaar Clement trat mit einer Flasche französischen Champagners und einem großen Strauß Dahlien ein.

Joan, mit langbewimperten dunkelblauen Augen und Bubikopf, trug ein altes schwarzseidenes Kleid, das eleganter aussah als alles, was andere Frauen von Fakultätsmitgliedern vorzuführen wußten. Es war immer wieder ein geheimes Vergnügen, den guten alten Kahlkopf Tim Pnin zu beobachten, wie er sich etwas vorbeugte, um die leichte Hand mit den Lippen zu berühren, die Joan als einzige von allen Damen Waindells in die richtige Höhe zu heben verstand, damit ein russischer Kavalier sie küsse.

Laurence, dicker denn je, steckte in einem hübschen

grauen Flanellanzug und ließ sich in den Sessel sinken, um nach dem ersten Buch zu greifen, das zufällig ein englisch-russisches und russisch-englisches Wörterbuch war. Die Brille in der Hand, schaute er weg und versuchte sich an etwas zu erinnern, das er schon immer nachzuprüfen gewünscht hatte und das ihm in diesem Augenblick nicht einfallen wollte. In dieser Haltung hatte er mit seinem flächigen Gesicht und seinem flaumigen Heiligenschein besondere Ähnlichkeit – etwa, *en jeune* – mit Jan van Eycks Domherrn van der Paele, der in Gegenwart der verwirrten Jungfrau einem Anfall von Zerstreutheit erliegt, während ein als St. Georg drapierter Superintendent des guten Domherrn Aufmerksamkeit auf die Dame lenkt. Alles war da – die knotige Schläfe, der wehmutsvolle, sinnende Blick, die Falten und Furchen im Gesicht, die dünnen Lippen, sogar die Warze auf der linken Wange.

Kaum hatten Clements es sich bequem gemacht, als Betty den Mann eintreten ließ, der sich für vogelförmige Kuchen interessierte. Pnin schickte sich gerade an, «Professor Willing» vorzustellen, als Joan – vielleicht unglückseligerweise – ihn mit «Oh, wir kennen Thomas! Wer kennt Tom nicht?» unterbrach. Tim Pnin kehrte in die Küche zurück, und Betty reichte bulgarische Zigaretten herum.

«Ich dachte, Thomas», bemerkte Clements und schlug seine dicken Beine übereinander, «du seist in Havanna und unterhieltest dich mit palmenkletternden Fischern?»

«Ich werde die Reise wohl in der zweiten Jahreshälfte unternehmen», gab Professor Thomas zurück. «Freilich ist die größte Pionierarbeit bereits von anderen geleistet worden.»

«Immerhin war die Stiftung nicht übel, nicht wahr?»

«In unserem Forschungszweig», erwiderte Thomas mit vollendeter Haltung, «müssen wir viele schwierige Expeditionen auf uns nehmen. So werde ich vielleicht bis zu den Windward-Inseln vorstoßen. Falls Senator McCarthy Reisen im Ausland nicht unterbindet», fügte er mit hohlem Lachen hinzu.

«Er hat eine Stiftung von zehntausend Dollar bekommen», erklärte Joan Betty, deren Gesicht einen Knicks machte, als sie jene Grimasse schnitt, die aus einer halben Verbeugung und einem Zusammenziehen von Kinn und Unterlippe besteht, was ihrerseits automatisch eine respektvolle, beifällige und halb ehrfurchtsvolle Anerkennung solcher großartigen Dinge bedeutet, wie mit dem eigenen Chef zu Abend zu essen, in *«Wer ist Wer?»* zu stehen oder einer Herzogin vorgestellt zu werden.

Thayers, die in einem neuen Kombiwagen anlangten, überreichten ihrem Gastgeber eine elegante Schachtel Pfefferminz.

Dr. Hagen, der zu Fuß kam, schwenkte triumphierend eine Flasche Wodka.

«Guten Abend, guten Abend, guten Abend», rief der muntere Hagen.

«Dr. Hagen», sagte Thomas und schüttelte ihm die Hand. «Ich hoffe, der Herr Senator hat Sie nicht mit dem Zeug da herumlaufen sehen.»

Der gute Doktor war seit dem letzten Jahr sichtlich gealtert, sah aber mit seinen wattierten Schultern, seinem eckigen Kinn, seinen eckigen Nasenflügeln, seinen löwenhaften Augenwülsten und seinem rechtwinkligen grauen Schopf, der an gestutzte Hecken erinnerte, breit und stattlich aus wie je. Zu einem schwarzen Anzug trug er ein weißes Nylonhemd und eine schwarze Krawatte mit einem roten Blitz darauf. Mrs. Hagen war leider in der letzten Minute durch eine scheußliche Migräne verhindert.

Pnin reichte die Cocktails herum – «oder sollte ich lieber Flamingo-Tails sagen – für Ornithologen», fügte er scherzhaft hinzu.

«Vielen Dank», säuselte Mrs. Thayer, ihr Glas entgegennehmend, und hob ihre pfeilgeraden Augenbrauen mit einer Andeutung vornehmer Wißbegier, die Überraschung, Herablassung und Vergnügen verbinden sollte. Eine gezierte, attraktive, rosige Vierzigerin mit einer perlenweißen

Zahnreihe und welligem, blondiertem Haar, erschien sie wie die Provinzbase der eleganten, gelassenen Joan Clements, die die ganze Welt, sogar die Türkei und Ägypten bereist hatte und mit dem eigenwilligsten und am wenigsten beliebten Gelehrten der Universität Waindell verheiratet war. An dieser Stelle soll auch ein gutes Wort für Margaret Thayers Mann Roy eingelegt werden, ein stummes, trauervolles Mitglied des englischen Seminars, das bis auf seinen lebensprühenden Vorsitzenden ein Nest von Hypochondern war. Äußerlich war Roy eine leicht zu erfassende Erscheinung. Malte man ein Paar alte braune Latschen, zwei beigefarbene Ellbogenflecken, eine schwarze Pfeife und dazu zwei Augensäcke unter lastenden Brauen, so war das übrige leicht zu ergänzen. Irgendwo auf halber Strecke hing ein dunkles Leberleiden, im Hintergrund hauste verschwommen die Dichtung des achtzehnten Jahrhunderts, Roys Spezialgebiet, eine abgegraste Weide mit einem müde rieselnden Bächlein und einer Gruppe monogramm-beschnitzter Bäume; eine Stacheldrahtvorrichtung grenzte diese Wiese an beiden Seiten ab; auf der einen Seite lag Professor Stowes Reich, das vorhergehende Jahrhundert, wo die Lämmer weißer, die Grasnarbe weicher, die Gewässer hurtiger waren; auf der anderen lag Dr. Shapiros frühes neunzehntes Jahrhundert mit verhangenen Schluchten, Meeresnebel und eingeführten Trauben. Roy Thayer vermied, von seinem Thema zu sprechen, vermied überhaupt von irgendeinem Thema zu sprechen. Er hatte ein graues Jahrzehnt auf ein gelehrtes Werk vergeudet, das sich mit einer verschollenen Schar überflüssiger Dichterlinge befaßte. Er führte ein ausführliches Tagebuch in verschlüsselten Versen und hoffte, die Nachwelt würde es eines Tages entziffern und in besonnenem Rückblick als die größte literarische Leistung unserer Zeit würdigen – soweit ich es beurteilen kann, magst du recht haben, Roy Thayer.

Als jedermann vergnüglich seinen Cocktail schlürfte und gebührend würdigte, ließ Professor Pnin sich auf dem ächzenden Fußkissen neben seinem neuesten Freund nieder und sagte:

«Ich habe Ihnen, mein Herr, Bericht zu erstatten über die Feldlerche, *shaworonok* auf russisch, über die Sie mich zu fragen beehrten. Nehmen Sie dies mit nach Hause. Ich habe eine Zusammenfassung mit Quellennachweis auf der Schreibmaschine getippt. Ich meine, wir sollten uns jetzt in das andere Zimmer begeben, wo uns, wie ich glaube, ein Abendessen *à la fourchette* erwartet.»

8

Schon strömten die Gäste mit beladenen Tellern in das Wohnzimmer zurück. Der Punsch wurde gebracht.

«Du lieber Himmel, Timofej, wo in aller Welt hast du denn diese einfach göttliche Bowle her?» rief Joan.

«Victor hat sie mir geschenkt.»

«Aber wo hat er sie denn ausgegraben?»

«In einem Antiquitätengeschäft in Cranton, möchte ich annehmen.»

«Die muß aber ein Vermögen gekostet haben.»

«Einen Dollar? Zehn Dollar? Oder weniger?»

«Zehn Dollar – Unsinn! Zweihundert, würde ich sagen. Schau sie dir doch einmal richtig an! Siehst du das verschlungene Muster? Weißt du, eigentlich müßtest du sie Cockerells zeigen. Die kennen sich in altem Glas aus. Sie haben sogar einen Krug von Lake Dunmore, ein jämmerliches Gegenstück zu diesem.»

Margaret Thayer bewunderte ihrerseits die Bowle und warf ein, sie habe sich als Kind Aschenbrödels Glasschuhchen grün getönt vorgestellt, genau wie dieses Gefäß. Darauf bemerkte Professor Pnin: *primo* möchte er alle seine Gäste auffordern, kundzutun, ob ihnen der Inhalt ebenso zusage wie der Behälter; *secundo* seien Aschenputtels Schuhe nicht aus Glas, sondern aus russischem Eichhörnchenfell gewesen – *vair* auf französisch. Hier habe man, fuhr er fort, ein bemerkenswertes Beispiel vom Überleben des stärkeren Wortes; *verre* sei ansprechender als *vair* das, wie er zu bedenken gebe, nicht von *varius,* bunt, herstamme, sondern von *veveriza,* slawisch für ein bestimmtes wunderschönes, blasses Winterfell des Eichhörnchens, das eine bläuliche, besser gesagt *sisyj,* also *columbine* Tönung habe – von *columba,* lateinisch für Taube, wie jemand in dieser Gesellschaft genau wissen dürfte. «Sie sehen also, Mrs. Fire, Sie hatten im Grunde ganz recht.»

«Der Inhalt ist ausgezeichnet», sagte Laurence Clements.

«Dieses Getränk ist zweifellos köstlich», sagte Margaret Thayer.

(«Ich dachte immer, ‹Columbine› sei eine Art Blume», sagte Thomas zu Betty, die flüchtig zustimmte.)

Dann wurde das Alter der Kinder besprochen. Victor würde bald fünfzehn sein. Eileen, die Enkelin von Mrs. Thayers ältester Schwester, war fünf. Isabel war dreiundzwanzig und überglücklich in ihrer Stellung als Sekretärin in New York. Dr. Hagens Tochter war vierundzwanzig und im Begriff, aus Europa zurückzukehren, wo sie einen herrlichen Reisesommer durch Bayern und die Schweiz mit einer liebenswerten alten Dame, Dorianna Karen, berühmte Filmschauspielerin der zwanziger Jahre, verbracht hatte.

Der Fernsprecher läutete. Jemand wollte Mrs. Sheppard sprechen. Mit einer für ihn in solchen Fällen ungewöhnlichen Genauigkeit schnurrte der unberechenbare Pnin nicht nur die neue Anschrift und Telefonnummer der gewünschten Dame herunter, sondern lieferte auch noch die ihres ältesten Sohnes.

## 9

Gegen zehn bewirkten Pnins Punsch und Bettys Whisky, daß einige der Gäste lauter sprachen, als ihnen selber klar war. Ein karminroter Flecken hatte sich an Mrs. Thayers Hals unter dem kleinen blauen Stern ihres linken Ohrrings ausgebreitet; aufrecht sitzend, ergötzte sie ihren Gastgeber mit dem Bericht über eine Fehde zwischen zwei von ihren Helfern in der Bibliothek. Es war der pure Büroklatsch, aber ihr Wechsel im Tonfall von Miss Shrill zu Mr. Basso, überdies das Bewußtsein, daß der Abend gelungen war, veranlaßte Pnin, den Kopf zu neigen und hinter seiner Hand in ungehemmtes Gelächter auszubrechen. Roy Thayer zwinkerte sich selber schicksalsergeben zu, während er an seiner grauen porösen Nase entlang in sein Punschglas blickte, und lauschte höflich Joan Clements, die ein klein wenig angeheitert eine gewinnende Art hatte, ihre schwarzbewimperten blauen Augen rasch aufblitzen zu lassen oder sie zu schließen und ihre Sätze durch tiefe aushauchende Seufzer zu unterbrechen, um eine Wendung zu unterstreichen oder etwas Neues anzubringen wie «Aber glauben Sie nicht – ha – daß alles, was er versucht – ha – praktisch in allen seinen Romanen – ha – nur auf die unglaubliche Wiederholung gewisser Situationen hinausläuft?» Betty blieb nach wie vor das kleine, beherrschte Wesen und sorgte gewandt für Erfrischung. In der Nische drehte Clements mürrisch den schwerfälligen Globus, während Hagen, geflissentlich die Konversation vermeidend, denen er in Gesellschaft Gleichgesinnter gepflogen hätte, ihm und dem schmunzelnden Thomas die letzte Geschichte von Mrs. Idelson erzählte, die seiner Frau von Mrs. Blorenge zugeflüstert worden war. Pnin trat mit einer Schale Nougat hinzu.

«Unser Gesprächsthema paßt nicht ganz für Ihre keuschen Ohren, Timofej», warf Hagen Pnin zu, der stets gestand, er käme nie hinter die Pointe einer schlüpfrigen Anekdote. «Immerhin . . .»

Clements stand auf, um sich wieder zu den Damen zu begeben. Hagen begann die Geschichte von neuem, und Thomas schmunzelte abermals. Pnin winkte dem Erzähler mit einer mißvergnügten Gebärde ab, die bedeuten mochte: «Laßt mich zufrieden mit eurem Tratsch», und sagte:

«Die Geschichte habe ich in Odessa vor fünfunddreißig Jahren gehört, und selbst damals konnte ich nichts Ulkiges an ihr finden.»

## 10

Der spätere Abend ergab ein neues Arrangement. In der Couchecke blätterte der gelangweilte Clements einen Bildband *«Flämische Meisterwerke»* durch, ein Geschenk, das Victor von seiner Mutter bekommen und bei Pnin gelassen hatte. Joan saß an ihres Gatten Knie gelehnt auf einer Fußbank, einen Teller Trauben im Schoß ihres weiten Rockes, und fragte sich, ob man wohl bald nach Hause gehen könne, ohne Timofej zu kränken. Die anderen lauschten Hagen, der sich über moderne Erziehung verbreitete:

«Sie mögen lachen», sagte er mit einem scharfen Blick auf Clements, der den Vorwurf kopfschüttelnd zurückwies, den Bildband Joan reichte und auf etwas deutete, das seine Belustigung hervorgerufen hatte. «Sie mögen lachen, aber ich behaupte, der einzige Weg, dem Chaos zu entrinnen – nur einen Tropfen, Timofej, danke, das genügt –, besteht darin, daß man den Studenten in eine schalldichte Zelle sperrt und den Hörsaal schließt.»

«Ja, genau», flüsterte Joan ihrem Gatten zu und gab ihm das Album zurück.

«Es freut mich, Ihre Zustimmung zu hören, Joan», fuhr Hagen fort. «Ich bin ein *enfant terrible* genannt worden, weil ich diese Theorie entwickelt habe. Und vielleicht werden Sie mir nicht mehr so bereitwillig beipflichten, wenn Sie meine Meinung zu Ende gehört haben. Schallplatten über jedes erdenkliche Thema werden dem isolierten Studenten zur Verfügung stehen ...»

«Und die Persönlichkeit des Dozenten?» fragte Margaret Thayer. «Zählt die denn gar nicht?»

«Nein!» schrie Hagen. «Das ist ja die Tragödie! Wer zum Beispiel will *ihn*?» Dabei deutete er auf den strahlenden Pnin: «Wer will seine Persönlichkeit? Kein Mensch! Man wird Timofejs wunderbare Persönlichkeit ablehnen, ohne mit der Wimper zu zucken. Die Welt will eine Maschine, aber keinen Timofej.»

«Man könnte Timofej aber auf den Fernsehschirm bringen», schlug Clements vor.

«Ach, das wäre herrlich», stimmte Joan zu und strahlte den Gastgeber an, während Betty nachdrücklich nickte. Pnin verbeugte sich tief vor beiden und breitete die Arme in einer Ich-bin-entwaffnet-Gebärde aus.

«Und was halten *Sie* von meinem umstrittenen Projekt?» wollte Hagen von Thomas wissen.

«Ich kann Ihnen verraten, was Tom denkt», warf Clements ein, noch immer dasselbe Bild in dem Band betrachtend, der auf seinen Knien lag. «Tom denkt, die beste Unterrichtsmethode sei Diskussion. Das bedeutet, daß man zwanzig junge Querulanten und zwei vorlaute Neurotiker fünfzig Minuten lang einander die Köpfe einschlagen läßt über etwas, das weder ihre Lehrer noch sie wissen. «Seit drei Monaten», fuhr er ohne Übergang fort, «suchte ich dieses Bild und finde es hier. Der Verleger meines neuen Buches über die Philosophie der Gebärde wünscht ein Porträt von mir. Joan und ich wußten, daß wir irgendwo bei einem alten Meister ein Bild von verblüffender Ähnlichkeit entdeckt hatten, konnten uns aber nicht einmal an die Epoche erinnern. Hier ist es nun, hier ist es. Die einzig notwendige Retusche bestünde darin, der Gestalt ein Sporthemd anzuziehen und diese kriegerische Hand zu entfernen.»

«Ich erhebe Einspruch», begann Thomas.

Clements reichte das aufgeschlagene Buch Margaret Thayer, die in lautes Lachen ausbrach.

«Ich muß protestieren, Laurence», wiederholte Tom. «Eine auflockernde Diskussion in offenherziger Atmosphäre bedeutet eine echtere Annäherung an eine wirksame Bildung als die althergebrachte Vorlesung.»

«Sicher, sicher», räumte Clements ein.

Joan raffte sich empor und bedeckte ihr Glas mit ihrer schmalen Hand, als Pnin es von neuem füllen wollte. Mrs. Thayer sah auf ihre Armbanduhr, dann auf ihren Gatten. Ein sanftes Gähnen zog Laurences Mund in die Länge. Betty fragte Thomas, ob er einen Mann namens Fogelman kenne, Spezialist für Fledermäuse, der in Santa Clara auf Kuba lebe. Hagen bat um ein Glas Wasser oder Bier. An wen erinnert er mich? dachte Pnin plötzlich. An Eric Wind etwa? Warum nur? Äußerlich sind sie doch völlig verschieden.

## 11

Die Schlußszene spielte sich im Hausflur ab. Hagen konnte seinen Stock nicht finden, mit dem er gekommen war; er war in der Garderobe hinter einen Koffer gefallen.

«Und ich glaube, ich habe meine Tasche auf meinem Sessel gelassen», sagte Mrs. Thayer und schob ihren in Gedanken versunkenen Mann kaum merklich in Richtung Wohnzimmer.

Pnin und Clements standen in allerletzter Zwiesprache zu beiden Seiten der Wohnzimmertür, zwei wohlgenährte Karyatiden, und zogen ihre Bäuche ein, um den schweigsamen Thayer durchzulassen.

In der Mitte unterhielten sich Professor Thomas und Miss Bliss – er die Hände auf dem Rücken haltend und sich jeden zweiten Augenblick auf die Fußspitzen hebend, sie ein

Tablett in der Hand – über Kuba, wo ein Vetter von Bettys Verlobtem lange gelebt hatte, soviel Betty wußte. Thayer stolperte von Sitz zu Sitz und hielt plötzlich eine weiße Handtasche in der Hand, ohne genau zu wissen, wo er sie aufgehoben hatte, da sein Gemüt mit einem Gedicht beschäftigt war, das er in der Nacht noch niederzuschreiben gedachte:

> Wir saßen und tranken, ein jeder Gefangener der
> eigenen Vergangenheit, des Schicksals Wecker auf
> bezuglose Zukunft gestellt – als endlich ein
> Handgelenk erwachte, und Gatten Blicke wechselten …

Inzwischen fragte Pnin Joan Clements und Margaret Thayer, ob sie einen Blick in die oberen Räume werfen wollten, die er verschönert habe. Der Einfall entzückte sie. Er ging voraus. Sein sogenanntes Kabinett sah urgemütlich aus, den zerkratzten Fußboden bedeckte säuberlich der mehr oder minder echte Pakistan-Teppich, den er einst für sein Arbeitszimmer erstanden und kürzlich in beredtem Schweigen dem überraschten Falternfels unter den Füßen weggezogen hatte. Ein buntkarierter Überwurf, unter dem Pnin im Jahre 1940 den Ozean überquert hatte, und ein paar einheimische Kissen verbargen das eingebaute Bett. Die rosa Wandborde, die zu seiner Überraschung Kinderbücher aus mehreren Generationen enthalten hatten – von *«Tom, der Schuhputzer, oder der Weg zum Erfolg»* von Horatio Alger jr., 1889, über *«Rolf im Walde»* von Ernest Thompson Seton, 1911, bis zu einer Ausgabe von *«Comptons Bilder-Wörterbuch»* aus dem Jahre 1928 in zehn Bänden mit verschwommenen, kleinen Fotografien –, trugen nun die Last von dreihundertfünfundsechzig Wälzern aus der Bibliothek des Waindell College.

«Wenn ich daran denke, daß ich alle diese Bände gestempelt habe», seufzte Mrs. Thayer und rollte die Augen in gespielter Verzweiflung.

«Einige sind von Mrs. Miller gestempelt», sagte Pnin, ein Vorkämpfer für historische Wahrheit.

Was den Besuchern im Schlafzimmer besonders auffiel, war ein großer, zusammenklappbarer Wandschirm, der das vierpfostige Bett gegen tückischen Zug schützte und zugleich die Aussicht durch eine Reihe kleiner Fenster verstellte: eine dunkle Felswand, die in fünfzehn Meter Entfernung senkrecht in die Höhe strebte, über dem schwarzen Gestrüpp ein Streifen blassen, gestirnten Himmels. Durch ein Fenster sah man auf dem Rasen hinter dem Haus Laurence im Schatten verschwinden.

«Endlich haben Sie es richtig gemütlich», sagte Joan.

«Und soll ich Ihnen etwas verraten?» gab Pnin in vertraulichem Ton zurück, in dem leiser Triumph mitschwang. «Morgen früh werde ich unter dem Siegel der Verschwiegenheit einen Herrn sprechen, der mir seine Hilfe beim Kauf dieses Häuschens zugesagt hat!»

Sie gingen nach unten. Roy händigte seiner Frau Bettys Tasche aus. Hermann fand seinen Stock; Margarets Tasche wurde gesucht. Laurence erschien wieder auf der Bildfläche.

«Auf Wiedersehen, Professor Willing, auf Wiedersehen!» rief Pnin, seine Wangen leuchteten rund und rot im Lampenschein der Veranda.

(Noch immer in der Halle, bewunderten Betty und Margaret Thayer den stolzen Spazierstock Dr. Hagens, der ihm kürzlich aus Deutschland geschickt worden war, ein Knotenstock mit einem Eselskopf als Knauf. Der Kopf konnte ein Ohr bewegen. Der Stock hatte Dr. Hagens bayrischem Großvater, einem Landpfarrer, gehört. Der Mechanismus des anderen Ohrs verweigerte seit 1914 den Dienst; dies ging aus einer Notiz hervor, die der Pastor hinterlassen hatte. Hagen brauchte ihn zur Verteidigung gegen einen gewissen Schäferhund in Greenlawn Lane. Amerikanische Hunde waren nicht an Fußgänger gewöhnt, doch er zog Gehen dem Autofahren vor. Das Ohr war nicht zu reparieren. Wenigstens nicht in Waindell.)

«Ich verstehe wirklich nicht, warum er mich so genannt hat», sagte T. W. Thomas, Professor für Anthropologie, zu Laurence und Joan Clements, als sie durch blaues Dunkel auf vier Wagen zugingen, die unter den Ulmen auf der anderen Straßenseite parkten.

«Unser Freund», antwortete Clements, «bedient sich einer eigenen Terminologie. Seine sprachlichen Grillen verleihen dem Leben neuen Zauber. Seine mangelhafte Aussprache ist mythenbildend. Die Entgleisungen seiner Zunge haben etwas Orakelhaftes. So nennt er meine Frau John.»

«Dennoch finde ich es merkwürdig», sagte Thomas.

«Vermutlich hat er Sie mit jemand verwechselt», sagte Clements. «Wer weiß, ob Sie nicht *wirklich* jemand anderes sind.»

Noch bevor sie die Straße überquert hatten, wurden sie von Dr. Hagen überholt. Professor Thomas, noch immer ein wenig bestürzt, verabschiedete sich von ihnen.

«Nun», sagte Hagen.

Es war eine schöne Herbstnacht, unten Samt, oben Stahl.

Joan fragte: «Sind Sie sicher, daß Sie nicht mit uns fahren wollen?»

«Ich habe nur zehn Minuten zu gehen, und man muß einfach gehen in einer so zauberhaften Nacht.«

Die drei blickten einen Augenblick zu den Sternen empor.

«Wenn man bedenkt, daß dies alles Welten sind», meinte Hagen.

«Vielleicht aber auch ein heilloses Durcheinander», gab Clements gähnend zurück. «Ich hege den Verdacht, daß das Ganze in Wirklichkeit ein fluoreszierender Leichnam ist, und wir befinden uns mitten darin.»

Von der erleuchteten Veranda drang Pnins herzhaftes Gelächter herüber, während er Thayers und Betty Bliss erzählte, wie auch er einmal eine falsche Damentasche geholt hatte.

«Komm, mein fluoreszierender Leichnam, laß uns heimfahren», sagte Joan. «Es war nett, Sie wiederzusehen, Hermann. Grüßen Sie Irmgard von uns. Was für ein entzückender Abend! Nie habe ich Timofej so glücklich gesehen.»

«Ja, vielen Dank», gab Hagen abwesend zurück.

«Sie hätten sein Gesicht sehen sollen», sagte Joan, «als er uns erzählte, daß er morgen mit einem Makler über den Kauf seines Traumhauses verhandeln wolle.»

«Hat er das gesagt? Sind Sie sicher, ihn richtig verstanden zu haben?» fragte Hagen scharf.

«Ich bin ganz sicher,» antwortete Joan. «Und wenn jemand ein Haus braucht, so ist es Timofej.»

«Also dann, gute Nacht», sagte Hagen. «Es war nett, daß Sie gekommen sind. Gute Nacht.»

Er wartete, bis sie ihren Wagen erreicht hatten, zögerte und ging dann zu der erleuchteten Veranda zurück, wo Pnin wie auf der Bühne Thayers und Betty ein zweites oder drittes Mal die Hand schüttelte.

(«Nie würde ich», sagte Joan, als sie den Wagen zurücksetzte und das Steuer herumzog, «nie und nimmer würde ich meinem Kind erlaubt haben, mit dem alten Lesbier ins Ausland zu reisen.» – «Vorsichtig», sagte Laurence, «er mag betrunken sein, ist aber noch nicht außer Hörweite.»)

«Ich werde Ihnen nie verzeihen», sagte Betty zu ihrem fröhlichen Gastgeber, «daß Sie mich nicht haben spülen lassen.»

«Ich werde ihm helfen», rief Hagen. Er kam die Verandatreppe herauf, wobei er seinen Stock hart aufsetzte. «Nun, Kinder, seid brav und geht schnell nach Hause.»

Nochmals wurden die Hände in der Runde geschüttelt, dann gingen Thayers und Betty endgültig.

# 12

«Zum ersten», sagte Hagen, als er und Pnin wieder ins Wohnzimmer traten, «möchte ich gern ein letztes Glas Wein mit Ihnen trinken.»

«Großartig, großartig!» rief Pnin. «Lassen Sie uns meinen *chruchon* leeren.»

Sie machten es sich bequem, und Dr. Hagen sagte:

«Sie sind ein vollendeter Gastgeber, Timofej. Dies ist eine wundervolle Stunde. Mein Großvater pflegte zu sagen, ein gutes Glas Wein sollte stets geschlürft und gekostet werden, als sei es das letzte vor der Hinrichtung. Ich möchte wissen, was Sie diesem Punsch beigemischt haben. Weiter wüßte ich gern, ob Sie wirklich mit dem Gedanken spielen, dieses Haus zu erwerben, wie unsere reizende Joan versichert?»

«Ich spiele nicht mit dem Gedanken – ich fasse nur ein bißchen die Möglichkeit ins Auge», gab Pnin mit einem glucksenden Lachen zurück.

«Ich frage mich, ob dies ein weiser Entschluß ist», fuhr Hagen fort, sein Glas streichelnd.

«Ich hege allerdings die Hoffnung, einmal fest angestellt zu werden», sagte Pnin schlau. «Seit neun Jahren bin ich außerordentlicher Professor. Die Zeit vergeht, ich werde schließlich noch emeritierter Außerordentlicher. Hagen, warum sagen Sie nichts?»

«Sie bringen mich in Verlegenheit, Timofej. Ich hatte gehofft, Sie würden die Frage nicht anschneiden.»

«Ich schneide die Frage nicht an. Ich meine nur, ich hoffe, daß Waindell mir den vollen Status geben wird – nein, nicht schon nächstes Jahr, aber zum hundertsten Jahrestag der Sklavenbefreiung vielleicht.»

«Sehen Sie, lieber Freund, ich muß Ihnen ein trauriges Geheimnis anvertrauen. Es ist noch nicht offiziell, und Sie müssen mir versprechen, mit niemandem darüber zu sprechen.»

«Ich schwöre es», sagte Pnin und hob die Hand.

«Es kann Ihnen nicht entgangen sein», fuhr Hagen fort, «mit welcher Liebe ich unser großartiges Seminar aufgebaut habe. Auch ich bin nicht mehr jung. Sie sagen, Timofej, daß Sie seit neun Jahren hier sind. Ich aber opfere dieser Universität alle meine Kräfte seit neunundzwanzig Jahren! Wirklich alle. Wie mein Freund Dr. Kraft mir neulich schrieb: Sie, Hermann Hagen, haben in Amerika mehr für Deutschland getan, als alle unsere Missionen in Deutschland für Amerika getan haben. Und was geschieht jetzt? Ich habe Falternfels, diese Natter, an meinem Busen genährt mit dem Ergebnis, daß er sich in eine Schlüsselstellung vorgearbeitet hat. Ich will Ihnen die Einzelheiten dieser Intrigen ersparen!»

«Ja», seufzte Pnin, «Intrigen sind etwas Fürchterliches. Andererseits wird ehrliche Arbeit sich immer durchsetzen. Sie und ich werden nächstes Jahr ein paar großartige Vorlesungen halten, die ich schon lange im Sinn habe. Über die Tyrannei. Über den Gewinn. Über Nikolaus I. Über alle Vorläufer moderner Greueltaten. Hagen, wenn wir von Ungerechtigkeit sprechen, vergessen wir armenische Metzeleien, Folterqualen, die in Tibet erfunden wurden, Kolonisten in Afrika ... Die Geschichte der Menschheit ist die Geschichte der Qual!»

Hagen beugte sich vor und tätschelte das spitze Knie seines Freundes. «Sie sind ein beneidenswerter Romantiker, Timofej, und unter glücklicheren Umständen ... Indessen kann ich Ihnen verraten, daß wir etwas Außerordentliches vorhaben. Wir wollen Dramatiker bringen – Szenen von Kotzebue bis Hauptmann. Ein Schlußeffekt ... Aber ich will nicht vorgreifen. Auch ich bin ein Romantiker, Timofej, und kann daher nicht mit Leuten wie Bodo arbeiten, wie es unser Kuratorium von mir erwartet. Kraft nimmt in Seabord seinen Abschied, man hat mir zum Herbstsemester seine Nachfolge angeboten.»

«Meinen herzlichen Glückwunsch!» sagte Pnin warm.

«Danke, danke, lieber Freund. Sicherlich ist es eine gute

und führende Stellung. Ich werde die hier gewonnenen Erfahrungen auf ein größeres Wissens- und Verwaltungsgebiet anwenden können. Da ich weiß, daß Bodo Sie nicht im Deutschen Seminar behalten wird, war meine erste Regung natürlich der Vorschlag, daß Sie mit mir kommen sollten, aber Seabord bedeutete mir, man habe genügend Slawisten. Daher sprach ich mit Blorenge, aber die Französische Abteilung ist auch besetzt. Das ist Pech, denn Waindell scheint es als eine zu große finanzielle Belastung anzusehen, Sie für zwei oder drei russische Sprachkurse zu bezahlen, die ohnehin an Anziehungskraft verloren haben. Die in Amerika herrschenden politischen Strömungen kommen Rußland nicht gerade entgegen. Andererseits wird es Sie wohl freuen, zu erfahren, daß das Englische Seminar einen Ihrer hervorragendsten Landsleute, einen wahrhaft faszinierenden Dozenten, einzuladen gedenkt – ich habe ihn einmal gehört; ich glaube, er ist ein alter Freund von Ihnen.»

Pnin räusperte sich und fragte: «Heißt das, daß man mich rausschmeißt?»

«Sie dürfen das nicht so ernst nehmen, Timofej. Ich bin sicher, Ihr alter Freund . . .»

«Wer ist alter Freund?» wollte Pnin wissen und machte schmale Augen.

Hagen nannte den faszinierenden Dozenten.

Sich verneigend, die Ellbogen auf die Knie gestützt, die Hände faltend und öffnend, sagte Pnin: «Ja, ich kenne ihn seit dreißig Jahren oder noch länger. Wir sind Freunde, aber eines steht felsenfest: ich werde nie unter ihm arbeiten.»

«Ich meine, Sie sollten es einmal überschlafen. Vielleicht ergibt sich doch eine Lösung. Auf jeden Fall werden wir reichlich Gelegenheit haben, diese Dinge zu besprechen. Wir beide, Sie und ich, werden weiter lesen und lehren, als sei nichts geschehen, *nicht wahr?* Wir müssen tapfer sein, Timofej!»

«Man hat mich also hinausgefeuert», wiederholte Pnin, faltete die Hände und schüttelte den Kopf.

«Ja, mein Lieber, wir sitzen im selben Boot, im selben Boot», sagte der leutselige Hagen und stand auf. Es war sehr spät geworden.

«Ich gehe jetz», sagte Hagen. Wenngleich kein verschworener Anhänger des Präsens wie Pnin, gebrauchte er es dennoch mit Vorliebe. «Es war ein wundervoller Abend, ich würde mir nie erlaubt haben, seinen Zauber zu zerstören, hätte unsere gemeinsame Freundin mich nicht auf Ihre optimistischen Absichten aufmerksam gemacht. Gute Nacht! Übrigens . . . natürlich werden Sie Ihr Gehalt für das Herbstsemester voll ausbezahlt bekommen, und dann wollen wir sehen, was wir im Frühjahrssemester für Sie herausschinden können, besonders, wenn Sie sich damit einverstanden erklären, mir einen Teil der dämlichen Büroarbeit von meinen armen alten Schultern zu nehmen, und bereit sind, beim Dramatiker-Programm in der New Hall maßgebend mitzuwirken. Ich meine sogar, Sie sollten mitspielen, unter der Regie meiner Tochter; es würde Sie von trüben Gedanken ablenken. Nun aber marsch zu Bett, schläfern Sie sich mit einer guten Gruselgeschichte ein.»

Auf der Veranda schüttelte er Pnins Hand mit doppelter Kraft. Dann schwenkte er seinen Spazierstock und marschierte fröhlich die Holzstufen hinab.

Die Zauntür schlug hinter ihm zu.

*«Der arme Kerl»,* murmelte der gutmütige Hagen vor sich hin, als er heimwärts wanderte. «Wenigstens habe ich ihm die bittere Pille etwas versüßt.»

## 13

Pnin trug das gebrauchte Geschirr und Silberzeug von Büfett und Eßzimmertisch zum Spülbecken in die Küche. Die Essensreste stellte er in das helle Polarlicht des Kühlschranks. Schinken und Zunge waren aufgegessen worden, die Würstchen desgleichen; dagegen hatte die süßsaure Schüssel wenig Anklang gefunden; was vom Kaviar und von den Fleischpastetchen übrig war, reichte sogar für ein oder zwei Mahlzeiten morgen. Bum-bum-bum! machte das chinesische Schränkchen, als er daran vorbeiging. Er warf einen prüfenden Blick über das Wohnzimmer und begann aufzuräumen. Ein letzter Tropfen Punsch funkelte in seiner herrlichen Bowle. Joan hatte einen lippenstiftgezeichneten Zigarettenstummel auf ihrer Untertasse zerdrückt; Betty hatte keinerlei Spuren hinterlassen und alle Gläser in die Küche zurückgetragen. Mrs. Thayer hatte ein Heftchen hübscher bunter Streichhölzer neben einem Stückchen Nougat auf ihrem Teller vergessen. Mr. Thayer hatte ein halbes Dutzend Papierservietten in allerlei verrückte Formen verdreht; Hagen hatte eine zerkaute Zigarre in einer kleinen Weintraube ausgedrückt.

In der Küche machte Pnin sich ans Geschirrspülen. Er zog das seidene Jackett aus, legte Krawatte und Gebiß ab. Zum Schutz seiner Hemdbrust und der Smokinghose band er eine bunte Soubrettenschürze um. Er schabte kleine Überreste von den Tellern in eine braune Papiertüte; sie sollten einem räudigen, kleinen weißen Köter mit rosagefleckten Rücken zugute kommen, der ihn zuweilen nachmittags besuchte – es lag kein Grund vor, daß menschliches Mißgeschick das Vergnügen eines Hundes beeinträchtigte.

Er ließ ein sprudelndes Bad ins Becken für Porzellan, Glas und Silber; mit unendlicher Sorgfalt senkte er die aquamarinfarbene Bowle in den lauwarmen Schaum. Als sie sich füllte, entsandte ihr tönendes Flintglas einen Wohlklang von gedämpfter Milde. Er spülte die bernsteinfarbenen Kelchgläser und das Silberzeug unter dem Hahn vor und tauchte alles in den Schaum. Dann fischte er Messer, Gabeln und Löffel heraus, spülte sie und begann abzutrocknen. Er arbeitete langsam, mit ungezielten Bewegungen, die man bei einem weniger methodischen Menschen für Zerstreutheit hätte halten können. Schließlich faßte er die Löffel zusammen, stellte sie in einen irdenen Krug, den er gespült, aber noch nicht abgetrocknet hatte, nahm sie einen nach dem anderen heraus und rieb sie noch einmal ab. Er tastete unter den Schaumblasen rings um die Gläser und unter der melodiösen Bowle nach einem Stück vergessenen Silbers und fand einen Nußknacker. Der eigene Pnin spülte ihn und rieb ihn trocken, als das dumme Ding dem Geschirrtuch entschlüpfte und herunterfiel wie ein Mann vom Dach. Fast hätte er ihn noch gegriffen – seine Fingerspitzen berührten ihn in der Luft; dies trug indes nur dazu bei, ihn in den schatzbergenden Seifenschaum des Spülbeckens zu lenken, wo dem Plumps ins Wasser ein herzzerreißendes Krachen splitternden Glases folgte.

Pnin schleuderte das Tuch in die Ecke und starrte abgewandten Gesichts eine Sekunde lang ins Dunkel der offenen Hintertür. Ein stilles, spitzengeflügeltes, kleines grünes Insekt kreiste im blendenden Licht einer starken Glühbirne über Pnins schimmernder Glatze. Mit halboffenem, zahnlosem Mund und den von einem Tränenflor verschleierten, blicklos ins Leere starrenden Augen sah er sehr alt aus. Dann wandte er sich mit einem Seufzer kummervoller Vorahnung wieder dem Becken zu, ermannte sich und tauchte die Hand tief in das Schaumbad. Ein Glassplitter stach ihn. Behutsam hob er ein zerbrochenes Weinglas heraus. Der herrlichen Bowle war nichts geschehen. Er holte ein frisches Geschirrtuch und fuhr mit seiner Hausarbeit fort.

Als alles sauber und aufgeräumt war und die Bowle heiter entrückt im sichersten Fach des Küchenschrankes stand, als das freundliche Häuschen geborgen hinter Schloß und Riegel in der tiefschwarzen Nacht schlummerte, ließ

Pnin sich am Küchentisch nieder, nahm einen Bogen gelbes Konzeptpapier aus der Schublade, schraubte seinen Füllhalter auf und begann einen Brief aufzusetzen:

«Lieber Hagen«, schrieb er mit seiner festen, reinlichen Handschrift, «erlauben Sie mir, unsere Unterhaltung vom heutigen Abend zu rekaputilieren (ausgestrichen) rekapitulieren. Ich muß gestehen, sie hat mich etwas überrascht. Wenn ich die Ehre hatte, Sie richtig zu verstehen, so sagten Sie . . .»

## *Siebentes Kapitel*

### 1

Meine erste Erinnerung an Timofej Pnin steht in Verbindung mit einem Kohlenstäubchen, das mir an einem Frühlingssonntag des Jahres 1911 ins linke Auge flog.

Es war einer jener rauhen, windigen und lichtdurchflossenen Vormittage in Sankt Petersburg. Die Newa hatte das letzte durchsichtige Stück Ladoga-Eis zum Meer geschwemmt, ihre indigofarbenen Wellen bedeckten schwelend den Granit der Kaimauern, die am Kai vertäuten Schlepper und schweren Lastkähne krachten und scharrten rhythmisch; Mahagoniholz und Messing der vor Anker liegenden Dampfjachten schimmerten in der tänzelnden Sonne. Ich hatte soeben ein bildschönes, neues englisches Fahrrad ausprobiert, ein Geschenk zu meinem zwölften Geburtstag, und als ich auf spiegelglatten, hölzernen Fußsteigen zu unserem rosagetünchten Haus in der Morskaja heimradelte, plagte mich das Bewußtsein, mich meinem Hauslehrer gegenüber schweren Ungehorsams schuldig gemacht zu haben, weit weniger als das schmerzende Körnchen im hohen Norden meines Augapfels. Hausmittel, so die Auflage von Wattebäuschen, in kühlen Tee getaucht, und das *tri-k-nosu* (das Streichen des Lides zur Nase hin), verschlimmerten nur die Pein. Als ich am nächsten Morgen aufwachte, fühlte sich der Gegenstand, der unter meinem oberen Lid lauerte, wie ein kompaktes Vieleck an, das bei jedem tränenden Blinzeln tiefer eindrang. So wurde ich am Nachmittag zu Dr. Pavel Pnin, einem führenden Augenarzt, geführt.

Die Zeitspanne, die mein Hauslehrer und ich in Dr. Pnins von Sonnenstaub und Plüsch erfüllten Wartezimmer verbrachten, schuf eines jener albernen Bilder, die unvergänglich in einem empfänglichen Kindergemüt ruhen. Der bläuliche Flecken des Fensters spiegelte sich verkleinert in der Glasglocke einer Goldbronzeuhr auf dem Kaminsims, und zwei Fliegen beschrieben langsame Vierecke rings um den leblosen Kronleuchter. Eine Dame mit einem Federhut und ihr Ehemann mit dunkler Brille saßen in ehelichem Schweigen auf dem Sofa. Dann trat ein Kavallerieoffizier ein, setzte sich ans Fenster und entfaltete eine Zeitung. Dann begab der Ehemann sich in Dr. Pnins Sprechzimmer, und dann bemerkte ich einen seltsamen Ausdruck auf dem Gesicht des Hauslehrers.

Mit meinem heilen Auge folgte ich seinem Blick. Der Offizier beugte sich zu der Dame hinüber. In rasend schnellem Französisch schalt er sie für etwas, das sie am Vortag getan oder nicht getan hatte. Sie reichte ihm die behandschuhte Hand zum Kuß. Er preßte seine Lippen auf den Handschuhschlitz – und verzog sich augenblicklich, geheilt von dem Leiden, das ihn gepeinigt hatte.

Mit seinen weichen Zügen, seinem Körperbau, den dünnen Beinen, der äffischen Form von Ohr und Oberlippe sah Dr. Pavel Pnin dem Timofej von drei oder vier Jahrzehnten später sehr ähnlich. Doch beim Vater belebten strohfarbene Stirnfransen die wächserne Kahlheit des Schädels; er trug einen schwarzumrandeten Kneifer an einem schwarzen Bändchen wie der verstorbene Dr. Tschechow; er sprach in sanftem Stottern und unterschied sich dadurch von der späteren Redeweise seines Sohnes. Welch himmlische Erleichterung, als der behutsame Arzt mit einem winzigen Instrument, das dem Trommelschlegel einer Elfe glich, das schmerzende schwarze Atom von meinem Augapfel entfernte! Ich möchte wohl wissen, wo das böse Pünktchen sich jetzt herumtreibt. Die dumme, verrückte Tatsache bleibt bestehen, daß es immer noch irgendwo existiert.

Da ich andere Wohnungen der mittleren Bürgerschicht gesehen hatte, wenn ich Klassenkameraden besuchte, habe ich vielleicht unbewußt einen Eindruck der Pninschen Wohnung behalten, der vermutlich der Wirklichkeit entspricht. Daher möchte ich sagen, daß sie so gut wie sicher aus einer doppelten Flucht von Zimmern bestand, die durch einen langen Gang getrennt waren. Auf der einen Seite lagen Wartezimmer, Sprechzimmer, vermutlich ein Eßzimmer und dahinter ein Wohnzimmer; auf der anderen befanden sich die zwei oder drei Schlafzimmer, ein Kinder- und Schulzimmer, Badezimmer, das Mädchenzimmer und die Küche. Ich war im Begriff, mit einem Fläschchen Augentropfen zu gehen, und mein Hauslehrer benutzte die Gelegenheit, Dr. Pnin zu fragen, ob überanstrengte Augen Magenbeschwerden hervorrufen könnten, als die Etagentür auf- und zuging. Dr. Pnin trat rasch in den Flur, fragte etwas, erhielt eine ruhige Antwort und kehrte mit seinem Sohn Timofej, einem dreizehnjährigen *gimnasist in gimnasitscheskij*-Uniform zurück: schwarze Bluse, schwarze Hose, schwarzer Lackgürtel (ich besuchte eine liberalere Schule, wo wir uns nach Belieben kleiden durften).

Erinnere ich mich wirklich an seinen geschorenen Kopf, sein blasses, gedunsenes Gesicht, seine roten Ohren? Ja, und zwar ganz genau. Ich weiß sogar noch, wie er seine Schulter unmerklich unter der stolzen Vaterhand wegzog, während die stolze Vaterstimme sagte: «Dieser Junge hat soeben eine Eins plus in der Algebra-Prüfung bekommen.» Vom Ende des Korridors drang ein steter Geruch von Kohlpastete, und durch die offene Tür des Schulzimmers konnte ich eine Landkarte von Rußland an der Wand hängen sehen, außerdem Bücher auf einem Bord, ein ausgestopftes Eichhörnchen und einen kleinen Spielzeug-Eindecker mit Tragflächen aus Stoff und einem Antrieb aus Gummischnur. Ich besaß einen doppelt so großen, der aus Biarritz stammte. Nachdem man den Propeller eine Zeitlang aufgezogen hatte, pflegte das Gummiband seine Windungen zu ändern und aufregend dicke Wülste zu entwickeln, die das Ende seiner Spannkraft ankündigten.

2

Fünf Jahre später verbrachten meine Mutter, mein jüngerer Bruder und ich den Anfang des Sommers auf unserem Besitz in der Nähe von Sankt Petersburg und besuchten danach eine trübsinnige alte Tante auf ihrem seltsam verlassenen Landsitz unweit eines berühmten Kurortes am Ostseestrand. Eines Nachmittags, als ich mit ekstatischem Entzücken eine seltene Abart der Paphia Fritillaris betrachtete, bei der die silbernen Streifen, die die Unterseite ihrer Hinterflügel zieren, in eine gleichmäßige Fläche metallischen Glanzes übergegangen waren, erschien ein Diener mit der Meldung, die alte Dame wünsche mich zu sehen. In der Empfangshalle fand ich sie beim Gespräch mit zwei schüchternen Jünglingen in der Uniform der Universitätsstudenten. Der eine mit der blonden Tolle war Timofej Pnin, der andere mit dem rötlichen Flaum hieß Grigorij Belotschkin. Sie hatten meine Großtante um die Erlaubnis gebeten, eine leere Scheune an der Grenze ihres Besitztums für eine Theateraufführung benutzen zu dürfen. Es handelte sich um eine russische Übersetzung von Arthur Schnitzlers Dreiakter *«Liebelei»*. Antscharow, ein halber Berufsschauspieler aus der Provinz, dessen Ruhm sich in der Hauptsache auf verblichene Zeitungsausschnitte gründete, half ihnen bei der Inszenierung. Sie fragten, ob ich mitmachen wolle. Mit meinen sechzehn Jahren war ich jedoch ebenso überheblich wie schüchtern und lehnte es ab, den namenlosen Herrn im ersten Akt zu spielen. Die Unterhaltung endete in gegenseitiger Befangenheit und wurde nicht gerade gelockert dadurch, daß Pnin oder Belotschkin ein Glas Birnen-Kwas umstieß; ich kehrte zu meinem Schmetterling zurück. Vierzehn Tage später war ich irgendwie gezwungen, der Vorstellung beizuwohnen. Die Scheune war voll von *datschniki* (Sommerfrischlern) und invaliden Soldaten aus einem benachbarten Hospital. Ich kam mit meinem Bruder, neben mir saß der Gutsverwalter meiner Tante, Robert Karlowitsch Horn, ein lebenslustiger, untersetzter Kerl aus Riga mit blutunterlaufenen, prozellanblauen Augen, der immer an der falschen Stelle herzhaft klatschte. Ich erinnere mich an den Duft der Kiefernzweige, mit denen die Scheune ausgeschmückt war, und an die Augen der Bauernkinder, die durch die Ritzen in den Wänden leuchteten. Die Parkettsitze standen so nahe an der Bühne, daß man, als der betrogene Ehemann einen Stoß Liebesbriefe zutag förderte – die Rauhbein und Abiturient Fritz Lobheimer seiner Frau geschrieben hatte – und sie Fritz ins Gesicht schleuderte, sofort sah, daß es alte Postkarten waren, aus denen man die Briefmarkenecken herausgerissen hatte. Ich bin ganz sicher, daß die kleine Rolle des erbosten Herrn von Timofej Pnin gespielt wurde (er mag in den folgenden Akten außerdem als jemand anderes aufgetreten sein); aber ein Sämischledermantel, ein stolz gezwirbelter Schnauzbart und eine dunkle Perücke mit Mittelscheitel veränderten ihn so vollständig, daß das geringe Interesse, das ich an ihm nahm, nicht ausreichte, mir dies sofort klarzumachen. Fritz, als jugendlicher Liebhaber zu frühem Tode im Duell bestimmt, ist nicht nur Held der geheimnisvollen Affäre hinter der Szene mit der Dame in schwarzem Samt, der Frau des anonymen Herrn, sondern spielt auch mit dem Herzen Christines, einer einfältigen Wiener Maid. Fritz wurde von dem vierschrötigen, vierzigjährigen Antscharow dargestellt, der eine Wachsmaske trug, sich mit dem Geräusch eines Teppichklopfers auf die Brust schlug und durch Stegreifabwandlungen seiner Rolle, die auswendigzulernen er nicht für notwendig befunden hatte, Fritzens Freund Theodor Kaiser (gespielt von Grigorij Belotschkin) nahezu lähmte. Eine begüterte, alte Jungfer, der Antscharow gefällig sein wollte, war als Christine Weiring, Tochter des Geigers, fehl am Platze. Die Rolle der Putzmacherin Mizzi Schlager, Theodors Liebchen, wurde reizend dargestellt von einem hübschen Mädchen mit schlankem Hals und Samtaugen, Belotschkins Schwester, der der Beifall des Abends galt.

3

Es ist nicht wahrscheinlich, daß ich während der Jahre der Revolution und des anschließenden Bürgerkrieges Anlaß hatte, mich an Dr. Pnin und seinen Sohn zu erinnern. Wenn ich die frühen Eindrücke im einzelnen wieder auffrische, so nur, um festzuhalten, was mir durch den Kopf schoß, als ich an einem Aprilabend der frühen zwanziger Jahre in einem Pariser Café plötzlich die Hand eines Timofej Pnin mit rötlichem Bart und Kinderaugen schüttelte, des gelehrten jungen Verfassers mehrerer bewunderungswürdiger Schriften über die russische Kultur. Es war üblich unter Emigrantenschriftstellern und -künstlern, sich nach Konzerten oder Vorlesungen, die sich unter Exilrussen großer Beliebtheit erfreuten, in den «Drei Brunnen» zu treffen. Bei solcher Gelegenheit versuchte ich, noch heiser von meinem Vortrag, nicht nur Pnin an frühere Begegnungen zu erinnern, sondern auch ihn und die anderen mit Hilfe meines ungewöhnlich guten Gedächtnisses zu erheitern. Er indessen stritt alles ab. Er sagte, er könne sich zwar undeutlich auf meine Großtante besinnen, aber mich habe er nie kennengelernt. Er erklärte, seine Noten in Algebra seien stets mittelmäßig gewesen, im übrigen habe sein Vater ihn nie seinen Patienten vorgezeigt. In *«Sabawa»* (Liebelei) habe er nur die Rolle von Christines Vater gespielt. Er wiederholte, wir hätten uns nie zuvor gesehen. Unser kleines Streitgespräch ging über eine gutmütige Neckerei kaum hinaus, und jedermann lachte; und als ich bemerkte, wie sehr er sich scheute, seine Vergangenheit in meiner Erzählung wiederzuerkennen, ging ich zu einem weniger persönlichen Thema über.

Plötzlich wurde mir bewußt, daß ein auffallend gutaussehendes junges Mädchen in einem schwarzseidenen Jumper mit einem goldenen Band im braunen Haar meine Hauptzuhörerin geworden war. Sie stand vor mir, den rechten Ellbogen in die linke Hand gestützt, in der rechten Hand wie eine Zigeunerin zwischen Zeigefinger und Daumen eine Zigarette, deren dünne Rauchfahne kerzengerade aufstieg. Die hellblauen Augen waren vor dem Rauch halb geschlossen. Es war Lisa Bogolepow, eine Medizinstudentin, die Gedichte schrieb. Sie fragte mich, ob sie mir eine Auswahl davon schicken dürfe. Später saß sie neben einem widerwärtig behaarten jungen Komponisten, Iwan Nagoj, und trank *Brüderschaft* mit ihm – dabei verschränkt man den rechten Arm mit dem des Trinkgefährten –, ein paar Stühle weiter beobachtete Dr. Barakan, ein begabter Neurologe und Lisas verflossener Liebhaber, seine Angebetete, stille Verzweiflung in den mandelförmigen dunklen Augen. Wenige Tage später sandte sie mir die Gedichte, ein Beispiel für die Machwerke, die Verseschmiedinnen im Exil nach dem Vorbild der Achmatowa schrieben: schmachtende, kleine Reimereien führten in mehr oder minder gelungenen Anapäst-Dreifüßlern einen Spitzentanz auf, um nach getaner Arbeit mit einem nachdenklichen Seufzer hinzuplumpsen:

*Samozwétow króme otschéj*
*Net u menjá nikakích,*
*No jest rósa jeschtschóneshnéj*
*Rososwych gúb moích.*
*I júnoscha tichij skasál:*
*«Wasche sjérdze wsewó neshnéj . . .»*
*I já opustíla glasá . . .*

Ich habe die betonten Silben durch Akzente angegeben. Unreine Reime wie *skasal glasa* galten als höchst anmutig. Man übersehe nicht das erotische Bild und die Anspielung auf *cœur d'amour*. In Prosa übertragen lautet das Gedichtchen folgendermaßen:

«Keine Juwelen sind mir zueigen außer meinen Augen. Aber ich habe eine Rose, die noch sanfter ist als meine rosigen Lippen. Und ein stiller Jüngling sagte: ‹Es gibt nichts Sanfteres als Ihr Herz›. Und ich senkte den Blick . . .»

Ich schrieb Lisa zurück, ihre Gedichte seien schlecht, sie solle es aufgeben. Einige Zeit darauf sah ich sie in einem anderen Café an einem langen Tisch sitzen, blühend und sprühend zwischen einem Dutzend junger russischer Dichter. Mit neckischer und geheimnisvoller Hartnäckigkeit heftete sie ihren saphirblauen Blick auf mich. Dann unterhielten wir uns. Ich schlug ihr vor, sie solle mich die Gedichte nochmals an einem ruhigeren Ort lesen lassen. Sie tat es. Ich sagte ihr, sie überzeugten mich noch weniger als bei der ersten Lektüre. Sie wohnte im billigsten Zimmer eines zweifelhaften kleinen Hotels, ohne Bad und mit zwei piepsenden jungen Engländern als Nachbarn.

Arme Lisa! Freilich hatte sie ihre musischen Augenblicke, wenn sie in einer Mainacht in einer schmutzigen Straße hingerissen stehenblieb, um ihre Bewunderung – o nein, ihre Anbetung vor den buntscheckigen Resten eines alten Plakats auf einer nassen schwarzen Mauer im Schein einer Straßenlampe zu bekunden oder sich an das durchscheinende Grün von Lindenblättern im Lichtschimmer zu verlieren. Im übrigen war sie eine jener Frauen, die das Widersprechende miteinander verbinden: blühende Gesundheit mit hysterischer Schlampigkeit; lyrische Ausbrüche mit einem äußerst praktischen und hausbackenen Gemüt; üble Launenhaftigkeit mit Gefühlsduselei; und schmachtende Hingabe mit der kraftstrotzenden Energie, ihre Umwelt für die fruchtlosesten Unternehmungen einzuspannen. Als Ergebnis ihrer poetischen Hochflüge und anderer privater Ereignisse, deren Wiedergabe niemand ergötzen würde, schluckte Lisa eine Handvoll Schlafpillen. Als sie ins Land des Vergessens hinübertaumelte, warf sie eine offene Flasche dunkelroter Tinte um, mit der sie ihre Verse niederzuschreiben pflegte; das leuchtende Naß, das unter ihrer Tür hervorrieselte, wurde von Chris und Lew gerade noch rechtzeitig entdeckt, um sie zu retten.

Ich hatte sie nach diesem Zwischenfall vierzehn Tage nicht gesehen, als sie mich am Vorabend meiner Abreise nach der Schweiz und Deutschland in dem kleinen Garten am Ende meiner Straße stellte; schmal und fremdartig sah sie aus in einem neuen, zauberhaften Kleid, taubengrau wie Paris; dazu trug sie einen wahrhaft betörenden neuen Hut mit einer blauen Vogelschwinge; sie reichte mir einen gefalteten Briefbogen. «Zum letztenmal bitte ich um Ihren Rat», flötete Lisa mit einer Stimme, die man in Frankreich *une voix blanche* nennt. «Dies ist ein Heiratsantrag, den ich erhalten habe. Ich werde bis Mitternacht warten. Höre ich bis dahin nichts von Ihnen, werde ich ihn annehmen.» Sie winkte ein Taxi herbei, und fort war sie.

Der Brief ist zufällig unter meinen Briefschaften geblieben. Er lautet:

«Ich fürchte, mein Geständnis wird Sie betrüben, meine liebe Lise.» (Der Schreiber nannte sie, obgleich er russisch schrieb, den ganzen Brief hindurch bei der französischen Form ihres Namens, um, wie ich annehme, sowohl das zu vertrauliche Lisa als auch das zu förmliche ‹Jelisaweta Innokentijewna› zu vermeiden.) «Es ist für einen empfindsamen (*tschutkij*) Menschen immer schmerzlich, einen anderen in einer peinlichen Lage zu sehen. Und ich befinde mich wirklich in einer peinlichen Lage.

Sie, liebe Lise, sind umgeben von Dichtern, Wissenschaftlern, Künstlern, Dandies. Der berühmte Maler, der letztes Jahr Ihr Bild gemalt hat, trinkt sich, wie es heißt, in der Wildnis von Massachusetts zu Tode (*goworjat, spitsja*). Manch anderes Gerücht geht um. Dennoch sitze ich hier und wage, Ihnen zu schreiben.

Ich bin nicht ansehnlich, ich bin nicht interessant, ich habe kein Talent. Ich bin nicht einmal reich. Aber, Lise, ich biete Ihnen alles, was ich habe, bis zum letzten Blutstropfen, bis zur letzten Träne, alles. Und glauben Sie mir, das ist mehr, als ein Genius Ihnen zu bieten vermag, weil ein Genie mit sich haushalten muß und Ihnen daher sein Ich nicht restlos überlassen kann wie ich. Vielleicht werde ich nie das Glück erlangen, ich weiß aber, daß ich alles tun werde, Sie glücklich zu machen. Ich möchte, daß Sie Gedichte schreiben. Ich wünsche auch, daß Sie Ihre psychotherapeutischen Forschungsarbeiten fortführen – obwohl ich nicht viel von ihnen verstehe und ihre Gültigkeit, soweit sie mir zugänglich sind, anzweifle. Im übrigen sende ich Ihnen gesondert eine Broschüre, die mein Freund Professor Chateau in Prag herausgibt. Diese Schrift widerlegt auf brillante Weise die Theorie Ihres Dr. Halp, nach der die Geburt seitens des Säuglings ein Akt des Selbstmordes sei. Ich habe mir erlaubt, auf Seite achtundvierzig von Chateaus ausgezeichnetem Aufsatz einen offensichtlichen Druckfehler zu korrigieren. Ich erwarte Ihre» (vermutlich «Entscheidung»; den Schluß mit der Unterschrift hatte Lisa abgeschnitten).

## 4

Als ich sechs Jahre später wieder nach Paris kam, erfuhr ich, daß Timofej Pnin Lisa Bogolepow kurz nach meiner Abreise geheiratet hatte. Sie schickte mir eine inzwischen veröffentlichte Sammlung ihrer Gedichte, *«Suchyje Guby»* (Trokkene Lippen), mit einer Widmung in dunkelroter Tinte: «Einem Fremden von einer Fremden» (*nesnakomzu ou nesnakomki*). Ich sah Pnin und sie bei einem Teeabend in der Wohnung eines berühmten Emigranten, eines Sozialrevolutionärs. Es war eines der zwanglosen Treffen, bei denen altmodische Terroristen, heldenhafte Nonnen, begabte Hedonisten, Liberale, kühne junge Dichter, ältliche Romanschriftsteller und Künstler, Verleger und Publizisten, freisinnige Philosophen und Wissenschaftler eine Art besonderer Ritterschaft bildeten, den tätigen und gewichtigen Kern einer Gesellschaft in Verbannung, die während des Jahrhundertdrittels, in dem sie blühte, für amerikanische Intellektuelle ein Buch mit sieben Siegeln blieb. Diese sahen nämlich in der russischen Emigration durch die Brille raffinierter, kommunistischer Propaganda etwas ganz anderes: eine vage, völlig unwirkliche Ansammlung sogenannter Trotzkisten (was immer sie sich auch darunter vorstellen mochten); ruinierte Reaktionäre, bekehrte oder verkleidete Tscheka-Männer, hochgeborene Damen, Berufspriester, Restaurateure und weißrussische Militärs, alle ohne jeglichen Einfluß auf die Gesellschaft.

Da Pnin am anderen Ende des Tisches in eine politische Diskussion mit Kerenskij verwickelt war, nutzte Lisa die Gelegenheit, mir in ihrer gewohnten Unverblümtheit zu verstehen zu geben, daß sie «Timofej alles gesagt habe»; daß er ein «Heiliger» sei und ihr «vergeben» habe. Glücklicherweise begleitete sie ihn in der Folge nicht allzuoft zu Einladungen, wo ich das Vergnügen hatte, neben ihm oder ihm gegenüber zu sitzen auf unserem kleinen einsamen Planeten, über uns die schwarzdiamamtene Stadt, wo im Kreise guter Freunde das Lampenlicht diesen und jenen sokratischen Schädel beschien über einer Zitronenscheibe, die in einem Teeglas kreiste. Eines Abends, als Dr. Barakan, Pnin und ich bei Bolotows saßen, sprach ich mit dem Neurologen zufällig über eine Cousine von ihm, Ludmilla, heute Lady D., die ich in Jalta, Athen und London getroffen hatte, als Pnin plötzlich Dr. Barakan über den Tisch zurief: «Glauben Sie ihm kein Wort, Georgij Aramowitsch. Er erfindet alles. Einmal hat er sich ausgedacht, wir seien Schulkameraden in Rußland gewesen und hätten bei Klassenarbeiten voneinander abgeschrieben. Er ist ein schrecklicher Flunkerer (*on ushasnyj wydumschtschik*).» Barankan und ich waren so verblüfft über diesen Ausbruch, daß wir starr dasaßen und uns wortlos anblickten.

5

Wenn wir an alte Bekannte zurückdenken, sind spätere Eindrücke oft verschwommener als die früheren. Ich erinnere mich, daß ich mich Anfang der vierziger Jahre in New York zwischen zwei Akten eines russischen Theaterstücks mit Lisa und ihrem zweiten Mann unterhielt. Er sagte, er hege «wirklich herzliche Zuneigung für Herrn Professor Pnin», und berichtete mir einige höchst sonderbare Einzelheiten ihrer gemeinsamen Überfahrt von Europa zu Beginn des Zweiten Weltkriegs. Während jener Jahre in New York begegnete ich Pnin mehrmals bei den verschiedensten gesellschaftlichen und akademischen Veranstaltungen. Aber die einzige lebhafte Erinnerung an ihn, die mir verblieben ist, geht auf eine gemeinsame Fahrt in einem West-Bus an einem regnerischen festlichen Abend des Jahres 1952 zurück. Wir waren von unseren Colleges herbeigeeilt, um an einer Feier vor einer bedeutenden Zuhörerschaft von Emigranten in New Yorks Altstadt anläßlich des hundertsten Todestages eines großen Schriftstellers teilzunehmen. Pnin lehrte seit der Mitte der vierziger Jahre in Waindell, nie hatte ich ihn gesünder, glücklicher, selbstbewußter gesehen. Er und ich gehörten, so scherzte er, zu den Achtzigern (*wosmidesjatniki*), das heißt, wir hatten zufällig beide Nachtquartiere in den Achtziger-Straßen des Westens; und während wir in dem überfüllten, rüttelnden Gefährt an benachbarten Griffen hingen, verstand mein Freund es, neben unablässigem Bücken und Kopfwenden (in dem Bemühen, die Nummern der Querstraßen zu erkennen und immer wieder zu zählen), mir einen großartigen Bericht von alldem zu geben, was er bei seiner Würdigung von Homers und Gogols weitschweifigen Vergleichen aus Zeitmangel nicht anzubringen vermocht hatte.

## 6

Als ich mich entschloß, eine Professur in Waindell anzunehmen, machte ich zur Bedingung, daß mir in der Wahl des Dozenten für das Russische Seminar, das ich ins Leben zu rufen gedachte, freie Hand gelassen würde. Mit dieser Bestätigung in der Hand bot ich Timofej Pnin brieflich mit den herzlichsten Worten, die mir zu Gebote standen, eine Assistentenstelle an, die er nach Gutdünken ausfüllen oder ausbauen solle. Seine Antwort überraschte und schmerzte mich. Er schrieb kurz und bündig, er habe die Vorlesungen satt und beabsichtige nicht einmal das Ende des Frühjahrsemesters abzuwarten. Dann ging er auf anderes über. Victor (nach dem ich mich höflich erkundigt hatte) sei mit seiner Mutter in Rom; sie habe sich von ihrem dritten Mann scheiden lassen und habe einen italienischen Kunsthändler geheiratet. Pnin schloß mit den Worten, zu seinem großen Bedauern verlasse er Waindell zwei oder drei Tage vor der Antrittsvorlesung, die ich dort am Dienstag, dem fünfzehnten Februar, halten sollte. Ein Reiseziel gab er nicht an.

Der Greyhound-Bus, der mich am Montag, dem Vierzehnten, nach Waindell brachte, traf nach Einbruch der Dunkelheit ein. Ich wurde von Cockerells abgeholt, die mich mit einem späten Abendessen in ihrem Heim verwöhnten; ich begriff, daß ich bei ihnen und nicht im Hotel, wie ich gehofft hatte, übernachten solle. Gwen Cockerell entpuppte sich als bildhübsche Frau Ende Dreißig mit dem Profil eines Kätzchens und anmutigen Gliedern. Ihr Mann, den ich einmal in New Haven kennengelernt und als ziemlich lahmes, neutral blondes, englisches Mondgesicht im Gedächtnis behalten hatte, sah mittlerweile dem Mann, den er seit nahezu zehn Jahren nachahmte, zum Verwechseln ähnlich. Ich war müde und nicht gerade darauf erpicht, während des ganzen Abendessens mit einer Varieté-Nummer ergötzt zu werden, dennoch muß ich zugeben, daß Jack Cockerell die Rolle Timofej Pnins vollendet wiedergab. Zwei Stunden lang gab er sein Repertoire zum besten – Pnin als Dozent, Pnin beim Essen, Pnin mit einer Studentin liebäugelnd, Pnin bei dem spannenden Bericht über seinen Ventilator, den er unvorsichtigerweise auf ein Glasbord über der Badewanne gestellt hatte, so daß er durch sein eigenes Vibrieren fast ins Wasser fiel; Pnin bei dem Versuch, Professor Willing, den Ornithologen, der ihn kaum kannte, zu überzeugen, sie seien alte Duzfreunde – Tim und Tom –, während Willing sich zu dem Schluß verstieg, er habe einen Nachahmer Professor Pnins vor sich. Die Vorstellung bemühte sich in der Hauptsache um die pninische Gebärde und das fürchterliche pninische Englisch, aber Cockerell verstand es auch vortrefflich, etwa die feinen Gradunterschiede zwischen Pnins Schweigen und Thayers Schweigen nachzuahmen, wenn sie im Dozentenclub nebeneinander saßen und genossenes Geistesgut schweigend wiederkäuten. Wir sahen Pnin als Bücherwurm, Pnin auf dem See des Universitätsgeländes. Wir hörten Pnin die verschiedenen Zimmer durchhecheln, die er hintereinander bewohnt hatte. Wir lauschten Pnins Bericht, wie er Autofahren gelernt hatte, wie er auf der Rückfahrt von der «Hühnerfarm eines zaristischen Geheimrats», wo er nach Cockerells Annahme die Sommerferien verbrachte, seine erste Reifenpanne bewältigt hatte. Schließlich kamen wir zu Pnins Erklärung, er sei «abgeschossen» worden; damit meinte der arme Kerl in Cockerells Auslegung, er sei «hinausgefeuert» worden (ein Schnitzer, den ich meinem Freund nicht zutraue). Der sprühende Cockerell berichtete auch von der wunderlichen Fehde zwischen Pnin und seinem Landsmann Komarow –

einem mäßig begabten Schöpfer von Wandgemälden, der den Fresken aus dem Pinsel des großen Lang, die die Wände des College-Speisesaals zierten, neue Porträts von Fakultätsmitgliedern zugesellt hatte. Obgleich Komarow eine andere politische Richtung als Pnin vertrat, sah der patriotische Künstler in Pnins Entlassung eine antirussische Geste und machte sich daran, von der Wand einen mürrischen Napoleon zwischen dem jungen, zu Rundlichkeit neigenden (jetzt hageren) Blorenge und dem jungen, schnurrbärtigen (jetzt glattrasierten) Hagen zu entfernen, um Pnin an seine Stelle zu setzen. Endlich kam der Auftritt zwischen Präsident Poore und Pnin beim Mittagessen – einem wütenden, sich verhaspelnden Pnin, der das bißchen Englisch, dessen er mächtig war, vollends durcheinanderwarf, mit zitterndem Zeigefinger auf die zaghaften Umrisse eines geisterhaften Muschik an der Wand deutete und schrie, er würde das College verklagen, falls oberhalb der Bluse dort sein Gesicht erscheine. Und die Reaktion des unerschütterlichen Poore, dunkel gefangen in restloser Erblindung, der wartete, bis Pnin der Atem ausging, um dann gleichmütig zu fragen: «Gehört dieser Ausländer unserem Lehrkörper an?» Ach, die Darbietung war köstlich und komisch, und obgleich Gwen Cockerell das Programm sicherlich viele Male gehört haben mußte, lachte sie so laut, daß ihr alter Hund Sobakjewitsch, ein brauner Cocker-Spaniel mit tränenfeuchtem Gesicht, unruhig wurde und mich beschnüffelte. Die schauspielerische Leistung – ich wiederhole – war einmalig, aber zu lang. Gegen Mitternacht wurde der Spaß dünner; in das Lächeln, das ich aufrechtzuerhalten versuchte, begannen sich Symptome labialer Verkrampfung einzuschleichen. Schließlich artete das Ganze in gähnende Langeweile aus, so daß ich mich fragte, ob diese Pnin-Affäre sich für Cockerell durch einen poetischen Racheakt nicht zu jener Art verhängnisvoller Besessenheit ausgewachsen habe, bei der der Lacher am Ende zum Verlachten wird.

Wir hatten dem Whisky gut zugesprochen; irgendwann nach Mitternacht überraschte Cockerell mit einem jener plötzlichen Einfälle, die in einem bestimmten Stadium der Weinlaune so funkelnd und fröhlich wirken. Er sagte, er sei sicher, der alte Fuchs Pnin sei gestern nicht abgereist, sondern verberge sich wohlweislich in seinem Bau und warte ab. Warum nicht einfach telefonieren? Er rief also an, und obgleich auf die Reihe hartnäckiger Rufzeichen, die das ferne Läuten in einer imaginären Halle wiedergeben, keine Antwort erfolgte, war es klar, daß dieser unerschütterliche Fernsprechanschluß vermutlich unterbrochen worden wäre, hätte Pnin das Haus wirklich geräumt. Ich selbst war törichterweise begierig, meinen guten Timofej Paalitsch mit ein paar freundlichen Worten zu begrüßen, so daß ich es eine Weile später ebenfalls versuchte. Plötzlich knackte der Apparat, ein verheißungsvoller Laut, ein schwerfälliges Atmen, und schon ließ sich eine schlecht verstellte Stimme hören: «Er ist nicht zu Hause *(at home)*, er ist fort *(gone)*, ganz fort . . .» Worauf der Sprecher aufhängte. Aber niemand außer meinem alten Freund, nicht einmal sein bester Imitator, hätte das englische *at* mit dem deutschen *hat*, *home* mit dem französischen *homme,* und *gone* mit dem Anlauf von *Goneril* zu reimen verstanden. Jetzt schlug Cockerell vor, in die Todd Road neunhundertneunundneunzig hinüberzufahren und ihrem vergrabenen Bewohner ein Ständchen zu bringen, aber hier erhob Mrs. Cockerell Einspruch; und nach einem Abend, der mir zu dem faden Nachgeschmack im Mund ein geistiges Pendant hinterließ, gingen wir zu Bett.

## 7

Ich verbrachte eine unruhige Nacht in einem reizenden, luftigen, hübsch möblierten Zimmer, in dem weder Fenster noch Tür richtig schlossen und wo eine Gesamtausgabe von Sherlock Holmes, die mich jahrelang verfolgt hatte, eine Nachttischlampe trug, die so schwach, so trübe leuchtete, daß ich mit dem Stoß Druckfahnen, die ich zur Durchsicht mitgebracht hatte, meine Schlaflosigkeit nicht zu versüßen vermochte. Alle zwei Minuten erschütterte das Donnern vorbeirollender Lastwagen das Haus; unablässig nickte ich ein und setzte mich schweratmend wieder auf; durch den grotesken Fensterladen traf der Schein einer Straßenlampe den Spiegel und blendete mich, so daß ich glaubte, vor einem Erschießungskommando zu stehen.

Ich bin so geartet, daß ich unter allen Umständen den Saft dreier Apfelsinen schlucken muß, um den Anforderungen des Tages gewachsen zu sein. So nahm ich um sieben Uhr dreißig rasch eine Dusche und befand mich fünf Minuten später auf der Straße in Gesellschaft des langohrigen, traurigen Sobakjewitsch.

Die Luft war frisch, der Himmel blank und klar. Gegen Süden strebte die menschenleere Straße zwischen Flecken späten Schnees einen graublauen Hügel hinan. Eine hohe, entlaubte Pappel, braun wie ein Besen, ragte zu meiner Rechten auf, ihr langer Morgenschatten fiel über die Straße bis vor ein cremefarbenes Haus mit Zinndach, das mein Vorgänger, laut Cockerell, angesichts ungezählter Fes-Träger, die er hineingehen sah, für das türkische Konsulat gehalten hatte. Ich wandte mich linkerhand nach Norden und schlenderte ein paar Häuserblocks abwärts einem Restaurant zu, das ich am Vorabend bemerkt hatte; aber das Lokal war noch nicht geöffnet, und ich kehrte wieder um. Nach wenigen Schritten kam ein mächtiger Lastwagen mit einer Ladung Bier die Straße heraufgepoltert, dicht gefolgt von einem kleinen blauen Wagen, aus dem ein weißer Hundekopf herausguckte, dahinter rumpelte ein zweiter großer Lastwagen, der dem ersten aufs Haar glich. Das kleine Vehikel war mit Bündeln und Handkoffern bepackt, sein Fahrer war Pnin. Ich schrie ihm einen guten Morgen zu, aber er sah mich nicht, und meine einzige

Hoffnung, ihn noch zu erwischen, bestand darin, die Straße hinaufzurennen, bevor das rote Licht an der nächsten Ecke wechselte.

Ich lief an dem hinteren Lastwagen vorbei und vermochte meinen alten Freund nochmals zu erspähen, diesmal im Profil, er trug eine Mütze mit Ohrenklappen und einen Wettermantel, aber schon wurde die Ampel grün, der kleine weiße Köter, der herauslehnte, kläffte Sobakjewitsch an, und alles stürzte vorwärts, Lastwagen eins, Pnin, Lastwagen zwei. Von meinem Standort aus sah ich, wie sie zwischen der maurischen Villa und der lombardischen Pappel langsam entglitten. Dann schob sich die kleine Limousine mutig an dem vorderen Lastauto vorbei und schoß ungehindert die schimmernde Straße hinauf, die im weichen Morgendunst zu einem goldenen Faden verengt Hügel um Hügel erklomm. Die Ferne zerfloß in Schönheit, und welche Wunder dort warten mochten, hätte kein Mensch zu sagen gewußt.

Cockerell in braunem Morgenrock und Sandalen ließ den Cocker-Spaniel herein und führte mich küchenwärts zu einem deprimierenden englischen Frühstück, das aus gebratenen Nieren und Fisch bestand.

«Und nun», sagte er, «werde ich Ihnen die Geschichte erzählen, wie Pnin zu einem Vortrag im Cremoneser Frauenclub das Podium besteigt und feststellt, daß er das falsche Manuskript mitgebracht hat.»

Vladimir Nabokov

**Der Späher**
Roman. Deutsch von Dieter E. Zimmer.
128 Seiten. Gebunden

**Sprich, Erinnerung, sprich**
Wiedersehen mit einer Autobiographie.
Deutsch von Dieter E. Zimmer.
320 Seiten mit 17 Abbildungen. Gebunden

**Ada oder Das Verlangen**
Aus den Annalen einer Familie.
Deutsch von Uwe Friesel und
Marianne Therstappen.
580 Seiten. Gebunden und als
rororo 4032

**Verzweiflung**
Roman
rororo 1562

**Lolita**
Roman. Deutsch von Helen Hessel unter
Mitarbeit von Maria Carlsson, Kurt
Kusenberg, Heinrich Maria Ledig-Rowohlt
und Gregor von Rezzori.
(Sonderausgabe)
448 Seiten. Gebunden und als
rororo 635

**Frühling in Fialta**
Erzählungen
rororo 4975

**Der schwere Rauch**
**Gesammelte Erzählungen**
Herausgegeben von Dieter E. Zimmer,
Wassilij Berger, René Drommert und
Renate Gerhardt.
351 Seiten. Gebunden

**Vladimir Nabokov**
dargestellt von Donald E. Morton
rowohlts monographien 328

rororo

C 2273/1a